Nico Mahler
DIE STERNENFORSCHERIN

AF202708

atb aufbau taschenbuch

Nico Mahler, 1974 in München geboren, studierte Geschichte und Politikwissenschaften und arbeitet als freier Journalist. Er lebt in Berlin. Im Aufbau Taschenbuch erschien ebenfalls sein Debütroman »Bella Famiglia«.

Seit sie mit ihrem Onkel Theodore als Kind nachts am Strand von Rhode Island Sternbilder beobachtet hat, ist Maureen fasziniert und weiß: Sie will den Himmel lesen und eintauchen in die Wunder des Universums. Ohne Wissen ihrer Eltern, die ganz andere Pläne für ihre Tochter haben, schreibt sich Maureen an der NYU für Astronomie ein. Schnell wird sie eine der Besten ihres Faches und hat sogar die Chance, am renommierten Hayden-Planetarium zu forschen. An die Ausgrenzung und Herablassung, mit der ihr ihre männlichen Kollegen begegnen, hat sich Maureen über die Jahre gewöhnt. Doch dann wendet sich mit einem Mal ihr Mentor, die einzige Person, die sie in ihren Forschungen immer rückhaltlos unterstützt hat, von ihr ab, und Maureen sieht ihre wissenschaftliche Karriere bedroht. Nicht nur ihre Doktorarbeit steht auf dem Spiel, sondern auch ihre bahnbrechenden Untersuchungen zum Sternhaufen des Großen Wagens. Maureen muss sich entscheiden: Soll sie einen radikalen Schritt tun, um ihren Traum leben zu können?

Nico Mahler

DIE STERNEN FORSCHERIN

Roman

 aufbau taschenbuch

MIX
Papier | Fördert
gute Waldnutzung
FSC® C083411
FSC
www.fsc.org

ISBN 978-3-7466-4129-4

Aufbau ist eine Marke der Aufbau Verlage GmbH & Co. KG

1. Auflage 2025
© Aufbau Verlage GmbH & Co. KG, Berlin 2025
www.aufbau-verlage.de
10969 Berlin, Prinzenstraße 85
© Nico Mahler 2025
Der Verlag behält sich das Text- und Data-Mining nach § 44b UrhG vor,
was hiermit Dritten ohne Zustimmung des Verlages untersagt ist.
Bei Fragen zur Sicherheit unserer Produkte wenden Sie sich bitte an
produktsicherheit@aufbau-verlage.de.
Umschlaggestaltung www.buerosued.de, München
unter Verwendung eines Motivs von © Arcangel / Leonardo Baldini
Satz LVD GmbH, Berlin
Druck und Binden CPI books GmbH, Leck, Germany

Printed in Germany

PROLOG

Es war Sommer in der Hauptstadt, einer der Abende, wie Maureen sie am liebsten hatte. Sie machte sich fertig, um für die nächtliche Arbeit ins Observatorium zu fahren. Maureen freute sich auf ihre aktuelle Untersuchung, auf den Automatenkaffee und die Klimaanlage. In ihrem Apartment war sie leider kaputt.

Es klingelte an der Tür. Nach einem Blick durch den Spion öffnete sie zwei Männern in schwarzen Anzügen.

»Miss Hooper?«

»Ja?«

»Tom Kovacs, United States Secret Service.« Als er den Ausweis zog, sah Maureen für einen Augenblick seine Dienstwaffe. »Wir sind Regierungsbeauftragte.«

»Regierungs …?«

Obwohl das ›Naval Research Laboratory‹, für das Maureen arbeitete, dem Verteidigungsministerium und damit der Regierung unterstand, erschrak sie einen Moment und überlegte, was der Secret Service von ihr wollen könnte. »Hören Sie, ich war überzeugt, dass ich für die Äußerung meines Chefs eine Entschuldigung erwarten darf.«

Die Beamten sahen einander an. »Welche Äußerung meinen Sie, Miss Hooper?«

»Ich wollte damit keinen Konflikt heraufbeschwören, der gleich den Secret Service auf den Plan ruft.«

»Wir sind nicht wegen irgendwelcher Äußerungen hier«, unterbrach sie der Regierungsbeamte. »Aus Sicherheitsgründen sind wir allerdings verpflichtet, Sie zu überprüfen. Dürfen wir hereinkommen?«

»In meine Wohnung?«, fragte sie alarmiert. »Brauchen Sie dafür nicht … Ich meine, geht das ohne Durchsuchungsbefehl?«

»Wir überbringen Ihnen eine Einladung, Miss Hooper«, antwortete der Beamte geduldig. »Eine Einladung, die Sie schon längst hätten erhalten sollen. Jetzt ist es dafür umso dringender.«

»Eine Einladung – wohin?«

»Das werden wir Ihnen alles erklären, aber vorher müssen wir einen routinemäßigen Check machen, Miss Hooper.« Als sie immer noch zögerte, setzte er hinzu: »Ihre Regierung erwartet Ihre Unterstützung.«

Unsicher öffnete Maureen die Tür. Die Secret-Service-Männer traten ein.

Eine Viertelstunde später saß sie umgezogen, mit jenem einzigen Teil ihrer Garderobe, das die Bezeichnung Abendkleid verdiente, auf dem Rücksitz einer langen Limousine mit verdunkelten Fenstern. Ihre Pumps drückten.

»Sagen Sie mir jetzt, wohin Sie mich bringen?«

Die Secret-Service-Agenten saßen ihr gegenüber auf der Rückbank. »In die Hütte«, antwortete der, der Tom hieß.

»Welche Hütte? Hören Sie, ich habe mich bisher ziemlich kooperativ verhalten. Ich möchte lediglich wissen, wohin …« Sie warf einen Blick aus dem Fenster. »Ooh –!«, machte Maureen.

Hinter dunklen Bäumen tauchte ein erleuchtetes weißes Gebäude auf, mit einem Säulenportal, zu dem eine Einfahrt führte. Für die Limousine öffnete sich nicht das Haupttor, sondern eine Zufahrt an der Seite.

Beim Aussteigen wurde Maureen von einem Gentleman mit Hornbrille begrüßt. »Guten Abend, Miss Hooper. Ich bin Dave Pakula, der Pressesprecher des Weißen Hauses.«

»Presse? Ich möchte eigentlich nicht …«

Er überreichte ihr einen Besucherausweis und führte sie vom Eingang durch einen langen Korridor. »Vor kurzem haben wir Ihren Chef Director Adams hierher eingeladen und ihn gebeten, Sie mitzubringen.«

»Director Adams weiß, dass ich nicht gern in der Öffentlichkeit …«

Pakula drückte ihre Hand. »Wenn Sie mich in Ruhe anhören, Miss Hooper, werden Sie alles erfahren haben, bevor wir das Ende dieses Ganges erreicht haben. Bedauerlicherweise hat uns der Director gestern mitgeteilt, dass Sie beide nicht kommen könnten. Da es bei dieser Einladung aber weniger um ihn ging als um Sie …«

Der Pressesprecher hielt vor einer Tür, an der ein Secret-Service-Mann stand. »Darum sahen wir uns gezwungen, diese unorthodoxe Methode anzuwenden, um Sie rechtzeitig hierherzuschaffen.«

»Rechtzeitig wozu?«

Statt einer Antwort öffnete er die Tür zu einem Zimmer, das Maureen von Bildern als den *Ethel-Roosevelt-Room* erkannte. Hier hatte die Gattin des 32. Präsidenten ebenso wichtige Verhandlungen für die Nation geführt wie ihr Mann im Oval Office. Von dort führte der Pressesprecher Maureen auf einen Saal zu, aus dem Stimmengewirr drang.

»Was passiert da drin? Was ist das für eine Veranstaltung?«

»Eine Party, Miss Hooper. Eine ganz gewöhnliche Party.«

»Nichts in diesem Gebäude ist *gewöhnlich*.«

Es war der East Room, ein langgestreckter Saal, über dem mächtige Lüster das Parkett bernsteinfarben erstrahlen ließen. Auf der gegenüberliegenden Seite entdeckte Maureen Musiker in Uniform, die in diesem Moment ›Hail to the Chief‹ anstimmten. Die vielen Gäste, die schon an den Tischen Platz genommen hatten, erhoben sich noch einmal. Durch die Mitteltür betrat Präsident Eisenhower im dunkelblauen Anzug den Saal. Der Präsident begann Hände zu schütteln, doch da Dwight D. Eisenhower nicht besonders groß war, verschwand er gleich wieder in der Menge.

Maureens Unruhe wuchs. »Sie haben mir noch nicht gesagt, was ich hier soll.« Sie drehte sich um. Der Pressesprecher war verschwunden.

»Ich fürchte, das haben Sie mir zu verdanken«, antwortete an seiner Stelle ein Mann mit kantigen Gesichtszügen. Er hatte eine gesunde Hautfarbe und einen freundlichen Blick, doch Maureen spürte etwas Forschendes darin. Sie kannte diesen Mann. Die ganze Welt kannte diesen Mann. Unter seiner Leitung stand das Menschheitsprojekt, an dem Maureen mehr lag als an allem, woran sie je gearbeitet hatte.

»Guten Abend, Mr von Braun.«

»Hallo, Miss Hooper. Wie schön, dass Sie meiner Einladung gefolgt sind.«

»*Ihrer* Einladung?«

»Es gab da wohl ein Missverständnis zwischen Ihnen und Ihrem Chef, dem guten Director Adams. Nichts Ernstes, hoffe ich.« Er schüttelte ihr die Hand. »Willkommen.«

»Danke, Mr von …«

»Wollen wir das weglassen?« Er hielt ihre Hand etwas länger fest. »Nennen Sie mich einfach *Mr Braun*.«

Das Bankett, zu dem Maureen *gekidnappt* worden war, fand zu Ehren eines Senators statt, der der Republikanischen Partei Millionen gespendet und sich auf seine alten Tage dem Sammeln von historischem Schmuck gewidmet hatte. Als Auftakt der Veranstaltung schenkte er Mrs Eisenhower, der First Lady ein Perlenkollier aus dem 16. Jahrhundert.

»Schmuck kennzeichnet uns, Schmuck zeichnet uns aus«, sagte der Senator während seiner Rede. »Nichts trägt der Mensch so eng am Körper wie Schmuck.«

Maureen und Wernher von Braun standen etwas abseits. »Quatsch«, murmelte sie.

»Wie meinen Sie?«, raunte der Deutsche.

»Ich trage meine Unterwäsche auch am Körper, aber ich finde nicht, dass sie mich auszeichnet.« Eschrocken sah sie ihn an. War sie mit ihrer Äußerung zu weit gegangen?

Von Braun lachte. »Ich bin froh, Miss Hooper.«

»Worüber?«

»Dass Sie genauso wenig hierher passen wie ich.«

»Weshalb haben Sie mich dann ins Weiße Haus bestellt? Hätten wir uns nicht auch bei einer Tasse Kaffee kennenlernen können?«

»Dieser besondere Ort soll Ihnen verdeutlichen, dass es bei unserem Gespräch um Außergewöhnliches geht.«

»Außergewöhnlich?«

Maureen überschlug, was sie über den Deutschen wusste. Die von ihm entwickelte amerikanische Trägerrakete ›Vanguard TV3‹ war bei ihrem Start gleich nach dem Abheben explodiert. Von Brauns Ankündigung, über die Maureen geschmunzelt hatte, er plane, ein Weltraumhotel im All zu errichten, in dem die Gäste schwerelos übernachten könnten, war durch den Fehlstart gegenstandslos geworden. Bald darauf hatte Maureen gelesen, dass von Braun mit Walt Disney zusammenarbeiten würde. Der deutsche Wissenschaftler und die amerikanische Ikone entwickelten den Animationsfilm *Man in Space,* worin von Braun seine Vision einer radförmigen Raumstation so einleuchtend schilderte, als seien alle Probleme zu ihrer Realisierung bereits gelöst. Mit 42 Millionen Zuschauern war der Film die erfolgreichste je ausgestrahlte Sendung im US-Fernsehen gewesen. Ein Leitartikel über von Braun hatte die Überschrift getragen: ›Ist Professor Wernher Freiherr von Braun der Kolumbus des Alls?‹ Der Vergleich mit Kolumbus war Maureen zu weit hergeholt gewesen: Kolumbus verfügte immerhin über ein seetaugliches Schiff, wogegen von Brauns Raumschiffe Fantasiegebilde waren.

Pressesprecher Pakula gab bekannt, dass man jetzt zum Dinner Platz nehmen werde. Die geladenen Gäste verteilten sich an insgesamt dreißig Tische.

»Haben Sie Hunger?«, fragte von Braun.

»Wenn ich es recht bedenke, habe ich heute Abend erst ein Glas Weißwein zu mir genommen.«

»Hier soll es gleich Ente geben. Ich hasse Ente. Außerdem können wir bei Tisch nicht ungestört reden. Was halten Sie davon, wenn wir uns in eins der Büros zurückziehen und uns etwas kommen lassen?«

Da Maureen darauf brannte, zu erfahren, was er von ihr wollte, war ihr jeder Raum dafür recht. »Aber könnten wir nicht wenigstens noch ein paar Minuten …?«, fragte sie trotzdem.

»Aha!« Von Braun lächelte. »Es hat Sie schon gepackt, das *Who-is-who-feeling* Washingtons.«

»Was sind das überhaupt für Leute?«

Leise sprach von Braun über Maureens Schulter. »Das sind die mit dem vielen Geld und den riesigen Fabriken. Auch die mit den wichtigen Ämtern sind hier. Dann sehe ich die Gruppe derer, die gern für wichtig genommen werden, ohne es zu sein. Dort in der Ecke haben wir die Künstler, die sich gebauchpinselt fühlen, dabei zu sein. Ich sehe einen bedeutenden Dichter und mehrere berühmte Schauspielerinnen. Ich sehe auch solche, deren Stern schon am Verglühen ist.«

Auf Maureens irritierten Blick fasste Braun sie ins Auge. »Ich weiß, was Sie jetzt denken, Miss Hooper: Der Mann ist Ausländer, noch dazu Deutscher, wieso kennt er sich so gut in Washington aus? Vielleicht denken Sie sogar: Der Mann war Nazi, weshalb darf er sich in der Nähe des amerikanischen Präsidenten aufhalten, der Oberbefehlshaber der US-Streitkräfte war und die Deutsche Wehrmacht geschlagen hat?« Er nickte. »Es stimmt, Eisenhower war im letzten Krieg unser Gegner. Es stimmt auch: Ich habe an mein Land geglaubt.« Er beugte sich zu Maureens Ohr. »Ich mag die Popanze hier genauso wenig wie Sie, Miss Hooper, aber so funktioniert Politik nun mal. Ich bin hier, weil der Präsident begriffen hat, dass ich, der frühere Feind, der amerikanischen Gesellschaft nützlich sein kann. Und aus diesem Grund sind auch Sie hier.«

»Lassen Sie uns jetzt in ein Büro gehen, Mr Braun.«

Während Dutzende Kellner die ersten Platten auftrugen, stahlen sie sich aus dem Saal. In den Fluren passierten sie mehrere Secret-Service-Männer, die den Deutschen zu kennen schienen.

Vor einer Tür im West Wing fragte er: »Ist er da?«

»Nein, Sir«, antwortete der Beamte.

»Gut.« Auf den fragenden Blick des Security-Mannes setzte er hinzu: »Das ist Miss Hooper. Wir haben eine Besprechung.«

»Ich verstehe, Sir.«

Sie folgte von Braun in ein schlicht eingerichtetes Büro. »Wer sitzt normalerweise in diesem Raum?«, fragte Maureen freudig erregt, immer noch ungläubig und voll Neugier.

»Nixon.«

»Der Vizepräsident?«

»Er ist nie hier. Der Präsident schickt ihn in der Welt herum. Die beiden mögen sich nicht.«

»Sie können so einfach im Büro des Vizepräsidenten …?«

Von Braun bot ihr einen Platz auf dem Sofa an. »Eines muss man im Weißen Haus schnell lernen: Es gibt nicht genügend Platz für alle. Jeder weicht ständig in irgendwelche Büros aus, um den anderen nicht auf die Füße zu treten. Sollten Sie mal das Oval Office besuchen, wären Sie enttäuscht, wie klein es ist.«

Maureen ließ die Frage noch nicht los. »Aber auf dem Schreibtisch des Vize liegen eine Menge Papiere. Da könnte doch jeder …«

»Fürchten Sie, ich könnte Staatsgeheimnisse stibitzen?« Von Braun setzte sich in den Sessel gegenüber. »Miss Hooper, derjenige, der die wahren Geheimnisse der USA in der Tasche hat, bin ich.« Er nahm eine Packung Lucky Strike aus der Tasche. »Rauchen Sie?«

»Danke, nein.«

Eingehüllt in eine Rauchwolke, fuhr er fort. »Ich habe Ihre Forschungsberichte gelesen, insbesondere Ihre Arbeit über das ›Orbiting Solar Observatory‹.«

»Sie haben sich mit dem O. S. O. beschäftigt?«, entgegnete sie überrascht.

»Ihr Aufsatz klingt für mich nach Science Fiction.«

»Sie glauben, ein Observatorium im All wäre Fantasie?«, entgegnete Maureen enttäuscht.

»Im Gegenteil!« Er sprang auf, lief im Zimmer umher und achtete nicht darauf, dass die Zigarettenasche auf den Teppich fiel. »Leider gibt es beim US-Militär noch zu viele, die ein Weltraumteleskop für Fantasie halten.«

Seine Kritik traf bei Maureen ins Schwarze. »Ich weiß! Weil unsere Generäle nicht daran interessiert sind, dass Raketen die Erdatmosphäre verlassen.«

»Stimmt!«, rief er. »Woher wissen Sie das?«

»Ich arbeite für die Navy und das Marine Corps. Daher bin ich täglich mit dieser Scheuklappenmentalität konfrontiert.«

»So ist es. Solange die Raumfahrt allein dem Militär untersteht, kommen wir nur im Schneckentempo voran.«

»Wir?«

»Ich und die NASA.«

»Was wollen Sie dagegen tun?«

»Nichts«, antwortete von Braun nüchtern. »Präsident Eisenhower war General. Ich würde ihn nie dazu bringen, die NASA von seinem geliebten Militär abzukoppeln. Dafür müssen wir noch warten und zwar auf einen Zivilisten.«

»Wer könnte das sein?«

»Ein junger Präsident, hoffe ich. In zwei Jahren sind Wahlen. Ich setze auf die Demokraten.« Er drückte seine Kippe im Aschenbecher des Vizepräsidenten aus. »Das Problem ist nur: Während wir auf politische Veränderungen warten, hängen uns die Russen im All ab. Sergei Koroljow ist uns mit dem sowjetischen Raketenprogramm um Jahre voraus.« Mit einem füchsischen Lächeln wandte er sich zu ihr. »Habe ich recht, Maureen?«

»Das fragen Sie mich?«

»Ja, Miss Hooper.« Er ließ sie nicht aus dem Blick. »Sie sind vor kurzem in Russland gewesen, genauer gesagt bei einem Astronomiekongress in Armenien.«

Auf einen Schlag wurde Maureen alles klar, sämtliche Räder griffen ineinander. Weil sie auf einem Spezialgebiet forschte, war sie zu jenem Kongress in die Sowjetunion eingeladen worden. Damit war sie die erste und einzige westliche Wissenschaftlerin, der man Zutritt hinter den Eisernen Vorhang gestattet hatte. Die Ereignisse dort, ihre Gespräche mit führenden Kollegen des feindlichen Systems – das und nichts anderes hatte zu Maureens Einladung ins Weiße Haus geführt. Die scheinbar freundschaftliche Begegnung mit dem Leiter des amerikanischen Raketenprogramms diente nur einem einzigen Zweck, und Maureen sprach ihn aus.

»Sie wollen erfahren, was Leopold Reißmann mir in Armenien verraten hat.«

»Sie kapieren schnell, Miss Hooper.« Von Braun kam zur Couch zurück. »Sie haben Leopold also getroffen?«

»Natürlich. Er war Teilnehmer der Konferenz.«

»Haben Sie ihn auch unter vier Augen gesprochen?«

»Mehrmals.«

»Wie geht es ihm?«

»Er lässt Sie grüßen, Mr Braun.«

»Der ruhige, freundliche Leopold: Wir hatten eine gute Zeit miteinander, damals in Peenemünde. Ich bin der Meinung, dass Leopold der bessere Physiker ist als ich. Was haben Sie mit ihm besprochen?«

Da war es wieder, dieses Gefühl, das Maureen so hasste und das sich jedes Mal anfühlte wie ein dunkler Tropfen, der in ihr Herz fiel: Die Gewissheit, dass sie ausgenützt wurde, von gewissen Männern in bestimmten Positionen wurde sie immer wieder ausgenützt.

KAPITEL 1

Maureen Hooper schloss das Apartment von Wilson Hathaway auf. Typischer hätte ein Professor nicht wohnen können. Die Bücherregale an den Wänden sparten lediglich die Fenster aus. Die abgewetzten Dielen gaben Auskunft darüber, welche Wege Hathaway tagein tagaus beschritt. Die Küche zeugte davon, dass der Professor seine Mahlzeiten lieber auswärts einnahm. Im Kühlschrank fand Maureen Zersetzungsprozesse durch Mikroorganismen, entsorgte das grünlich schimmernde Sandwich und kippte die geklumpte Milch in den Ausguss. Professor Hathaway hätte sich natürlich eine Haushaltshilfe leisten können, vertraute in diesen Fragen aber lieber seiner Studentin. Bei Maureen hatte er es leicht gehabt. Am New Yorker *Hayden-Planetarium* wurde ein Forschungsprojekt ausgeschrieben und Hathaway, Professor für Astronomie und Polytechnik fungierte sowohl als Leiter des Projekts als auch der Auswahlkommission dar. Für Maureen war er dadurch mit dem Allmächtigen gleichzusetzen.

Das Arrangement zwischen ihr und dem Professor war zufällig entstanden. Der Campus der *New York University* lag in Greenwich Village. Zu den Liegenschaften der Uni zählte auch das *NYU Village*, ein Wohnkomplex für Professoren und Angestellte. Wilson Hathaway hatte sein Apartment im westlichen Turm.

Vor Monaten war Maureen ihm begegnet, als er über ein Buch gebeugt in einem Waschsalon saß; hinter ihm rotierten Wäschetrommeln. Maureen wollte weitergehen, doch er hatte sie schon entdeckt und trat in die Tür.

»So etwas Banales haben Sie natürlich nicht nötig, Miss Hooper.« Hathaway war ein kleiner Mann, der sich übertrieben aufrecht hielt. Er hatte strohiges schwarzes Haar, von grauen Fäden durchzogen, und einen unmodischen Schnäuzer. Er war stets korrekt gekleidet, obwohl Maureen bemerkt hatte, dass er nur zwei Sakkos zu besitzen schien, eines für die kalte, eins für die warme Jahreszeit.

»Was habe ich nicht nötig, Professor?«

»Sich selbst um Ihre Wäsche zu kümmern. Das machen bestimmt dienstbare Geister in Newport für Sie.«

Maureen Hooper war nicht die einzige Tochter aus reichem Haus, die an der New York University studierte. Trotzdem wurde sie manchmal mit Bemerkungen konfrontiert, die sich in dem Satz zusammenfassen ließen: »Du hast es nicht nötig zu studieren, denn falls es schiefläuft, kümmern sich Mommy und Daddy um dich.«

Doch Maureen hatte es bitterer nötig als die meisten auf dem Campus. Kaum jemand wusste, dass sie *trotz* ihrer Eltern hier studierte, gegen deren Willen und ohne das Wissen von Mommy und Daddy.

»Wenn das so wäre, würde ich bald als Geruchsbelästigung in Ihrer Vorlesung sitzen«, antwortete sie. »Ich komme nur einmal im Monat nach Hause. So lange kann meine Wäsche nicht warten.«

»Fahren Sie nicht jedes Wochenende an die Küste?«

»Am Wochenende muss ich lernen, Sir.«

Das Bekanntwerden des Forschungsprojekts am Hayden-Observatorium und Maureens Tätigkeit für Hathaway fielen etwa in die gleiche

Zeit. Dienstags und freitags holte sie die Wäsche aus seiner Wohnung, brachte sie gewaschen und gebügelt zurück, besorgte Einkäufe und achtete darauf, dass Hathaways Tabakdose stets gefüllt war. Als es zu umständlich wurde, dass sie nur ins Apartment konnte, wenn er zu Hause war, händigte der Professor Maureen zwei Schlüssel aus.

»Wofür ist der andere?«

»Da wäre noch eine Kleinigkeit, um die ich Sie bitte, Miss Hooper.«

Auch an diesem Dienstag öffnete sie den Wäschekorb und sortierte Dunkles und Helles. Sie kontrollierte den Tabakvorrat, verließ die Wohnung, hastete in den Waschsalon, stellte die Programme ein, sprintete zur Subwaystation, nahm den Expresstrain nach Brooklyn und rannte keuchend fünf Etagen in einem Brownstone-Building hoch.

»Hallo, Mrs Hathaway!«, rief sie im Flur. »Nicht erschrecken, ich bin es, Maureen.« Vorsichtig betrat sie das Schlafzimmer der alten Dame.

»Mein Gott, haben Sie mich erschreckt, mein Kind!«

»Das tut mir leid.«

Hathaways Mutter war nicht wirklich krank, nicht wirklich alt und auch nicht bettlägerig, sie lag nur am liebsten im Bett. Und der Professor hatte Maureen dazu ausersehen, bei seiner Mom nach dem Rechten zu sehen.

Nach einer knappen Stunde hatte sie die Wünsche der Mutter erfüllt, Sesambagels aus der jüdischen Bäckerei besorgt; sie richtete Mama Hathaways Lunch mit Rettich, Tomaten und Frischkäse an, wünschte einen guten Tag und machte sich auf den Rückweg. Nachdem Maureen die Wäsche dem Trockner überantwortet hatte, lief sie in das *Deli* an der Ecke. Der Besitzer wusste Bescheid und übergab ihr kurz darauf eine braune Papiertüte. Maureen holte die Wäsche aus dem Trockner, faltete und legte sie in die Kommode in Hathaways Apartment. Mit der

Tüte kehrte sie auf den Campus zurück und brachte ihrem Astronomie-professor seinen Lunch.

Hathaway nahm Besteck und einen Salzstreuer aus der Schublade.

»Wollen Sie mir Gesellschaft leisten, Maureen?«

»Ich muss zur Vorlesung, Sir.«

»Dann sehen wir uns später. Sagen wir um fünf?«

»Haben Sie denn ... noch etwas für mich zu tun?«

»Wir beide sollten ein kleines Gespräch führen.«

Maureen besuchte darauf ihren Kurs ›Physik der Gasnebel‹ und nahm als Gasthörerin am Symposion ›Relativitätstheorie‹ teil. Sie konnte es kaum erwarten, dass es fünf Uhr wurde. Ein Gespräch! Das konnte eigentlich nur bedeuten ... Ja, das musste es bedeuten! Ihre Anstrengung hatte sich gelohnt.

Bereits zwanzig Minuten vor fünf Uhr tauchte Maureen im Korridor vor dem Studierzimmer ihres Professors auf. Um ihre vorfreudige Nervosität zu bekämpfen, lief sie auf und ab und suchte währenddessen im Geist alle weiblichen Wissenschaftlerinnen der Geschichte auf, die ihr einfielen und die Maureen Hooper auf dem steinigen Pfad der Forschung vorausgegangen waren. 2500 vor Christus hatte im Alten Ägypten eine Frau namens Peseshet gelebt, die als erste bekannte Physikerin der Geschichte galt. 160 vor Christus unterrichtete Cornelia Africana ihre Söhne, die Gracchus-Brüder, in Mathematik und Musik. Um das Jahr 1240 lehrte Bettisia Gozzadini Rechtswissenschaft an der Universität von Bologna. Dreihundert Jahre später bestimmte die schwedische Kirche, dass auch Mädchen eine schulische Grundausbildung erhalten sollten. 1636 studierte Anna van Schurman als erste Frau an der Universität Utrecht, ohne allerdings ein Diplom zu erhalten. Ein knappes Jahrhundert später gründeten die Schwestern des Ursulinenordens in

New Orleans die ›Ursuline Academy‹, die älteste Mädchenschule der Vereinigten Staaten. 1826 öffneten Grundschulen in New York für Mädchen. 1849 erhielt Elizabeth Blackwell als erste Amerikanerin einen Hochschulabschluss in Medizin. Die erste Afroamerikanerin mit College-Abschluss folgte 1850. Und 1870 legte die Universität von Kalifornien fest, dass Studentinnen den gleichen Status erhalten sollten wie ihre männlichen Kommilitonen. Ein langer, weiter, ein steiniger Weg, dachte Maureen, als sie nun, zweiundachtzig Jahre später, klopfte und ins Zimmer ihres Professors trat.

Hathaway bat sie, Platz zu nehmen und erklärte ihr ohne lange Vorrede, welche Entscheidung die Leitung des Hayden-Planetariums getroffen hatte.

»Abgelehnt?« Sie sprang auf, doch da ihre Knie im selben Augenblick weich wurden, sackte sie wieder auf den Stuhl zurück. »Warum?«

»Fachlich gibt es an Ihnen nichts auszusetzen, Maureen. Bei Ihrem Semesterabschluss waren Sie unter den besten fünf.«

»Was ist die Begründung der Kommission für meine Ablehnung?«

»Die Leitung des Planetariums braucht keine Begründung abzugeben.« Hathaway griff nach seiner Pfeife. »Wir haben es mit einem altbekannten Problem zu tun, mit dem die Wissenschaft zu kämpfen hat.«

»Welches Problem?«

»Frauen.«

»Frauen sind ein Problem?«

Er gestattete sich ein väterliches Lächeln. »Normalerweise nicht, aber wenn es um die Naturwissenschaft geht, können sie eins werden.«

»Ich verstehe nicht, Sir.«

»Versetzen Sie sich in die Lage des Direktors des Planetariums.« Hathaway fand die Streichhölzer nicht.

Maureen gab sie ihm.

»Das Zeitfenster, in dem unsere Fakultät mit dem Hayden-Teleskop arbeiten darf, ist auf die Minute genau eingeteilt. Alle zwei Jahre stipuliert das Institut ein Forschungsprogramm, bei dem es Studenten die Möglichkeit gibt, sich erste Sporen zu verdienen.« Die Pfeife brannte, Hathaway paffte.

»Und warum sollen das nicht meine Sporen sein?«

»Maureen, Sie sind zwanzig, sportlich durchtrainiert, Sie haben schönes Haar und ein erfrischendes Lachen.«

Entgeistert sah sie ihn an. »Und ... was weiter?!«

»Ich gebe zu, Sie widmen sich der Astronomie mit Leib und Seele, aber zugleich sind Sie ziemlich hübsch. Wie lange mag es dauern, bis ein junger Mann auftaucht, der Ihnen den Hof macht? Sie gehen aus, Sie verlieben sich, er hält um Ihre Hand an. Und weil das Leben schön ist und die Liebe ein Geschenk, nehmen Sie seinen Antrag an. Sie heiraten und werden schwanger, und all das geschieht während des Forschungsprojekts, für das ein großes Planetarium Sie ausgewählt hat und Ihnen das modernste Teleskop der USA zur Verfügung stellt. Von nun an denken Sie hauptsächlich an Ihr Baby und das Nest, das Sie und Ihr Mann bauen. Und dann kommt der Tag, an dem Sie dem Leiter des Planetariums mitteilen, dass Sie nicht länger an dem Projekt arbeiten können, weil Sie Mutter werden. Dann geht die Suche für ihn von neuem los und die Wissenschaft hat ein ganzes Jahr verloren.«

Es wurde still im Zimmer.

»So schätzen Sie mich ein?«, fragte Mauren fassungslos.

»Könnte es nicht so sein?«

»Nein!«

»So denken Sie jetzt und glauben auch, dass es so ist. Aber wir an den naturwissenschaftlichen Fakultäten haben diesen Fall oft erlebt. Mädchen interessieren sich für Physik, Chemie oder die Sterne, aber meistens kommt die Natur der Naturwissenschaft in die Quere.«

Ernüchtert, beschämt, frustriert wie selten in ihrem Leben, fragte Maureen: »Wer wurde denn für das Forschungsprojekt ausgewählt?«

»Eigentlich darf ich Ihnen das nicht sagen.«

»Ich erfahre es ohnehin spätestens, wenn der junge Mann mit stolz-geschwellter Brust in der Mensa auftaucht und sich gratulieren lässt.«

»Archibald Tucker«, ließ Hathaway die Katze aus dem Sack.

»Archie Tucker?«, rief sie mit lautem Lachen. »Archie weiß nicht mal, von welcher Seite er in ein Teleskop hineingucken soll!«

»Seine letzten Benotungen sind tadellos.«

»Soll ich Ihnen den wahren Grund sagen, weshalb Archie ausge-wählt wurde? Archibalds Vater sitzt im Vorstand der NYU. Die Tuckers haben den neuen Flügel für Augenmedizin mit einer hohen Summe gesponsert. Das ist der ganze Grund! Und ich fände es fair, wenn Sie das wenigstens zugeben würden, Professor!«

Hathaways Pfeife war ausgegangen. »Lassen Sie sich nicht zu unhalt-baren Vorwürfen hinreißen, Maureen. Gerade Sie dürfen das nicht.«

»Gerade ich, wieso?«

»Ihre Familie besitzt die größte Kohlenmine von Pennsylvania. Sie sollten aus dem Reichtum anderer Leute keine falschen Schlüsse zie-hen.«

»Haben mir meine Eltern jemals durch Finanzspritzen an die Uni-versität unter die Arme gegriffen?«

»Soweit ich weiß, nicht.«

»Keinen Penny hat mein Vater gestiftet.«

Hathaway klopfte den verbrannten Tabak in den Aschenbecher. »Warum eigentlich nicht? Da seine Tochter bei uns studiert, wäre das doch eine schöne Geste.«

»Weil meine Eltern diese Art von Protektion ablehnen!«

In diesem Moment erkannte Maureen, dass ihre Tarnung in Gefahr war. Die Wahrheit schimmerte durch und die Wahrheit lautete: Weder ihr Vater noch ihre Mutter wussten, dass ihr einziges Kind an der New York University das Studienfach Astronomie belegt hatte. Die Familie war zwar einverstanden gewesen, dass sie Newport verließ, um in New York zu studieren, doch sie vermuteten ihre Tochter in einer anderen Disziplin. Nördlich des Washington Squares in der 5th Avenue lag die Juilliard School, eine anerkannte Adresse für junge Menschen, die Musik studieren wollten.

Der ausdrückliche Wunsch von Maureens Eltern lautete, sie möge einen Studienweg einschlagen, der ihr die Möglichkeit gab, eine gebildete, künstlerisch geschmackssichere Ehefrau zu werden. Dass sich ihre Tochter der Erforschung der Sterne verschreiben könnte, lag für John und Aurelia Hooper so außerhalb ihrer Vorstellungskraft, dass Maureen auch nach mehreren Versuchen gescheitert war, sich durchzusetzen. Sie hatte daher keinen anderen Weg gesehen, als Vater und Mutter zu hintergehen.

Während sie im Studierzimmer ihres Professors die bittere Pille schluckte, den Traum vom Hayden-Teleskop aufgeben zu müssen, während sie ihren Konkurrenten Archie zugleich verachtete und beneidete, kam ihr der Verdacht, dass der Betrug, den sie seit zwei Jahren beging, in erster Linie mit Otis Kittridge zu tun hatte.

KAPITEL 2

Die bunten Häuser am Hafen von Newport, die Strandhotels, die schlossartigen Villen und Herrenhäuser, die Leuchttürme und Brücken, auch die elegant gekleideten Bewohner vermittelten das Gefühl, das Leben sei die beschwingte Reise von einer Vergnügung zur nächsten. In Europa tobte ein Krieg, über dessen Grausamkeit und Fanatismus man in den USA wenig wusste und auch nicht wissen wollte. Ein Vierteljahrhundert zuvor hatte Amerika seine jungen Männer über den Atlantik geschickt; ein zweites Mal würde das bestimmt nicht geschehen.

Seit Ende des 18. Jahrhunderts waren Maureen Hoopers Vorfahren Unternehmer. Sie hatten Zucker, Tabak und Melasse umgeschlagen, bis sie nach Erfindung der Eisenbahn in die Energiewirtschaft umschwenkten und ihren Reichtum aus dem Boden holten. Kohle hieß das Konzept der Hoopers. Die Quelle ihres Wohlstands lag wohlbehütet und durch Verträge gesichert im Erdreich nahe der Stadt Pittsburgh.

Niemand, der zu Geld gekommen war, lebte freiwillig in Pittsburgh. 1873 hatte die Familie ein Areal von mehreren Hundert Äckern in Newport, Rhode Island erworben, auf dem Maureens Urgroßvater ein Herrenhaus erbauen ließ. Zahlreiche Schornsteine, Türmchen, Gauben, auch die Parkanlage legten Zeugnis davon ab, dass die Hoopers die Engländer bewunderten. Sie schmeichelten sich, einen englischeren Rasen zu besitzen als die Briten.

Trotz ihrer unverbrüchlichen Liebe zueinander hatten John und Aurelia nur ein Kind bekommen, Maureen. Der Lebenspfad eines Mädchens musste noch gewissenhafter geplant werden als der eines männlichen Nachkommen. Maureen sollte eine Bildung erhalten, die gewährleistete, dass sie, sobald sie ins richtige Alter kam, an einer intelligenten Konversation teilnehmen konnte. Geist und Klugheit allein standen einem Mädchen jedoch nicht zu Gesicht, also förderte man auch seinen Kunstsinn. Das Kind sollte hübsche Bilder malen und wenigstens ein Musikinstrument beherrschen. Mit fünf hatte Maureen leichte Bach-Fugen gespielt und sich später auf die Werke Strawinskys verlegt, was ihre Mutter zu dem Ausruf bewog: »Spiel doch mal etwas mit Melodie.«

Maureen bekam Fechtunterricht, sie spielte Tennis. Ein gut funktionierender Körper war Voraussetzung für die kommende Gattin, wenn schon keines Senators, dann zumindest eines jungen Mannes, der in der Kohlenindustrie seinen Aufstieg nehmen würde.

Die Flausen, die Johns jüngerer Bruder Theodore der wissbegierigen Maureen in den Kopf setzte, erfüllten die Eltern mit Sorge. Onkel Theodore ließ jede feine Lebensart vermissen, schon sein Wohnsitz war unmöglich. Theodores Haus lag nicht im mondänen Newport, sondern an der anderen Seite der Bucht, in Narragansett. Hier waren die Strände felsig, die Häuser schlicht. Narragansett galt als das Quartier der *armen Nachbarn*, die sich Newport nicht leisten konnten. Das Eingangsportal seines Hauses war so dicht mit Brombeeren und Efeu bewachsen, dass er das Terrassenfenster benützen musste, um hinein- und herauszukommen. Durch die Ritzen des Gemäuers pfiff der Wind, die Kamine zogen schlecht und das Dach hätte repariert gehört. Doch die kleine Maureen liebte dieses Geisterschloss, denn hier fand ihre erste Begegnung mit einer Welt statt, die ihr ganzes späteres Leben bestimmen sollte, der Welt außerhalb unseres Planeten.

»Es hat das Leben nicht immer gegeben und wird es nicht immer geben«, sagte Onkel Theodore eines Nachts, als sie zusammen am Strand saßen.

Obwohl Maureen in eine Decke gehüllt war, fröstelte sie. Neugierig blickten ihre Augen zum Nachthimmel empor. »Und die Sterne?«

»Die Sterne sind noch bedeutend älter als das Leben«, antwortete Theodore und hob die Hand. »Dort oben ist es also, das Getümmel der Milchstraße.«

In Maureens Gesicht spiegelten sich Begeisterung, Scheu und Ehrfurcht. »Es sind ... so unendlich viele.«

»Viele sind es schon, aber sie sind nicht unendlich.«

»Und du kennst sie alle?«

»Eine ganze Menge.«

Gemeinsam blickten sie in das Schwarzblau des Frühlingshimmels über Narragansett.

»Ich will das auch können«, sagte Maureen.

»Was denn?«

»Mich im Himmel auskennen.«

»Es ist gar nicht so schwer.«

In vielen darauffolgenden Nächten erklärte ihr Theodore die unterschiedlichen Himmelskonstellationen, und Maureens Begeisterung für die Sterne wurde immer größer.

Ihre Familie wollte dem alleinstehenden Theodore die Gesellschaft seiner Nichte nicht entziehen, doch als er das Interesse des Mädchens mehr und mehr für die Naturwissenschaften weckte, erkannten die Hoopers die Gefahr. Selbst im konservativen Newport hatte man inzwischen akzeptiert, dass es weibliche Ärzte oder Physikerinnen gab, doch für Maureens Karriere als Stammhalterin der Familie kam das nicht in Frage. In den Hooperschen Kreisen galt Wissenschaft als unweiblich. Als Maureen, inzwischen auf der Highschool, eines Tages bekanntgab, sie wünsche sich zu Weihnachten ein Teleskop, schoben die alarmierten Eltern der Sternguckerei einen Riegel vor: Statt des Teleskops bekam sie einen Flügel geschenkt. Maureen liebte das Instrument, gab die Idee mit dem Teleskop aber nicht auf.

Otis Kittridge hatte das Aussehen eines Jünglings des 19. Jahrhunderts. Seidig schwarzes Haar fiel ihm in die Stirn, die Lider hingen schwer über seinen Augen. In der Schule hänselten sie ihn als den *verschlafenen Prinzen*.

»Das ist ja großartig«, sagte der vierzehnjährige Otis im Frühling des nächsten Jahres.

Behutsam packte die gleichaltrige Maureen Hooper das optische Instrument aus. »Es ist ein mittelstarkes Newton-Teleskop, aber das Okular hat eine Barlow-Linse.« Sie justierte das Gerät auf dem Stativ. »Mit einem Herschelkeil habe ich allerdings nicht gerechnet.«

»*Herschel* … was? Herschel?« Otis sah seine Mitschülerin bewundernd an.

»Ein Sonnenzenitprisma. Da wir nachts wohl nicht oft Gelegenheit haben werden, das Teleskop zu benützen, macht es Sinn, dass wir tagsüber die Sonne beobachten.«

Er sah zu, wie souverän Maureen mit dem Instrument hantierte. »Ich staune, dass du Mrs Premminger dazu gebracht hast, das Schulteleskop für uns herauszurücken.«

»Wieso nicht? Ich bin die Präsidentin des Astronomieclubs der Rogers Highschool.«

»Weil du dich selbst dazu ernannt hast.«

»Ich habe den Club ja auch gegründet.«

»Du hast ihn gegründet, um an das Teleskop ranzukommen.«

»Da hast du vielleicht recht.«

»Was hat Mrs Premminger geantwortet, als du sagtest: Die Rogers High hat ab heute einen Astronomieclub?«

»Was ich gesagt habe, ist unwichtig. Entscheidend ist Mrs Premmingers Charakter.«

»Was ist an Mrs Premmingers Charakter so besonders?«

Maureen prüfte die Stahlgelenke, mit denen das Teleskop bewegt wurde. »Otis, beschreibe unsere Lehrerin mal. Mach schon, beschreib sie.«

Nachdenklich strich er das Haar aus der Stirn. »Sie ist fünf Fuß sieben, wegen ihrer Größe trägt sie flache Schuhe. Braunes Haar, Hornbrille, ein Vorderzahn steht schief. – Na, bin ich ein guter Beobachter?«

»Das sind Äußerlichkeiten.« Maureen setzte sich neben ihn auf die Kiste, in der das Teleskop aufbewahrt worden war. »Mrs Premminger ist eine Frau, die vom Leben mehr erwartet hat. Sie hätte gern eine wissenschaftliche Laufbahn eingeschlagen. Sie wollte in die Forschung gehen.«

»Warum hat sie es nicht getan?«

»Hast du ihren Mann mal kennengelernt? Er kommandiert sie ständig herum und zeigt, dass er der Boss ist. Wenn ich die beiden auf der Straße sehe, benimmt sie sich völlig anders als im Unterricht.«

»Wie denn?«

»Wie ein Hausmütterchen. Dabei hat sie hundert Mal mehr in der Birne als er. Sie ist ein As in ihren Fächern und kann den Lehrstoff so gut vermitteln, dass sogar ein Langweiler wie du mitkommt.« Sie knuffte ihn in die Seite, zum Zeichen, dass es nicht böse gemeint war. »Das Traurige ist: Mrs Premminger hat ihren Traum aufgegeben. Was das Leben ihr zu bieten hat, ist eine Stelle als Lehrerin. Die Forschung wird weiterhin von Männern bestimmt.«

»Ich bin sicher, du würdest dir Mrs Premmingers Schicksal nicht gefallen lassen.«

Mit im Schoß gefalteten Händen saß sie da. »Mein Schicksal könnte noch schlimmer werden.«

Sie sprach so leise, dass er sich zu ihr beugte. »Wieso, Maureen?«

»Auf mir liegt ein Fluch besonderer Art.«

»Ein … *Fluch?*«

Sie sah ihm in die Augen. »Du hast deinen Bruder Philipp, er wird das Familienunternehmen übernehmen. Darum kannst du machen, was du willst. Aber ich bin allein. Ich bin sozusagen *die Letzte der Hoopers*. Meine Eltern erwarten, dass ich eines Tages ihr Leben fortsetze: Teepartys und Segelregattas, es bedeutet einen gesellschaftlichen Spitzentanz mit dem einzigen Ziel, einen *Prinzgemahl* ins Haus zu holen und viele neue Hoopers zu produzieren. Ob mir das passt oder nicht, ich bin die Einzige, die dafür in Frage kommt.«

Otis' Blick wurde ernst. »Das ist wirklich ein Fluch.«

KAPITEL 3

Otis Kittridge spielte Cello. Unter Hunderten Bewerbern war er bei der Aufnahmeprüfung in die engere Auswahl gekommen und als Student an der renommierten Juilliard School aufgenommen worden. Maureen freute sich für ihn, zugleich war sie verzweifelt. Bei ihr geschah gerade das Gegenteil. Nicht nur ihre Eltern boykottierten die Idee, nach dem Schulabschluss ein naturwissenschaftliches Studium zu belegen, sogar der Rektor der Highschool zeigte sich entgeistert, als sie in ihrem letzten Jahr statt Kunstgeschichte einen Algebrakurs belegte.

»Ich kann nur noch ausreißen.«

Wie damals, als sie ein kleines Mädchen gewesen war, saß Maureen mit ihrem Onkel Theodore am Strand von Narragansett. Sie trug einen Strohhut aus dem 19. Jahrhundert, der ihm gehört hatte, bis er ihn seiner Nichte schenkte. Zu Beginn war der Hut ihr zu groß gewesen, doch sie war hineingewachsen.

»Ausreißen, wohin?« Theodore strich sich durch den Bart.

»Vielleicht gehe ich nach Alaska. Dort sieht man den Sternenhimmel besser als an der Ostküste.«

»Nachts ist das bestimmt überwältigend. Aber was machst du tagsüber in Alaska?«, fragte er augenzwinkernd.

»Da kämpfe ich mit Grizzlys.«

Er schob den Hut aus ihrer Stirn. »Jetzt mal im Ernst –«

»Ich meine es ernst, Onkel! Nur an einem Ort, wo mich Mom und Dad nicht finden, kann ich machen, was ich will.«

»Was wäre denn, wenn du sie einfach vor vollendete Tatsachen stellst? Du inskribierst und studierst Astronomie, Mathematik und Astrophysik. Was sollen sie dagegen machen? – Und falls es ums Geld geht, die Studiengebühren strecke ich dir vor.«

Sie drückte seine Hand. »Danke. Aber es ist unmöglich, Onkel Theodore.«

»Warum?«

»Wegen Mom.«

Er nickte. »Deine Mutter ist keine gesunde Frau.«

»Ich darf sie auf keinen Fall aufregen.« Langsam ließ sich Maureen gegen Theodores Schulter sinken. »Was soll ich nur machen, Theo? Ich will nicht so werden wie meine Eltern.«

»Das wirst du nie.«

»Aber ich will auch nicht so leben wie meine Eltern. Ich will nicht mit den Leuten unserer Bekanntschaft verkehren, die banales Zeug reden und sich viermal am Tag umziehen und darauf achten, dass ihre Yacht größer ist als die der Nachbarn.«

Nach einer Pause hob Theodore nachdenklich den Kopf. »John und Aurelia erwarten, dass du etwas Künstlerisches studierst, nicht wahr?«

»Wenn es nach ihnen geht: Musik.«

»Weil du für deine Eltern in der Society von Rhode Island brillieren sollst.«

»Ist das nicht schrecklich? Dabei stellen sie mir Otis als Vorbild hin, der an der Juilliard School Cello studiert.«

»Deine Eltern hätten also nichts dagegen, wenn du auch nach New York gehst?«

»Warum fragst du?«

»Weil du so gut Klavier spielst, dass dich die Juilliard bestimmt nehmen würde.«

»Ich will aber nicht Klavier …«

»Lass mich ausreden. New York ist von Newport viele Meilen entfernt. Mit dem Zug braucht man sechs Stunden.«

»Ja, und?«

»Deine Eltern reisen nicht gern.«

»Dad nennt es schon eine *Reise*, wenn er zum Fischen rausfährt.«

Theodore lehnte sich auf die Ellbogen. »Vielleicht sollten du und ich mal zusammen einen Trip nach New York machen.«

»Wozu?« Maureen versuchte das Lächeln im Gesicht ihres Onkels zu deuten.

✳

Im Herbst desselben Jahres hieß Professor Wilson Hathaway, Fakultätsleiter für Astronomie und Astrophyik, Maureen Hooper in Begleitung eines eleganten Herren auf der New York University willkommen.

»Ich freue mich aufrichtig, Sie kennenzulernen, Mr Hooper«, sagte Hathaway.

Die Aufmerksamkeit, die Maureens Immatrikulation entgegengebracht wurde, machte ihr Sorgen. Je unauffälliger das vonstattenging, desto eher würde die Charade gelingen. Es war unüblich, dass sich ein leitender Professor bei diesem simplen Verwaltungsakt zeigte, doch es hatte wohl damit zu tun, dass Maureens Vater zu den reichsten Männern Pennsylvanias gehörte.

»Eine Ehre, Sir.« Hathaway schüttelte dem Mann mit dem stahlgrauen Haar und den freundlichen Augen die Hand.

»Ich muss irgendwo etwas unterschreiben, nicht wahr?« Der Mann, der angab, Maureens Vater zu sein, beugte sich über die Unterlagen.

»Wir hätten ihnen die Formulare doch zugeschickt, Mr Hooper.« Hathaway deutete auf die gestrichelte Linie. »Hier bitte.«

Maureen gab ihrem *Vater* den Füller. »Hier, Daddy.«

»Danke, Kleines.«

Gleich darauf stand es da gestochen scharf: *John Bartholomew Hooper.* Onkel Theodore richtete sich auf. Er hatte den Bart abrasiert, sein Haar schneiden lassen und seinen einzigen eleganten Anzug aus dem Schrank geholt. Die Ähnlichkeit mit seinem Bruder war nicht besonders groß, aber das wusste an der NYU niemand.

»Ich komme immer gern nach New York«, erklärte er Professor Hathaway sonnig.

»Sie haben hier bestimmt Geschäfte zu erledigen?«

»Ja, die ewigen Geschäfte, die haben mich im Griff.« Theodore und Maureen wechselten einen verschwörerischen Blick.

»Wenn Sie wollen, führe ich Sie gern auf dem Campus herum«, schlug Hathaway vor.

»Das finde ich sehr aufmerksam, aber da meine Tochter Astronomie studieren wird, bin ich natürlich besonders an Ihrem großartigen Teleskop interessiert.«

»Unser Telesk … Ach so, verstehe.« Hathaway kratzte sich an der Stirn. »Tja, wissen Sie, Sir, die NYU arbeitet eng mit dem Hayden-Planetarium zusammen. Dessen Teleskop befindet sich allerdings im Norden, westlich des Central Parks. Das ist ein ganzes Stück von hier entfernt.«

Theodore wandte sich zu Maureen. »Du wolltest doch ohnehin deinen Freund Otis besuchen?«

»Stimmt, Papa.«

»Liegt die Juilliard School nicht ebenfalls am Central Park?«

Maureen strahlte ihren Onkel an. »Genau so ist es, Daddy.«

Theodore breitete die Arme aus. »Wenn es Ihnen nichts ausmacht, Professor, für mein Leben gern hätte ich das Hayden-Teleskop gesehen.«

»Das kommt ein wenig überraschend, Sir, aber vielleicht …« Er griff zum Telefon. »Ich will mal sehen … Nein, ich bin sicher, dass sich da etwas machen lässt. Schließlich haben wir nicht täglich John Hooper zu Besuch.«

»Ich bin Ihnen zu Dank verpflichtet«, antwortete Theodore Hooper.

Wenig später saßen Maureen, Otis und Theodore im großen Musiksaal der Juilliard School in der 5th Avenue in Upper Manhattan. Geheimnisvoll schimmerten die roten Plüschsitze in der dämmrigen Notbeleuchtung. Eine einzige Glühbirne brannte auf der Bühne und warf spärliches Licht auf einen Konzertflügel. Die Situation hatte etwas Weihevolles.

»Es ist absolut unmöglich.« Otis Kittridge war inzwischen ein ansehnlicher junger Mann geworden. Es gab das Gerücht, seine Aufnahme an der Juilliard School sei zustande gekommen, weil in der Prüfungskommission drei Frauen gesessen hätten.

»Was ist unmöglich?«, erwiderten Theodore und Maureen wie aus einem Mund.

An seinen Fingern zählte Otis eine Liste her: »Musiktheorie, Partiturlesen, Musikgeschichte, Dirigierunterricht, Klaviertechnik, Studium eines Klavierkonzerts des 19. Jahrhunderts, Studium eines zeitgenössischen Konzerts – das sind nur ein paar deiner Fächer im ersten Semester.« Er sah Maureen an. »Der Lehrplan der Juilliard ist ein Fulltimejob. Abends bin ich meistens so geschafft, dass ich nicht mal mehr Lust habe, bummeln zu gehen.«

Maureen begann mit einer Aufzählung anderer Art: »Mechanik, Wärmelehre, mathematische Physik, Elektromagnetismus, Kern- und Teilchenphysik, lineare Algebra und Astronomie, so sieht mein erstes Semester an der NYU aus.«

»Ausgeschlossen!« Otis beugte sich zu ihr. »Du kannst nicht an der Juilliard und an der NYU gleichzeitig studieren!«

»Jetzt lass uns mal nicht die Nerven verlieren. Der Tag hat immer noch vierundzwanzig Stunden«, entgegnete sie entschieden. »Und meine Eltern lassen mich nur nach New York, wenn ich Musik studiere.«

»Außerdem hast du die Aufnahmeprüfung mit fliegenden Fahnen bestanden«, mischte sich Theodore ein.

»Das war wohl vor allem *dem* da zu verdanken.« Maureen zeigte auf die Bühne. »Daddy hat der Schule einen Steinway gesponsert. Wie hätten sie mich da durchfallen lassen können?« Sie überlegte. »Das zweite Mendelssohn-Konzert habe ich schon drauf, das stammt definitiv aus dem 19. Jahrhundert. Strawinskys Konzert für Klavier und Holzbläser habe ich auch gespielt: Damit hätten wir das 20. Jahrhundert abgedeckt.« Sie grinste Otis an. »Wo ist das Problem?«

KAPITEL 4

Maureen Hooper, inzwischen im vierten Semester, erhob die Stimme, um in dem großen Raum gehört zu werden. »Während bei den meisten Sternbildern die Himmelskörper enorme Unterschiede in der Entfernung aufweisen, stehen fünf Sterne des Großen Wagen in praktisch gleicher Distanz von achtzig Lichtjahren zueinander. Damit bilden sie den der Erde nächstgelegenen offenen Sternhaufen.«

Sie ließ den Zeiss-Projektor, der ihre Ausführungen bildlich an die Decke des Planetariums warf, stillstehen.

»Die Sterne des Großen Wagen bewegen sich mit gleicher Geschwindigkeit und in nahezu gleicher Richtung durch den Weltraum. Wegen dieser unveränderten Richtung und Geschwindigkeit ist es möglich, weitere Mitglieder desselben Sternenstromes zu identifizieren, die allerdings auf der anderen Seite des Himmels liegen. Für mich sieht das Ganze wie ein gigantischer Mückenschwarm aus, der über unser Sonnensystem hinwegzieht und es einhüllt. Ich halte es für möglich, dass auch der Sirius zu diesem Mückenschwarm gehört, da er eine vergleichbare Bewegung am Himmel zeigt.«

Maureens Vortrag dauerte eine halbe Stunde, danach ließ sie das Licht angehen. Vor ihr saßen vier Männer in einem Auditorium mit grauen Sitzen und schwarzen Wänden. Einer von ihnen war Otis, den Maureen als moralische Unterstützung an diesem entscheidenden Tag dazugebeten hatte. Dann waren da noch Professor Hathaway und zwei weitere Professoren der NYU. Diese beiden standen auf, bedankten sich und verließen den Kuppelsaal, um sich zu besprechen.

»Saubere Arbeit, Maureen«, sagte Hathaway, während er auf sie zukam.

Sie übergab ihm ein gebundenes Exemplar ihrer Arbeit. »Danke, Sir.«

»Den Sternhaufen des Großen Wagen mit einem Mückenschwarm zu vergleichen, ist eine interessante Analogie.«

Sie schmunzelte. »Wie geht es übrigens Archibald Tuckers lästiger Muskelzerrung?«

Muskelzerrung war die offizielle Sprachregelung dafür gewesen, dass der zuerst gewählte Kandidat dem Forschungsprojekt nicht gewachsen gewesen war. Um seinen eigenen Gesichtsverlust zu vermeiden, hatte Professor Hathaway die Kandidaten kurzerhand ausgetauscht. Niemand war darüber erleichterter gewesen als Archie Tucker selbst.

»Es geht ihm besser.« Hathaway wog das hundert Seiten starke Papier in seinen Händen. »Ich frage mich … wäre das nicht ein Anlass, den Abschluss Ihrer Arbeit am Hayden-Observatorium gemeinsam zu feiern?«

Warum gab sein Angebot Maureen einen Stich? Was war ungewöhnlich daran, wenn ein Lehrer den Erfolg seiner Studentin feiern wollte? Eine Geste, weiter nichts – wäre da nicht die Sache mit der Wäsche gewesen.

Seit Maureen am Hayden forschte, waren ihre Dienstleistungen für Hathaway immer schwieriger geworden. »Morgen schaffe ich Ihre Wäsche nicht«, hatte sie eines Tages bekannt. »Da steht mir das Teleskop nur zwei Stunden zur Verfügung.«

»Diese Stunden sind aber nachts. Es macht Ihnen bestimmt nichts aus, tagsüber nach meiner Wäsche zu sehen«, antwortete Hathaway.

»Tut mir leid, Sir. Finden Sie denn niemand anderen? Ich möchte mich auf meine Aufgabe voll und ganz konzentrieren.«

Hathaway griff zur Pfeife. »Miss Hooper, ich merke das schon eine Weile: Meine Tabakdose wird nicht mehr gefüllt und meine Mutter beklagt sich, Sie länger nicht gesehen zu haben. Soll ich daraus schließen, dass Sie mir nur so lange gefällig waren, bis ich Sie am Hayden untergebracht hatte?«

Sie war perplex. »Mr Hathaway, ich dachte Sie hätten mir den Auftrag deshalb gegeben, weil mein Vorgänger Archie eine Niete war. Genau genommen habe ich Ihnen damit einen Gefallen getan und nicht umgekehrt.«

Hathaway sprang auf. »Werden Sie mal nicht frech, junge Dame! Ich kenne eine Menge Studenten, die jedes Opfer bringen würden, nur um am Hayden zu arbeiten.«

»Dieses Forschungsprojekt darf nicht an Ihrer Schmutzwäsche scheitern, Sir!«, gab sie zurück.

»Wie Sie meinen. Ich werde mir eine andere Möglichkeit ausdenken, wie Sie sich erkenntlich zeigen können, Miss Hooper.«

An diese unangenehme Begegnung musste sie nun denken, als Hathaway ihr eine *kleine Feier* vorschlug.

»Was halten Sie davon, wenn Otis uns begleitet, Sir? Er hat mir oft nach Mitternacht etwas zu essen gebracht oder mich geweckt, wenn ich über meinen Berechnungen eingeschlafen bin.« Maureen warf Otis einen alarmierten Blick zu. »Was hältst du davon? Bist du mit von der Partie?«

»Aber das kannst du doch unmöglich vergessen haben, Maureen.« Otis stand auf.

»Vergessen?« Sie witterte, dass er ihr beispringen wollte.

»Heute ist mein wichtiges Cellokonzert. Du hast versprochen, zu kommen.«

»Heute ist das schon, wirklich? Du spielst Prokofjew, opus 58, richtig?«

»Du darfst mich unmöglich hängen lassen!«

Mit ausgebreiteten Händen wandte sich Maureen an den Professor. »Das ist wirklich zu dumm.« Durchschaute Hathaway den Bluff? Seine Miene verriet es nicht. »Wir holen das bald nach, Sir. Dann lade ich Sie ein.«

Hathaways Blick verschleierte sich hinter einem Lächeln. »So wichtig war es auch wieder nicht.« Er nahm Maureens Mappe unter den Arm und verließ das Observatorium, ohne Otis noch eines Blickes zu würdigen.

Die beiden warteten Sekunden, bevor sie in Lachen ausbrachen. »Tausend Dank!« Maureen fiel ihm um den Hals.

»Prokofjew, opus 58? Spinnst du?«

»Mir ist kein anderes Cellokonzert eingefallen.«

»Das E-Moll ist viel zu schwer für mich. Vielleicht komme ich nie so weit.«

»Hauptsache, ich muss nicht mit Hathaway ausgehen. In dem Fall können wir beide heute etwas unternehmen. Ich kenne ein neues Deli.«

»Das machen wir ein andermal. Ich habe Tickets für den Broadway.«

»Theater?«, fragte sie mäßig begeistert. »Wie heißt das Stück?«

»Irgendwas mit *Sehnsucht*.« Er machte einen Schritt auf sie zu. »Vergiss nicht, ich habe dir gerade aus der Patsche geholfen.«

✳

›Endstation Sehnsucht‹ stand in großen Lettern über dem Theaterportal. Erst jetzt, zwei Jahre nach der Uraufführung des Schauspiels von Tennessee Williams, kriegte man vereinzelt wieder Karten. Maureen war in New York nur zweimal im Theater gewesen, jedes Mal Musicals; Sprechtheater interessierte sie nicht so sehr.

»Das ist ja toll, toll, toll!«, rief sie in der Pause. Maureen wusste gar nicht, was mit ihr los war, sie war bewegt, erhoben, sie hielt es in dem dicht gedrängten Theaterfoyer nicht länger aus, lief auf die 47th Street und weiter Richtung 8th Avenue.

Otis rannte ihr nach. »Du willst schon gehen?«

»Unsinn. Nur einmal um den Block.«

»Was ist los?«

»Ich muss das erst verkraften.«

Er trabte neben ihr her. »Was denn?«

»Dass das Stück so gut ist, so verdammt gut!«

»Tennessee Williams hat den *Pulitzer* dafür bekommen.« Er hielt sie am Arm fest. »Hast du noch nie ein Broadwaystück gesehen?«

»Wie denn? Entweder bunkere ich mich in meinem Observatorium ein oder ich muss Klavier üben. Ich habe keinen Schimmer, was in Manhattan los ist!«

»Dann bin ich froh, dich aus deinem Sternenturm losgerissen zu haben.«

Sie küsste ihn auf die Wange. »Ja, das hast du! Ich danke dir.« Sie bog um die Ecke und gleich darauf um die nächste, wo sich ein Theater an das andere drängte. Maureen betrachtete die Plakate und Schauspielerfotos.

Otis holte sie ein. »Wir sollten zurück. Die Pause …«

»Dieser junge … dings, wie heißt der? Er ist großartig.«

»Stanley Kowalski.«

»Nicht die Rolle – wie heißt der Schauspieler?«

»Brando.«

»Nie gehört.«

Über den Broadway kehrten sie zum Ethel-Barrymore-Theater zurück, wo bereits das Klingelzeichen ertönte.

✳

Das ›Michael's‹ war ein kleines Restaurant in Midtown, Ecke 46th Street und Broadway. Die Kellner trugen blassgrüne Jacken mit schwarzem Revers und waren sämtlich so alt, dass sie unter der Last der Drinks zusammenzubrechen drohten. Die Wände des ›Michael's‹ waren gepflastert mit Fotografien von Broadwaygrößen. Pfeffer, Salz, Ketchup, Senf und Milch standen auf jedem Tisch. Auch auf dem, von wo Maureen beobachtete, wie Tim, einer der Schauspieler, den Hörer auflegte und sich auf den Rückweg zu ihnen machte. Tim hatte vorhin erzählt, dass dieser Tisch allabendlich für die Schauspieler von ›Endstation Sehnsucht‹ reserviert war. Doch nach einer Spieldauer von zwei Jahren hatten die meisten genug von den Nasen ihrer Kollegen und gingen ihrer eigenen Wege. Nur Maureen, Otis, Tim und die Regieassistentin saßen da.

»Er kommt. Er zieht sich nur noch um.« Tim setzte sich zur Assistentin.

»Die Vorstellung ist seit einer Stunde aus«, lachte Maureen. »Und er ist noch nicht umgezogen?«

»Er ist der Star. Und das weiß er auch.«

Sie zog ein paar Dollarscheine hervor. »Ich muss leider los.«

»Du gehst schon?«, fragte Tim enttäuscht.

»Ich habe morgen Vorlesung.«

»Ich habe Marlon gesagt, dass ihn eine hübsche Zuschauerin kennenlernen möchte.«

Die Regieassistentin verdrehte die Augen. »Du immer und dein Gesülze.«

»Einen Drink noch«, lockte Tim.

Maureen steckte ihr Geld wieder ein. »Ein letzter.«

Er kam tatsächlich wenig später, dick in einen Mantel gehüllt, der Schal verbarg sein Gesicht zur Hälfte. Während er sich der Nische näherte, wurden seine Schritte langsamer. Er schien wieder gehen zu wollen.

Tim lief ihm entgegen. »Da bist du ja endlich!«

Maureen konnte hören, was Brando antwortete.

»Ich kenne diese Leute nicht …«

»Aber sie wollen dich kennenlernen. Nur ein Bier, na los.«

Unwillig trat Marlon Brando in die Nische. Otis wollte gratulieren, wie gut ihm die Darstellung gefallen hatte. Maureen knuffte ihn unter dem Tisch: Man sah dem Schauspieler an, dass er müde war und schnell etwas trinken wollte.

»Hi.« Brando streckte Maureen die Hand hin.

»Sie sind ja eingemummelt wie im Winter.«

»Ich verkühle mich leicht. Und da ich fünfmal die Woche spielen muss …«

»Ich dachte, ihr spielt täglich.«

Brando winkte einem Kellner. »Für die Matineen bin ich doppelt besetzt.«

»Nur wir vom Fußvolk mit unseren kleinen Rollen müssen täglich auftreten«, erklärte Tim.

Die Assistentin lehnte sich an ihn. »Beschwerst du dich darüber, dass du deine Miete zahlen kannst?«

Da sich der Kellner im Schneckentempo auf den Tisch zubewegte, stand Maureen spontan auf. »Was wollen Sie trinken?«, fragte sie Brando.

»Ein Bier. Essen sollte ich auch etwas.«

Sie lief am Kellner vorbei, erreichte die Bar, erklärte anderen Gästen, dass dort jemand verdammt durstig sei und kehrte, kaum eine Minute später, mit zwei Flaschen Bier, einigen Packungen mit unterschiedlichem Inhalt und einem kleinen Teller zu Brando zurück.

»Die Küche hat schon zu. Ich habe zusammengerafft, was da war. Zwei gefüllte Eier, ein paar Oliven, Erdnüsse und Crackers.«

Versonnen sah Brando sie an. »Das ist das raffinierteste Menü, das mir je serviert wurde.«

»Wohl bekomm's.«

Mit seinem Bier und ihrem leeren Glas stießen sie an.

Während Brando sich auf die Erdnüsse stürzte, erreichte der Kellner ihren Tisch. »Was darf ich Ihnen bringen, Sir?«

»Ich bin bedient.« Aus müden Augen sah er Maureen an. »Danke, Miss …«

»Ich bin Maureen.«

»Ich bin Marlon.«

Damit Maureens Bluff mit den beiden Studienrichtungen nicht aufflog, hatte sie angegeben, ihr Apartment habe kein Telefon. Das stimmte insofern, dass sie zum Telefonieren in den Hausflur im Erdgeschoss runtergehen musste. Sie hatte in Manhattan eine ruhige Adresse gewählt, die auf halber Strecke zwischen der NYU in Greenwich Village und der Juilliard School auf der 5th Avenue lag. Im Viertel Murray Hill nahe des East Rivers gab es kaum Ablenkungen. Hier wohnten arbeitsame Leute in Brownstonebuildings, die abends ihre Ruhe wollten. Ein paar Delis, ein paar jüdische Pastrami-Shops und zwei Büchereien, so sah das Freizeitangebot von Murray Hill aus, perfekt für jemanden, der sein Apartment nur zum Schlafen benützte.

Das Wandtelefon im Haus war häufig umlagert. Der Tapezierer aus der dritten Etage nahm dort seine Aufträge entgegen, das *Einsame Herz* aus dem ersten Stock sprach mit ihrer Mutter, von dort rief man auch den praktischen Arzt zu einem Notfall.

Zwei Wochen nach ihrem Besuch von ›Endstation Sehnsucht‹ klopfte es abends an Maureens Tür. Sie lag schon im Bett, wo sie am liebsten büffelte, und öffnete im Bademantel.

»Telefon für Sie«, sagte das *Einsame Herz*.

Maureen betrachtete die Lady, die zu jeder Tages- und Nachtzeit perfekt geschminkt war. »Das kann eigentlich nicht sein.«

»Er hat Sie persönlich verlangt, Miss Hooper.«

»Ist es jemand von der Uni?« Maureens Befürchtung ging in eine bestimmte Richtung. Während ihres Forschungsprojekts am Hayden hatte sie die Juilliard School sträflich vernachlässigt. Otis war gezwungen gewesen, für sie zu lügen und irgendwelche Unpässlichkeiten zu erfinden.

Mit einer Geste deutete das *Einsame Herz* an, Maureen brauche nur zum Telefonhörer zu greifen, um es herauszufinden. Sie schlüpfte in ihre Pantoffel und lief drei Treppen hinunter.

»Ja?«, fragte sie vorsichtig.

Er sagte, die Vorstellung sei ausgefallen, da beide Hauptdarstellerinnen erkrankt wären. Ob Maureen mit ihm spazieren gehen wolle.

»Jetzt? Es ist nach zehn.«

»Die beste Zeit zum Spazierengehen, da sind die Straßen nicht so voll.«

»Wo sind Sie denn, Marlon?«

»Im ›Michael's‹. Nach Hause mag ich nicht.«

»Wie haben Sie diese Nummer rausgekriegt?«

Er überging die Frage. »Und wo sind Sie?«

»Murray Hill.«

»Da kann man nicht spazieren gehen. Sagen wir: vor dem ›Plaza‹? Wir könnten eine Runde um den Teich drehen.«

»Sie wollen im Dunkeln in den Central Park? Haben Sie keine Angst, überfallen zu werden?«

»Nein«, antwortete er so schlicht, dass jeder Widerspruch unangebracht schien.

Als Maureen ankam, war er schon da. Von der 5th Avenue tauchten sie in den schwach beleuchteten Park ein. Nach dem heißen Sommer verloren die Platanen schon die Blätter, das welke Laub raschelte unter ihren Füßen. Das Sherry Netherlands Hotel erhob sich beleuchtet über den Baumkronen. Brando erklärte, er habe über Tim die Nummer von Otis rausgekriegt. Der Rest sei einfach gewesen.

»Warum wollten Sie denn meine Nummer?« In der dunklen, menschenleeren Umgebung war Maureen nun doch ein wenig seltsam zumute.

»Ich fand Sie nett.«

Sie redeten über den Koreakrieg, McCarthy und die antikommunistische Stimmung, über Theater und den Geldraub bei Brink's, bis Maureen irgendwann merkte, dass Brando so gut wie nichts von sich erzählte. Bei einem Schauspieler erstaunte sie das. Während ihrer

Kindheit waren Theatertourneen auch nach Newport gekommen. Bei solchen Gelegenheiten hatte sie Schauspieler kennengelernt. Aufgeblasen und ständig um sich selbst kreisend, das war Maureens Eindruck von ihnen gewesen. Bei Brando war das anders. Es gelang Maureen immerhin, ihm ein paar Brocken über seine Anfänge als Schauspieler zu entlocken.

»Ich war so pleite, dass ich morgens die Heizung abgedreht und sie erst abends wieder angemacht habe.«

»Wieso?«

»Ich war elf Monate ohne Job. Mein letztes Stück, ›Truckline Café‹, wurde nach zehn Vorstellungen abgesetzt. Danach habe ich das Schicksal von neunzig Prozent der New Yorker Schauspieler geteilt – Arbeitslosigkeit.«

»Neunzig Prozent? Ist das so?«

»Aus welcher Welt kommst du denn?« Als es an den Granitfelsen bergauf ging, nahm er sie an der Hand und half ihr. »Jeder träumt von seinem großen Erfolg am Broadway. Doch in Wirklichkeit kellnern wir alle oder fahren Taxi oder beides. Mit dem bisschen, was wir dabei verdienen, zahlen wir teure Schauspielkurse, um das Gefühl nicht zu verlieren, unseren Beruf auszuüben.« Sie erreichten den blankgeschliffenen Gipfel des Felsens.

Die Nacht war kühl, Maureen verschränkte die Arme. »Inzwischen sind diese Sorgen wohl für Sie vorbei.«

»Keine Ahnung. Abgerechnet wird mit siebzig. Ich ziehe meinen Hut vor jedem, der in diesem Beruf ein Leben lang durchhält.« Er legte sich auf den Rücken. »Und das da oben – das ist also dein Beruf.« Er zeigte zum Himmel. »Erklär's mir.«

»Was denn?«

»Wie funktioniert das Ganze?« Er machte eine kreisende Bewegung über das Firmament. »Was ist das, der helle Stern dort?«

»Die Venus. Kein Stern, ein Planet.«

»Komm, erklär's mir.«

Sie nahm seine Hand und ließ ihn zwischen zwei Fingern hindurchsehen. »Das ist der Große Wagen. Siehst du die beiden vorderen Sterne? – Jetzt schiebe deine Finger in dieser Richtung fünf Mal nach oben.«

»Okay. Da ist nur ein einziger Stern.«

»Der Polarstern. Und wenn du diese Linie weiter verlängerst, erreichst du das Sternbild Kassiopeia.«

Sie saßen auf einem Felsen an der Südseite des Central Parks. Der Verkehrslärm der 59th Street war um diese Zeit kaum zu hören. Maureen vertraute Brando an, dass sie erst durch ihr Studium, durch die Wissenschaft ihren persönlichen Weg zum Glück kennenlernte. Jeden Tag staunte sie aufs Neue vor diesem Wissen, das *stimmte*, war erfüllt von einer besonderen Sehnsucht nach dem Lauteren, dem Genauen. Für die Erscheinungen des Himmels kannte sie nichts als Bewunderung. Jedes Sternbild war einmalig. Es gab nur eine einzige Figur wie den Großen Wagen und weder in der Spanne eines Menschenlebens noch in vielen Zeitaltern würde sich diese Figur jemals ändern.

Maureens Euphorie, ihre unverstellte Begeisterung für die Astronomie schien Marlon Brando zu öffnen. Das Himmelszelt vor Augen redete er allerdings über den Irrsinn der Zeit. Die Schulkinder lernten, dass Amerika für Freiheit und Gerechtigkeit stehe. In Wahrheit seien die Amerikaner das aggressivste, monströseste Gesindel gewesen, das einen Genozid an den Ureinwohnern verbrochen hätte. Doch in den Westernfilmen würden die Mörder als Helden dargestellt. Statt zu denken, ließen sich die Amerikaner am liebsten berieseln. Hollywood sei dazu da, dieses Bedürfnis zu stillen. Marlon sagte, Film sei ein Geschäft und die Schauspieler seien nur Handwerker, ähnlich einem Elektriker oder Klempner. Zu *spielen* sei ein Grundbedürfnis aller Menschen. Wie würde man wohl durchs Leben kommen, wenn man Gefühle nicht vortäuschen könnte? Ein Schauspieler würde das tägliche *Lügen* nur zum Beruf machen.

Maureen war durchdrungen von den hellsichtigen und deprimierenden Lebensansichten dieses jungen Mannes. Als sie den Felsen verließen, war es zwei Uhr (früh). Am Rande des Parks winkte Brando ein Taxi heran und bestand darauf, Maureen nach Hause zu bringen. Er bedankte sich, dass sie Zeit mit ihm verbracht habe, wollte aber nicht mit hochkommen. Oben im Zimmer, auf ihrem Bett sitzend, fragte sich Maureen mit seltsam klopfendem Herzen, was für eine Art von Begegnung das eigentlich gewesen sei.

KAPITEL 5

Das Telefon im Hausflur hatte noch oft geklingelt. Aber Marlon Brando war nie mehr dran gewesen. Zu Beginn bedauerte Maureen das, doch als die Zeit verging, entschied sie sich für die Erklärung, dass Marlon an diesem besonderen Abend, der ihr viel bedeutete, einfach nicht hatte allein sein wollen.

Inzwischen hatte Elia Kazan ›Endstation Sehnsucht‹ mit ihm verfilmt, später kam ›Die Faust im Nacken‹ in die Kinos. Brandos Ruhm verbreitete sich. Obwohl er so abfällig über das Filmgeschäft gesprochen hatte, war er Teil von ihm geworden und trat nicht mehr am Theater auf. Tim, den Maureen manchmal in Begleitung von Otis traf, sagte ihnen, dass Marlon die Routine, ein Stück monatelang zu spielen, auf die Nerven gehe.

Das Doppelstudium wuchs sich für Maureen zu einem Monster aus, dem sie kaum noch gewachsen war. Sie beabsichtigte, die Fassade mit der Juilliard School nur noch so lange aufrechtzuerhalten, bis sie an der NYU ihren Abschluss gemacht haben würde.

Der Herbst wurde zum verlängerten Sommer. Es war ungewöhnlich warm und Maureen nahm das schöne Wetter zum Anlass, übers Wochenende nach Hause zu fahren. Indem sie in Newport ein Hauskonzert gab, bot sie ihren Eltern Gelegenheit, Maureen vor geladenen Gästen zu präsentieren. Im Gegenzug hatte sie Mom und Dad davon abbringen können, sie in New York zu besuchen.

Maureen saß mit Onkel Theodore in dem kleinen Wirtschaftsgarten hinter der Küche. Für ihren Auftritt trug sie ein Cocktailkleid, hatte die Schuhe ausgezogen und spielte mit den Füßen im Gras.

»Ich weiß nicht, was mit Professor Hathaway los ist. Seit der Sache mit seiner Schmutzwäsche hat sich unser Verhältnis verändert.«

Theodore zog sein Dinnerjackett aus, selbst am frühen Abend war es zu warm. »Auf welche Weise *verändert?*«

»Wenn ich ihn sprechen will, schiebt er eine Sitzung vor und beschränkt unser Gespräch auf das Mindestmaß. Er war an der NYU mein Vertrauensprofessor, mein Mentor. Wir standen uns nah.«

Theodore senkte die Stimme, da Martha, die Köchin, ins Freie trat, einen Glimmstängel zwischen den Lippen. »Was meinst du damit, ihr *standet euch nah?*«

»Nicht, was du vermutest«, antwortete Maureen fast erschrocken. »Hathaway ist freundlich, ziemlich formell und natürlich viel älter. Aber seit das Forschungsprojekt am Hayden vorbei ist, kommt er mir wie versteinert vor.«

Martha trat näher. »Entschuldigung, Miss Maureen, darf ich Sie etwas fragen?«

»Unter der Bedingung, dass Sie mir auch eine geben, Martha.« Sie deutete auf die Zigarette.

»Sie rauchen?«, fragte die Köchin überrascht.

»Jetzt habe ich gerade Lust darauf.«

»Ach, das Konzert, ich verstehe. Sie haben Lampenfieber.«

Maureen hatte diesen bestimmten Schubert so oft gespielt, dass sie kein bisschen nervös war. »Das wird es wohl sein«, antwortete sie dennoch und ließ sich Feuer geben. »Was wollten Sie fragen?«

»Ihre Mutter konnte nicht sagen, wie lange Sie spielen werden. Da sie für hinterher aber warme Hors d'oeuvres bestellt hat, müsste ich ungefähr wissen, wann ich die Taschenkrebse in die Pfanne tue.«

»Ach ja, wir haben gerade Taschenkrebs-Saison.« Maureen überlegte. »Die Impromptus dauern eine halbe Stunde. Danach spiele ich Moms geliebten Mozart. Alles in allem fünfundvierzig Minuten, würde ich sagen.«

»Danke.« Martha wollte zurück, drehte aber noch einmal um. »Ihre Eltern sind wahnsinnig stolz auf Sie, Miss Maureen. Sie schwärmen davon, wie sie Sie bald auf einer Konzerttournee begleiten werden.«

»Ach, sagen Sie das?«

»Wenn Sie mir eine Bemerkung gestatten, Miss Maureen: Sie sind ziemlich dünn geworden. Ist das Musikmachen so kräftezehrend?«

Maureen fasste sich an die Rippen. »Später werde ich bei den Taschenkrebsen ordentlich zulangen.«

Die Köchin ging hinein.

»Armer John, arme Aurelia«, sagte Theodore nach einer Pause. »Sie träumen von ihrer Tochter als Pianistin. Wann wirst du es ihnen sagen?«

»Nach meinem Abschluss an der NYU schmeiße ich die Juilliard hin. Ich kann einfach nicht mehr.« Sie schlüpfte in die Schuhe. »Und was rätst du mir in Bezug auf Professor Hathaway?«

»Sprich mit ihm, frag ihn, was los ist. Das ist immer das Beste.«

»Ich muss hinein.« Ein Zwinkern. »Du musst dir den Schubert nicht antun, wenn du nicht magst.«

»Schubert ist mir ein bisschen zu blumig. Vielleicht probiere ich schon mal die Taschenkrebse.«

Sie ordnete ihre Frisur. »Schumann ist der Blumige, nicht Schubert. Schubert ist … die reine Liebe.«

Theodore zog die Jacke an. »Und wie steht es mit dir und der reinen Liebe?«

»Na, das ist eine Frage, unmittelbar vor dem Konzert«, erwiderte sie lachend. »Die Antwort lautet: Ich habe keine Zeit für die Liebe.«

Das Es-Dur-Impromptu war ihr missglückt. Bei den chromatischen Läufen hatte sie schummeln müssen und in der linken Hand die Tonart zu früh gewechselt. War das denn verwunderlich? Jemand, der täglich nur noch vier Stunden schlief, war verständlicherweise erschöpft.

Der Elfenbeinsaal im Hooper-Haus war vollbesetzt, fast alle Gäste kannte Maureen seit frühester Kindheit. Sie zwängte das Cocktailkleid auf der Klavierbank zurecht und begann das Impromptu Nr. 3. Sonst spielte sie das Stück klar und ohne Pathos. Klavierspielen war Handwerk. Das Tempo gab der Komponist vor, *Andante,* ruhig, gemessen, damit waren alle Entscheidungen getroffen. Für einen Moment musste Maureen an Brando denken, der etwas Ähnliches über die Schauspielerei gesagt hatte: Ein Klempner, ein Schauspieler, eine Pianistin.

Doch diesmal wollte ihr der pragmatische Stil einfach nicht gelingen. Sie *ging mit der Musik mit,* wie man das nannte, sie *fühlte* Schubert. Sie fühlte sich dem Mann nahe, der mit Männern durch die Wiener Weinlokale gezogen und mit einunddreißig Jahren an Nervenfieber gestorben war. Sie war aufgewühlt von Gefühlen, die sie sich nicht erklären konnte. Was sonst ihr Leben ausmachte: mathematische, astrophysikalische Aufgaben, zwischendurch ein Sandwich, die Fahrt mit der Subway, die Stunden am Klavier, Diskussionen mit Professoren – all das verschwand und machte einem Kosmos Platz, dem Maureen hilflos ausgeliefert war, der Welt ihrer Gefühle. Sie war überanstrengt, überreizt, seit mehreren Jahren musste sie unausgesetzt *funktionieren*. Aber das war es nicht allein. Maureen spürte eine unbekannte Leere in sich, und Theodore hatte dieser Leere einen Namen gegeben: *die Liebe*. Darum konnte sie das Impromtu Nr. 3 nicht spielen wie gewohnt. Sie verlor sich in Empfindungen, die Schubert vor annähernd hundert Jahren in das Ges-Dur-Stück gelegt hatte. Maureen spielte kitschig, sie spielte triefend, machte unnötige Pausen und verwandelte das gemessene Andante in ein breites Largo. Sie brach im dramatischen Mittelteil sogar in Tränen aus. Die Tasten verschwammen vor ihrem Blick. Sie hatte keine Hand frei, um sich über die Augen zu wischen. Maureen spielte tränenblind. Ihr Mund öffnete sich, sie keuchte unter dem, was in ihr hochkam. Es war ihre größte Niederlage als Musikerin, ein Waterloo am Klavier. Als es zu Ende war, wandte sie sich ab und wischte hastig die Tränen aus dem Gesicht. Sie hatte Schubert verraten und jeden Musiker, der sein Handwerk kompromisslos ausübte.

Ihre Bekannten und Verwandten aus Newport hatten natürlich mitbekommen, wie bewegt sie war und den Schluss gezogen, dass Künstler eben zart besaitete, hingebungsvolle Wesen seien. Erschütterter Applaus brandete auf, mit dem die handverlesenen Gäste Maureen wissen ließen, wie bewegt sie waren.

Was ich gerade geboten habe, war der schlimmste Kitsch, dachte sie, doch auch Kitsch bewegte die Menschen leider. Tapfer verbeugte sie sich und schämte sich zugleich in Grund und Boden.

✳

Fünf Tage später betrat Maureen Professor Hathaways Studierzimmer, diesen herrlich unaufgeräumten Raum mit den historischen Instrumenten zum Berechnen von Sternenwinkeln, dem Staub auf den Büchern, den nachgedunkelten Vorhängen, dem herbstlich bunten Blick über den Washington Square. Das war sein Reich; hier hatte Maureen viele wichtige Impulse empfangen.

»Haben Sie eine Minute für mich, Sir?«

Professor Hathaway legte einen Aktenstapel wie eine Barriere zwischen sich und Maureen. »Hat das nicht Zeit bis zur Vorlesung?«

Sie holte tief Luft. »Sie gehen mir aus dem Weg, Professor, und zwar nicht erst seit kurzem. Ich kann mir den Grund dafür nicht erklären. Besonders jetzt, da ich mich auf meine Doktorarbeit vorbereite, bedrückt mich dieser Zustand.«

»Ich habe keine Ahnung, wovon sie reden«, antwortete Hathaway, während er eine Liste überprüfte.

»Sie müssen doch merken, dass sich zwischen uns etwas verändert hat – und zwar nicht von meiner Seite.«

»Höre ich da einen Vorwurf heraus, Miss Hooper?«, entgegnete er kühl.

»Hören Sie auf, Sir!«, brach es aus ihr hervor. »Was habe ich getan, dass Sie mich so behandeln?«

Er schwieg.

»Wenn meine Promotion glatt verläuft, werden wir ohnehin nicht mehr lange zusammen sein, aber bis dahin möchte ich unser Verhältnis …«

»Verhältnis?«, fuhr er dazwischen.

»Ich meine unsere gute Zusammenarbeit. Ich will sie wiederherstellen.«

»So? Sie wollen? Und warum sollte mich das interessieren?«

»Weil Sie mein Lehrer und mein Mentor sind, Mr Hathaway. Weil Sie mein Freund waren während der ersten Zeit an der NYU.«

»Ich war nie Ihr Freund«, erwiderte er. »Da haben Sie mich grundsätzlich missverstanden. Es ist wahrscheinlich gut, dass wir das ein für alle Mal klären. Sie zeigen mir Ihre Arbeiten, hören meine Vorlesungen und legen Ihre Prüfungen ab. So und nicht anders sieht unser *Verhältnis* aus.« Er legte die Liste beiseite. »Ist Ihre Frage damit beantwortet?«

Es fühlte sich an, als sei sie gerade geschlagen worden. »Warum tun Sie das ... Warum sagen Sie so etwas? Ich kenne Sie so gut, weiß, wie Sie leben, kenne Einzelheiten aus Ihrer Kindheit, denn ich war oft mit Ihrer Mutter zusammen.«

»Nur weil Sie in meiner Schmutzwäsche gewühlt und meinen Müll runtergebracht haben, glauben Sie, mich zu kennen? Sie sind eine überhebliche, realitätsfremde Person, Miss Hooper. Ich verbitte mir Ihre Anspielungen auf meine Mutter. Wir beide sind keine Freunde, wir werden es nie sein und es wäre mir lieb, wenn wir Gespräche dieser Art in Zukunft nicht mehr führen.«

Maureen stand auf, ging um den Schreibtisch herum und trat vor ihn. »Ich glaube Ihnen nicht, Sir.«

»Das ist Ihr Problem.«

Sie bemerkte Schweißperlen auf seiner Oberlippe. Er suchte an ihr vorbeizusehen, doch sie stand direkt vor ihm.

»Mr Hathaway, wenn ich irgendetwas falsch gemacht habe, sagen Sie es mir bitte. Ich muss etwas falsch gemacht haben, sonst wären Sie in Bezug auf mich nicht ein vollkommen anderer Mensch geworden. Bitte helfen Sie mir, Professor. Helfen Sie mir, denn ich weiß nicht weiter.«

»Du raffiniertes kleines Biest«, flüsterte er nach einer Pause. »Du verdammtes Biest. Hör auf, um Gottes willen, hör auf damit. Verstehst du denn immer noch nicht?«

»Was soll ich verstehen, Sir?« Sie beugte sich zu dem kreidebleichen Mann mit dem wirren Haar. Er schien den Atem anzuhalten. »Was, Mr Hathaway?«

»Ich liebe dich.« Es war kaum mehr als ein Hauch. »Aber ich kann und darf dich nicht lieben. Trotzdem ist es seit dem ersten Tag so, als dein Vater dich zu uns gebracht hat. Ich will, dass du mir meine Ruhe lässt, dass wir nicht miteinander sprechen, außer über Astronomie. Ich kann nicht dein Doktorvater sein. Um meines Seelenheils willen bitte ich dich: Gib mir meinen Frieden!«

KAPITEL 6

Andere Welt, Welt ohne Makel. Alles hinter sich lassen, New York, die Überforderung, den Druck, die Eltern, die Kunst, Schubert, Hathaway. Fluchtpunkt Flagstaff, Arizona. Die Stadt trug den Beinamen ›Tor zum Grand Canyon‹. Auf 7000 Fuß Höhe lag sie am Rande des Colorado-Plateaus. Wintersport, Einsamkeit und viele Naturmonumente: das Walnut Canyon National Monument, das Wupatki National Monument, der Barringer Crater. Nach Phoenix, der nächsten größeren Stadt, fuhr man drei Stunden.

Newport war ein ebensolches Provinznest wie Flagstaff, Maureen selbst war eine Kleinstadtpflanze, und doch hatte sie sich in fünf Jahren so an New York gewöhnt, dass sie erst in Flagstaff wieder verstand, dass die Vereinigten Staaten ein Flächenland waren, endlos und praktisch menschenleer. Rund um die Stadt lagen die Wüste und gewaltige Felsformationen, die Gott im Zorn aus dem Berg geschlagen und liegengelassen haben musste. In Manhattan galt ein Parkplatz als Zeichen von Wohlstand; Flagstaff hätte man als riesigen Parkplatz mit ein paar Häusern bezeichnen können.

Die Möglichkeit, als Astronomin an einem Observatorium im Mittleren Westen zu arbeiten, war über Nacht gekommen. Maureen hatte dies als Fingerzeig empfunden, als Wegkreuzung, an der man einen Pfad verließ, um den wahren Lebensweg einzuschlagen. Die Auflösung des alten Lebens, der Paukenschlag für ihre Eltern, der Abschied von Otis, der Aufbruch, die Ankunft: Maureen empfand die ganze Zeit, als hätte sie ständig ein Eukalyptus-Bonbon im Mund: Belebende Frische lag darin.

Am ersten Tag in Flagstaff, auch am zweiten und dritten taumelte sie durch den Ort wie durch ein Paradies. Die Weite, der Himmel, ihr neuer Arbeitsplatz! Die Flucht war gelungen, New York umgarnte sie nicht länger mit Verlockungen und Verstörungen. Flagstaff war simpel, überschaubar, unverstellt, genau das, was sie brauchte. Die Einsamkeit der Natur, die Kraft des Sternenhimmels, der ohne die New Yorker Lichtverschmutzung strahlte, das Majestätische dieser Höhe, Maureen hatte Bewunderung für alles.

Doch nach einer Woche fühlte sie sich wie eine Blume, die man aus der Erde Manhattans ausgegraben und in der Wüste Arizonas einge-pflanzt hatte. Ich bin fünfundzwanzig, Himmel Herrgott, dachte sie manchmal, mit fünfundzwanzig ging eine junge alleinstehende Frau doch nicht in die Einsamkeit.

Sie kam zu früh. Ihre erste Anstellung in dem Beruf, um den sie so sehr gekämpft hatte, war noch nicht bereit für sie. Maureen nahm ein Quartier im ersten Stock des Hauses von Jonathan und Mindy Auerbach. Die beiden begrüßten sie mit der Herzlichkeit des Mittle-ren Westens.

»Willkommen im Land der endlosen Kiefernwälder.« Mindy bat sie herein. »Willkommen in unserer lebendigen Stadt, wo kreative Men-schen leben.«

»Das ist mir schon aufgefallen.« Maureen stellte ihre Koffer ab.

»Wirklich, wen haben Sie kennengelernt?«, entgegnete Jonathan.

»Da ist ein Straßenmusikant, er hat auf einem Banjo gespielt.«

»Das ist nur Keezheekoni, er stammt gar nicht aus Flagstaff. Er ist Cherokee.«

»Sie werden feststellen, dass wir eine warmherzige Gemeinschaft sind«, fuhr Mindy fort. »Aus New York sind Sie natürlich ein anderes Angebot gewöhnt, aber wir haben auch hier Coffee Shops und noch manches mehr.«

Maureen war nicht entgangen, dass Flagstaff über zwei Restaurants verfügte, ein chinesisches, wo niemand saß, sich jedoch Schlangen bildeten, um Take-away-Essen abzuholen. Das andere war ›The Ranch‹. Dort bekam man Steaks und sonst kaum etwas. ›The Ranch‹ hatte einen Parkplatz von der Größe eines Baseballfelds, der voller Autos stand.

»Mögen Sie Hunde?«, erkundigte sich Mindy.

Maureen war als Kind von ihrem Hund gebissen worden, den ihr Vater darauf einschläfern ließ, ohne sie zu fragen. Seitdem hatte es im Hooper-Haushalt keine Tiere gegeben. »Warum fragen sie?«

»Unser Freddy liebt es, die Gäste aus dem ersten Stock zu begrüßen.«

»Ich arbeite häufig nachts und komme erst morgens heim.«

»Das macht Freddy nichts, er lauert immer in seiner Hütte.«

»Liegt Freddy an der Leine?«

Das brachte die Auerbachs zum Lachen. »Freddy an der Leine? Er ist doch kein Kettenhund.«

Mindy brachte die neue Mieterin nach oben. Das Apartment war in Ordnung, wenn man von den Bildern an sämtlichen Wänden absah. Es mussten Hunderte sein, jedes unterschiedlich gerahmt, Landschaftsmalereien waren darunter, historische Fotografien, auch getrocknete Pflanzen hinter Glas.

»Wir dachten, die Wände sind sonst zu kahl«, erklärte Mindy. »Vieles haben wir aus dem Antik-Shop, ein paar Bilder hat Jonathan selbst gemalt.«

Maureen überlegte, wie sie die Bilder abnehmen könnte, ohne die Gastgeber zu kränken, um danach mit einer Wand voller Nägel zu leben.

»Sie werden feststellen, dass in Flagstaff jeden Tag etwas los ist«, sagte Mindy. »Donnerstag ist Flohmarkt, Freitag Bauernmarkt und Samstag treten die Baseball-Mannschaften gegeneinander an.«

»Wie viele gibt es denn?«

»Eine«, antwortete Mindy, ohne das Rätsel aufzulösen. »Am Sonntag ist Tanz hinter dem Rathaus. Die jungen Männer werden Augen machen, wenn sie Sie sehen.«

»Wieso?«

»Ihre Kleidung.«

Maureen war aufgefallen, dass die Flagstaffer Frauen Röcke trugen. Sie fand es bequemer, in Jeans unterwegs zu sein. In New York war eine Frau in Hosen zwar auch keine alltägliche Erscheinung, aber nicht weiter der Rede wert.

»Ich hoffe, unser Ort wird Ihnen schon bald zur Heimat werden«, sagte Mindy, bevor sie die Innentreppe hinunterstieg.

Maureen stützte sich auf das Fensterbrett und starrte hinaus. Den Namen ›Fahnenmast‹ hatte Flagstaff erhalten, als Siedler, die nach Westen zogen, einen Mast benötigten, um am Unabhängigkeitstag die US-Fahne zu hissen. Dazu köpften und entrindeten sie einen Baum und befestigten die Flagge am oberen Ende. Dort blieb sie hängen und wurde von anderen Durchreisenden gefunden, die beschlossen, sich hier anzusiedeln. Den historischen Baum und die historische Flagge

gab es längst nicht mehr. Vor Maureens Fenster erinnerte eine Nachbildung an die Gründung der Stadt.

Abends hatte sie Hunger und nichts eingekauft. Da sie den Vermietern nicht begegnen wollte, probierte sie die Außentreppe. Dieser Ab-
gang war Wind und Wetter ausgesetzt und wirkte morsch. Vorsichtig
probierte sie jede Stufe.

Sie hatte nicht an Freddy gedacht. Kaum setzte sie ihren Fuß auf die
Wiese, kam er aus seiner Hütte geschossen, sprang an ihr hoch und
kläffte. Zum Ausgehen hatte Maureen einen Rock angezogen und versuchte, ihre Beine zu schützen. »Aus, Freddy! Platz! Schluss damit!«

Doch Freddy fand, einen neuen Gast dürfe man ruhig ausgiebig
willkommen heißen. Erst ein Pfiff von der Veranda ließ ihn in seine
Hütte zurückkehren.

Jonathan Auerbach saß im Freien, eine Tasse Tee neben sich. Das
Buch, in dem er las, hatte er für den Pfiff beiseitegelegt, nun nahm er
es wieder auf. Eilig verließ Maureen das Grundstück.

Sie ging in ›The Ranch‹, weil es keinen anderen Ort zu geben schien,
den man abends aufsuchen konnte. Das Restaurant war halb voll, an
der Bar saßen Männer, Frauen, ganz junge und alte Kerle, bunt ge-
mischt.

Kein Mensch sah so einsam aus wie jemand, der allein an einem
Tisch zu Abend aß. Maureen wollte dieses Bild nicht abgeben und
stellte sich an die Bar, zwischen einen Weißhaarigen mit langem Zopf
und eine Frau, die ungefähr ihr Alter hatte. Der Alte starrte in sein
Whiskyglas. Die junge Frau war damit beschäftigt, Strohhalme in der
Papierverpackung aufzureißen und das Papier in Richtung anderer
Gäste zu pusten.

Der Barmann bemerkte den neuen Gast. »Bin gleich da, Schätzchen.«

»Ich wollte fragen …«

»Bin gleich da.«

Maureen fühlte eine Schulter an ihrer. »Du darfst Herman nicht komisch kommen«, raunte ihr der Weißhaarige zu. Blaue Augen leuchteten in seinem wettergegerbten Gesicht.

»Ich wollte nur etwas fragen.« Maureen beendete den Schulterkontakt.

»Was willst du denn wissen?«

Die Jukebox lief auf voller Lautstärke, Patti Page sang den ›Tennessee Waltz‹. Der Alte war schwer zu verstehen. »Nicht so wichtig.«

»Du willst bestimmt wissen, ob es heute Starkbier gibt«, kombinierte ihr Sitznachbar. »Herman wartet schon seit Wochen auf die Lieferung, aber sie kommt einfach nicht. Es ist eine Katastrophe.« Der Alte drehte sein Whiskyglas auf dem Tresen.

»Bist du auf der Durchreise?«, fragte die junge Frau, während sie einen neuen Strohhalm aufriss.

»Vielleicht bleibe ich länger in Flagstaff«, antwortete Maureen zurückhaltend.

»Wenn du Arbeit brauchst: Georgy vom Supermarkt sucht jemanden für die Kasse.«

Maureen begriff, dass jemand, der sich länger in Flagstaff aufhalten wollte, einen Job brauchte. Ihre Anstellung am Lowell Observatory mochte sie noch nicht preisgeben.

»Du suchst einen Job?«, fragte der Weißhaarige.

Sie hielt ihm die Hand hin. »Hallo. Ich bin Maureen.«

Er schüttelte sie. »Enyeto.«

»Freut mich.«

Die Junge kicherte. »Hat er dir schon gesagt, was *Enyeto* bedeutet?«

Sie drehte sich zu ihr. »Hallo, ich bin Maureen.«

»Ich bin Lindy. – *Läuft wie ein Wildschwein.*«

»Wer läuft wie ein Wildschwein?«

»Das bedeutet sein Name.« Lindy wollte zum nächsten Strohhalm greifen, doch eine kräftige Hand packte das Glas und stellte es woanders ab. »Lass das«, ermahnte sie der Barmann. »Die Dinger sind für alle da und nicht zum Spielen.«

»Sorry, Herman.«

Der Mann, den sie Herman nannten, hatte eine auffällige Narbe. Sie begann beim Haaransatz, verlief über die Stirn und endete am rechten Ohr, von dem ein Teil fehlte. Maureen versuchte, nicht hinzusehen, aber natürlich starrte sie genau dorthin.

»Du hast eine Frage, Schätzchen?« Herman beugte sich zu ihr.

»Ich würde gern wissen …« Warum musste sie immer dort hinsehen?

»Woher meine Narbe stammt?«

»Nein, das wollte ich nicht …«

»Hast du schon mal eine tanzende Kettensäge gesehen?«, fragte er umgänglich.

»Nein.«

Stolz tippte er an seine Stirn. »Das hier hat eine tanzende Kettensäge angerichtet. Dabei hatte ich noch Glück. Um ein Haar hätte sie mich enthauptet.«

»Kettensägen haben aber doch einen Schutzschalter«, erwiderte Maureen. »Wenn man den auslässt, kommt die Kette zum Stehen.«

Enyeto hob den Kopf. »Klar haben die Dinger einen Sicherheitsschalter. Wie konnte die Kettensäge über deine Stirn tanzen?«

Nachdenklich blickte Herman von einem zur anderen. »Jeder hat seine Geschichte. Nur weil bei uns ein neues Gesicht auftaucht, werde

ich meine Geschichte nicht ändern.« Ernst musterte er das *neue Gesicht.*
»Deine Frage?«

»Ich wollte wissen, ob ich mir an der Bar etwas zu essen servieren lassen kann?«

»Gefallen dir unsere Tische nicht?«

»Ich finde es hier gemütlicher.«

Herman lächelte, sein Silberzahn blitzte. »Klar kriegst du hier was zu futtern.« Er schob ihr eine Karte hin, die durch viele Hände gegangen war.

»Danke.«

»Das Wildschwein würde ich nicht probieren«, sagte Lindy. »Das stammt noch von der Herbstjagd.«

»Und zu trinken?« Herman wandte sich um.

»Ein Bier.«

»Starkbier gibt es leider keins. Vielleicht nächste Woche.«

Der Mann, der *Läuft wie ein Wildschwein* hieß, seufzte. »Es ist eine Katastrophe.«

KAPITEL 7

LOWELL OBSERVATORY, FLAGSTAFF

Dwayne war kleiner als Maureen, noch keine dreißig, aber sein Haupt-
haar verabschiedete sich bereits. Trotz des warmen Wetters trug er
Anzug und Krawatte. Dwayne war der Assistent von Milford Henderson, dem Leiter des Lowell Observatoriums mit dem drittgrößten Spiegelteleskop der Welt. Dwayne zeigte Maureen ihren Arbeitsplatz.

»Ich bin in Tucson geboren. Und du?«, fragte er, während sie die
Wendeltreppe herunterkamen.

»Newport, Rhode Island.« Im Kuppelraum hatte Maureen sich mit
dem Mechanismus des Teleskops vertraut gemacht. Manches war anders als im Hayden-Planetarium, doch im Großen und Ganzen kannte
sie sich rasch damit aus.

Dwayne lief zu den Büroräumen. »Wo wohnst du in Flagstaff?«

»Zur Untermiete bei Familie …«

»Auerbach?«

»Woher weißt du das?«

»Weil auch dein Vorgänger bei den Auerbachs gewohnt hat. Rei-
zende Leute.«

Maureen suchte in seinem Gesicht, ob er es ernst meinte. »Finde ich
auch.«

»Nimm dich vor dem Hund in Acht.« Er öffnete eine Tür.

»Ja, Freddie ist lebhaft.«

»Er hat schon Leute gebissen.« Vor einem Schreibtisch, einer Tischlampe und einem Stapel Unterlagen blieb Dwayne stehen. »Also hier bist du.«

Sie zeigte auf die Papiere. »Was ist das?«

»Deine erste Arbeit.«

Maureen schlug die oberste Akte auf: »*Kassiopeia?*«

»Nördlicher Quadrant«, nickte Dwayne. »Du findest die Koordinaten da drin.«

Sie beugte sich über die Unterlagen. »Ihr beobachtet das Objekt gar nicht mit dem Teleskop?«

»Wir haben am Rand von Kassiopeia eine extrem starke Radioquelle empfangen. Es könnte der stärkste Radioimpuls sein, den wir außerhalb des Sonnensystems je gefunden haben.«

»Habt ihr das veröffentlicht?« Sie blätterte weiter.

»Es gibt noch zu viele Fehlerquellen. Deshalb bist du jetzt da. Bist du vertraut mit Radioastronomie?«

»Praktisch angewandt habe ich sie noch nie.«

»Das Wichtigste an *Kassiopeia Delta* ist: Das Objekt breitet sich aus.«

»Es explodiert? Eine Supernova?«

»Haben wir anfangs auch vermutet. Aber *Delta* verhält sich anders. Wir erwarten die erforderlichen Daten in den nächsten Tagen.«

»Wieso *erwartet* ihr die Daten? Habt ihr sie denn nicht aufgezeichnet?«

Maureen wusste, was jeder vom Fach über Supernovas wusste. Ein roter Riesenstern kollabierte unter seinem eigenen Gewicht, nachdem er keinen Treibstoff mehr für die Kernfusion im Inneren hatte. Das Ergebnis waren leuchtende Gasmassen, die sich annähernd kugelförmig um ein Zentrum verteilten. Die Geschwindigkeit, mit der sich diese Gasmassen ausbreiteten, konnte man messen. 6000 Meilen pro Sekunde war die schnellste je gemessene Ausdehnung einer Supernova gewesen. Dabei wurde das Material so heiß, dass es riesige Mengen an Radiostrahlung abgab. Entscheidend war der Zeitpunkt, zu dem ein Riesenstern explodierte. Die Analyse stützte sich darauf, welche Strecke die Gase zum Zeitpunkt der Messung zurückgelegt hatten. Mit dieser Methode rechnete man bis zu jener Zeit rückwärts, als der Stern noch als Ganzes existiert hatte.

»Auf welche Entstehungszeit seid ihr gekommen?«, fragte Maureen.

»Wir errechnen das Jahr 1680 für das Ereignis der Explosion.«

»Unserer Zeitrechnung?«, fragte sie überrascht.

»So ist es.«

»Aber 1680 gab es schon Teleskope. Es könnte sein, dass jemand die Explosion des Roten Riesen miterlebt hat. Gibt es Aufzeichnungen aus der Zeit um 1680?«

»Bis vor kurzem hatten wir nichts.«

»Wieso?«

»Weil die Explosion mit den damaligen Teleskopen nicht zu sehen gewesen wäre.«

»Sobald der Stern zur Supernova wurde, muss er so hell geworden sein, dass man ihn auch mit den damaligen Methoden sehen konnte.«

»Stimmt, aber nur, wenn jemand sein Teleskop genau zum richtigen Zeitpunkt an genau die richtige Stelle gerichtet hat. Und das wäre ein irrer Zufall gewesen.«

Nach kurzer Überlegung nickte Maureen. »Selbst dann hat man bei der Entfernung von Kassiopeia zu uns nur einen Lichtpunkt gesehen, der nicht anders aussah als irgendein Stern.«

»Das wirst du rauskriegen.«

»Ich?«

»Die Briten haben uns Zugang zu ihrem astronomischen Archiv gegeben. Im 17. Jahrhundert waren die Engländer in der Astronomie am weitesten.«

»Ich soll nach England fahren?«

»Nicht nötig. Wir bekommen Kopien der Aufzeichnungen für die Jahre 1675 bis 1685. In diesem Zeitraum muss der Riese explodiert sein.«

Zum ersten Mal nahm Maureen an ihrem Schreibtisch Platz. Dwayne konnte nicht ahnen, welch ein Gefühl das für sie war. Nicht mehr als Studentin bewundernd über die mühevoll errungenen Erkenntnisse von Kopernikus, Kepler, Galilei zu staunen, sondern selbst Astronomie zu betreiben. Selbst forschen, suchen, spekulieren und Theorien mathematisch absichern! Mit *Gefühl* war Maureens Zustand nicht zu beschreiben, es war ein Rausch, eine anhaltende Euphorie. Trotzdem antwortete sie so nüchtern wie möglich: »Eine Supernova aus dem 17. Jahrhundert ... Das klingt gut. Wann fange ich an?«

»Morgen kommt Mr Henderson wieder. Deshalb dachte ich, du beginnst morgen.«

»Warum nicht heute? Das Ding da oben breitet sich mit 6000 Meilen pro Sekunde aus. Da sollte man keine Zeit verlieren.«

Im Glücksgefühl ihrer kommenden Aufgabe besuchte Maureen abends wieder ›The Ranch‹. Sie begrüßte Enyeto, Herman und Lindy, die ihren Verlobten mitgebracht hatte. Er entpuppte sich als Georgy, der Pächter des Supermarkts. Georgy bot Maureen an, bei ihm an der Kasse anzufangen. Sie bedankte sich, aber sie habe schon einen Job.

»In Flagstaff? Das wüsste ich«, erwiderte der schwarzgelockte Georgy. »In der City gibt es keine freien Stellen.«

»Es liegt etwas außerhalb.«

»In der Wüste?«

Maureen musste die Katze endlich aus dem Sack lassen.

»Du guckst dir die Sterne an?«, lachte Herman mit dem Silberzahn. »Das ist ein Beruf?«

»Ich gucke nicht nur, ich versuche, sie zu verstehen.« Sie bekam ein Stück Cherry Pie. Herman hatte die Gabel vergessen.

»Wozu?«, erkundigte sich Lindy.

Maureen betrachtete die hübsche Lindy mit dem Pferdeschwanz. »Willst du nicht auch wissen, wie das alles zusammenhängt?«

»Was denn *alles?*«

»Das Ganze.«

War es möglich, in Kürze zu erklären, warum die Erde um die Sonne kreiste und gleichzeitig durch ein Universum raste, das sich permanent ausdehnte? War es möglich, einen Sinn dafür zu nennen, warum der Mensch das einzig bekannte Wesen war, das solche Überlegungen anstellte? Weil die Erklärung so schwierig war, bezog sich Maureen lieber auf das, was ihr Onkel Theodore vor Jahren gesagt hatte.

»Mein Onkel ist der Meinung, dass das höchste Ziel der Schöpfung das Leben war. Mit dem Leben ist ein großer Versuch angestellt worden, sagt er. Und wir sollten uns gefälligst so benehmen, als sei uns das auch wichtig.«

Es wurde still um Maureen. Sie ärgerte sich, weil sie mit großen Worten um sich geworfen hatte. Was sollten Enyeto, Lindy und Georgy darauf antworten?

Herman legte eine Gabel und eine Serviette neben Maureens Teller.

»Das Leben als großer Versuch? Das gefällt mir. Und verdammt ja, wir sollten uns alle ein bisschen mehr anstrengen.«

»Wie meinst du das?«, wollte Georgy wissen.

»Wir haben dieses Super-Dings … dieses Teleskop in unserer Stadt. Aber glaubst du, ich wäre schon einmal dort draußen gewesen? Nicht ein einziges Mal.«

»Es ist das drittgrößte Spiegelteleskop der Welt«, bestätigte Maureen.

»Da siehst du's mal, das drittgrößte«, fuhr Herman Georgy an. »Und keinen kümmert das. Wenn es dunkel wird, sitzt ihr bloß jeden Abend hier und lasst euch volllaufen, während Maureen in die Sterne schaut.«

»Ich habe einen Supermarkt zu leiten«, verteidigte sich Georgy. »Abends bin ich zu müde.«

»Kann ich mal zu dir rauskommen?«, fragte Enyeto.

Sie nahm den ersten Bissen. »Natürlich. Wenn ich mich erst eingearbeitet habe, kann ich dich bestimmt durch unsere Kuppel führen.«

Enyeto kippte seinen Whisky.

Georgy ließ noch nicht gelten, dass er als Banause angesehen wurde. »Ich weiß eine Menge über unser Observatorium.«

»Zum Beispiel?«

»Wir am Lowell haben Pluto entdeckt«, sagte er, als sei es seine persönliche Leistung gewesen.

Maureen nickte. »Die Entdeckung fand ein Jahr vor meiner Geburt statt.«

»Ich dachte, Pluto ist der Hund von Micky Maus.« Lindy fand das zum Schießen. Georgy gab seiner Verlobten einen Schmatz.

»Wir können nicht viel über Pluto sagen, weil er sich auf seiner Laufbahn ziemlich gut versteckt.« Maureen zog die Speisekarte zum zweiten Mal heran. »Soll ich euch was sagen?« Alle sahen sie an. »Ich hätte Lust, den Hirsch zu nehmen.«

»Du willst den Hirsch *nach* dem Pie essen?«, fragte Georgy.

Maureen schlug die Karte zu. »Einmal Hirschragout bitte«, bestellte sie bei Herman.

Das Wild war so kräftig gewürzt, dass man nicht feststellen konnte, ob das Fleisch in Ordnung war. Danach ließ sich Maureen von Herman einen Kräuterlikör geben.

An diesem Abend wurde es spät. Georgy und Lindy waren aufgebrochen. Herman stellte die Stühle auf die Tische. Nur vereinzelt saßen noch Leute an der Bar.

»Du bist aus New York?«, fragte Enyeto, der an seinem Hocker festgewachsen zu sein schien.

»Geboren bin ich weiter nördlich, in Rhode Island.«

»Wie ist es dort?«

Maureen begann, von zu Hause zu erzählen, von ihren verwirrten, enttäuschten Eltern und von Otis, ihrem besten Freund, der versucht hatte, sich das Leben zu nehmen.

✳

Für Otis Kittridge war es an der Juilliard School nicht gut gelaufen. Dabei warf er sich, anders als Maureen, mit Leib und Seele in sein Musikstudium. Nach dem zweiten Jahr hatte die Schule eine Kontrollprüfung angesetzt, die als Wasserscheide galt: Wer durchkam, besaß das amtliche Siegel, professioneller Musiker zu werden. Wer durchfiel, konnte bestenfalls noch in Bars spielen oder mit Amateurorchestern auftreten. Für einen Kittridge war der zweite Weg verschlossen. Seine

Familie gehörte zu den angesehensten von New England; ein erfolgreicher Künstler passte ausgezeichnet in ihr Familienkonzept. Dass ein Kittridge von der Schule flog, hatte es noch nie gegeben. Otis übte Tag und Nacht, doch zu der Übertrittsprüfung war ausgerechnet das Cellokonzert von Sergeij Prokofjew opus 58 ausgesucht worden.

Als Maureen ihn vor ihrem Aufbruch nach Flagstaff im Columbia Psychiatric Institute besuchte, war ihr stärkster Eindruck seine Scham gewesen. Otis schämte sich vor seiner ältesten und besten Freundin. Da er nicht mit ihr allein in seinem Zimmer sein wollte, setzten sie sich in den Aufenthaltsraum der geschlossenen Abteilung.

»Du hättest nicht zu kommen brauchen«, sagte er mit einer fremden Stimme. »Es wäre mir lieber gewesen.«

Sogar in diesem Zustand sah Otis schön aus, mit riesigen, glühenden Augen, das Haar war matt und wirr, er trug einen Schal um den Hals. Während der kühlen Jahreszeit war das nicht verwunderlich, hätte im Aufenthaltsraum nicht eine tropische Temperatur geherrscht; die Heizkörper mussten glühen.

Nachdem Maureen dem behandelnden Arzt glaubhaft gemacht hatte, wie nahe sie ihrem Freund stand, hatte er sie aufgeklärt, dass Otis sich in einem Klavierzimmer der Juilliard School erhängt habe. Offenbar sollte man ihn dort finden, wo ihm mitgeteilt worden war, dass er die Prüfung nicht bestanden hatte. Das Leben eines Musikers, das einzig sinnvolle Leben für Otis, sollte ihm verwehrt bleiben. Er hatte nicht gewagt, es seinen Eltern mitzuteilen. Das Fehlen jeglicher Perspektive musste so schrecklich für ihn gewesen sein, dass er keinen anderen Ausweg sah. Die Schlinge hatte sich allerdings nicht richtig zusammengezogen, hilflos habe er an der Deckenlampe gehangen. Er konnte nicht sterben und sich auch nicht selbst befreien. Schließlich fand ihn der Hausmeister.

Im Staate New York wurden Menschen nach einem versuchten Suizid in eine psychiatrische Einrichtung eingewiesen. Die Anwälte der Kittridge-Familie bemühten sich inzwischen, Otis nach Hause zu holen.

»Ich möchte nicht zurück nach Newport.« Otis wollte rauchen. Maureen hatte keine Zigaretten, er schnorrte eine von dem Patienten am Nebentisch, der ihm Feuer gab.

»Aber zu Hause hast du es bestimmt besser.« Maureen beobachtete, wie gierig er den Rauch einsog.

»Meine Eltern tun das nicht aus Liebe.«

»Warum sonst?«

»Ein Kittridge sitzt nicht in der Klapsmühle.« Aus schweren Augen sah er sie an. »Wir Kittridges sind Gewinner. Wir nehmen uns vom Leben, was wir wollen. Ein Kittridge bringt sich nicht um, doch wenn er es tut, scheitert er nicht daran. Ein Kittridge, der sich aufhängt, ist hinterher tot.«

»Es gibt andere Schulen als die Juilliard. Du bist Musiker durch und durch. Du wirst ein wunderbarer Cellist sein.«

Er starrte in die Glut der Zigarette. »Weißt du, was ich getan habe, bevor ich im Klavierzimmer auf den Stuhl gestiegen bin? Ich habe mein Cello zertrümmert.«

»Dein … Guarneri-Cello?«

Er tippte sich gegen die Stirn. »Siehst du, jetzt denkst du auch: Bei mir da oben stimmt was nicht.«

Sie redeten eine Stunde, bis Otis sie bat, zu gehen. Auf dem Weg ins Freie dachte Maureen, dass seine Familie bestimmt durchsetzen würde, ihn nach Newport zu holen. Doch wie sollte Otis dort leben? Der Skandal konnte in einer Kleinstadt nicht unentdeckt bleiben. Wahrscheinlich würden seine Eltern eine *Erkrankung* vorschieben, warum ihr Sohn nicht mehr auf die Juilliard School ging. Otis würde also entweder eine Lüge leben oder seiner Familie Schande bereiten.

Nach dieser Erfahrung war Maureen umso sicherer, dass man eine Lüge nicht leben durfte. Schon am nächsten Tag suchte sie Professor Hathaway auf, sie wollte und musste reinen Tisch zwischen ihnen beiden machen. Als sie eintrat, erhob er sich hinter seinem Schreibtisch.

»Hatte ich nicht gesagt, wir sprechen uns nur noch und ausschließlich während der Vorlesungen?« Hathaway zog sich zur Bücherwand zurück, scheinbar weil er ein Buch suchte.

»Wenn Sie einverstanden sind, könnte das unser letztes Gespräch überhaupt sein, Sir«, antwortete Maureen.

In diesem Moment tat er ihr leid. Zugleich verabscheute sich Maureen dafür, sich ihm überlegen zu fühlen. Er war ihr Helfer, Mentor, ein väterlicher Freund gewesen. Selten hatte er durchschimmern lassen, wie es in seinem Inneren aussah. Maureen hatte ihm nichts vorzuwerfen, keine unangemessene Berührung, kein Ausnützen seiner Position.

»Glauben Sie, ich kann meine Untersuchung über den Sternhaufen des Großen Wagen als meine Abschlussarbeit einreichen, Professor?«

»Natürlich. Wir hatten längst besprochen, dass dies das Thema Ihrer Doktorarbeit wird«, entgegnete er irritiert.

»Ich habe mich entschlossen, nicht zu promovieren. Ich brauche nur ein Diplom.«

»Weshalb wollen Sie Ihren Doktor nicht machen?«

Sie wagte sich einen Schritt näher. »Hören Sie mich an.«

Heute war es an ihr, ihm die ganze Wahrheit zu offenbaren. Maureen sprach von ihren Eltern, die immer noch nicht wussten, dass sie an der NYU studierte. Sie offenbarte Hathaway die Mitwirkung Onkel Theodores als Helfershelfer in dieser Charade und gab zu, dass sie neben der NYU auf der Juilliard School auch schon im dritten Jahr war.

»Das ist so verrückt, dass ich nicht weiß, ob ich es Ihnen glauben soll«, erwiderte Hathaway, doch in seinen Augen erkannte Maureen, der Wahnsinn gefiel ihm sogar ein wenig. »Sie haben gegen so ziemlich jedes Statut dieser Universität verstoßen«, fügte er hinzu.

»Ich habe viel bei Ihnen gelernt, Sir. Ich schätze und verehre Sie. Und ... ob Sie das hören wollen oder nicht – es schmeichelt mir, dass Sie etwas für mich empfinden. Sie haben sich während unserer gemeinsamen Jahre immer wie ein Gentleman benommen. Ich möchte ...«

Ungeduldig winkte er ab. »Schon gut, es reicht, Miss Hooper. Sie brauchen sich nicht bei mir einzuschmeicheln und meine Gefühle, die ich unglücklicherweise zugegeben habe, dazu benützen ...«

»Ich benütze gar nichts, Sir, aber ich wollte es Ihnen wenigstens sagen. Ich möchte nun endlich zu arbeiten beginnen. Mit der Universität muss Schluss sein, mit beiden Unis.« Sie wagte ein kurzes Lächeln. »Die Betrügerei ist zu Ende. Ich habe zwar noch einen schweren Gang zu meinen Eltern vor mir, aber danach will ich mir einen Job suchen.«

Hathaway sah sie verwundert an. »Sie brauchen keinen *Job*, Maureen, Sie sind Astronomin. Sie brauchen eine ordentliche Anstellung in Ihrem Fach. Ich gebe Ihnen recht, der Doktortitel ist im Grunde Firlefanz. Ein wahrer Wissenschaftler braucht ihn nicht. Sie brauchen ihn nicht, Miss Hooper, um als Wissenschaftlerin zu arbeiten.«

»Danke, Sir«, antwortete sie ergriffen. »Das ist sehr großzügig von Ihnen.« Vorsichtig streckte sie ihm die Hand entgegen. Hathaway nahm sie, sie sahen einander in die Augen. Plötzlich konnte Maureen nicht anders, sie umarmte ihren Professor kurz und fest. »Danke«, flüsterte sie und verließ das Büro, so schnell sie konnte.

Eine Woche später teilte Hathaway ihr mit, dass sein Freund Milford Henderson aus Arizona jemand Passenden für das Lowell Observatorium suchte.

KAPITEL 8

LOWELL OBSERVATORY, FLAGSTAFF, FRÜHLING 1954

»Der Sirius gehört nicht zum Bärenstrom«, sagte eine unbekannte Stimme über Maureen.

Sie fuhr hoch. An ihren Ärmeln erkannte sie, dass sie noch dasselbe anhatte wie tags zuvor. Wegen des Geschmacks im Mund mutmaßte sie, dass sie am Schreibtisch eingeschlafen war.

»Wie bitte?« Ihre Stimme klang noch nicht einsatzbereit.

»Mir gefällt Ihr bildlicher Vergleich mit dem *Mückenschwarm*. Einen Sternenstrom, der eine Ausdehnung von vielen Galaxien hat, als Mückenschwarm zu bezeichnen, zeugt von kreativer Fantasie, Miss Hooper. Trotzdem gehört der Sirius nicht zu diesem Mückenschwarm dazu.«

Ruckartig setzte sie sich auf. Die schnelle Bewegung bewirkte, dass sich alles drehte. Sie hielt sich an der Schreibtischplatte fest.

»In Ihrem Kopf scheint auch ein Mückenschwarm zu fliegen.« Eine gebräunte Hand mit Ehering hielt Maureen einen Becher Kaffee hin. »Hier. Tut Ihnen gut.«

Sie nahm den Becher wortlos entgegen.

»Ich bin Milford Henderson. Sie gehören ab heute zu meinem Team.« Der Chef des Lowell Obervatoriums trug ein weißes Kurzarmhemd und Jeans mit Hosenträgern. Dem Aussehen nach hätte sie ihn auf Mitte dreißig geschätzt, wären nicht die grauen Schläfen im dunkelblonden Haar gewesen. Seine Nase stand ein wenig schief. Aus klugen, grauen Augen musterte er sie. »Sie scheinen schon gestern mit der Arbeit begonnen zu haben.«

»Ja, Sir.« Vorsichtig stand sie auf. Henderson war riesig, mindestens sechs Fuß drei. »Dwayne hat mir den Schlüssel überlassen. Ich wollte mich mit dem Teleskop vertraut machen.«

»*Katrina.*«

»Wie meinen Sie?«

»Percival Lowell, der Gründer dieser Sternwarte, hat das Teleskop 1894 nach seiner Frau benannt. Obwohl in den Dreißigerjahren ein neues Modell eingebaut wurde, hat man den Namen behalten. Wie gefällt Ihnen Katrina?«

»Sie ist präziser als das Teleskop im Hayden-Observatorium.«

Er setzte sich auf den zweiten Stuhl. »Natürlich. Von New York aus darf man keine Sterne beobachten.«

Sie nickte. »Die City ist zu hell.«

»Unsere Hochebene ist den Sternen ziemlich nah und was die Lichtverhältnisse angeht, habe ich beim Bürgermeister ein Verbot für nächtliche Außenwerbung durchgesetzt. Lassen Sie Ihren Kaffee nicht kalt werden.«

Sie nahm einen Schluck. Das Gebräu haute sie fast um.

»Stark genug?« Er lächelte.

»Der kann Tote aufwecken.«

»Ein Rat zu Beginn: Sie sollten es nicht zu toll treiben.«

»Ich sollte … was?«

»Eine Tag-Nacht-Umkehr ist ungesund für Ihren Schlafzyklus.«

»Sie haben recht. Aber mit dem Projekt, das Dwayne mir gestern auf den Schreibtisch gelegt hat, werde ich vorwiegend tagsüber arbeiten können.«

Er streckte die Beine aus. »Haben Sie Kassiopeia Delta schon gesehen?«

»Sie wissen, dass man Kassiopeia Delta nicht *sehen* kann, Sir.«

»Schluss mit dem Sir. Ich bin Mr Henderson oder besser noch: Milford.«

»Ich bin Maureen.«

»Für die radioastronomischen Untersuchungen ist Dwayne zuständig. Wir sind gespannt, welche Entdeckungen Sie in den britischen Dokumenten machen werden.«

»Wann erwarten Sie die Unterlagen aus England, Sir ... Mr Henderson?«

»Das Paket war heute Morgen in der Post.«

Im Herbst desselben Jahres fand im Lowell Observatory eine Konferenz statt, die man mangels eines Konferenzraumes ins Freie verlegt hatte. In dieser Höhe war es um die Jahreszeit schon bitterkalt, alle Teilnehmer trugen Anoraks, feste Schuhe und wärmten ihre Hände an Teetassen. Neben Maureen, Mr Henderson und Dwayne war noch ein Astronom aus Houston anwesend, sowie die Vorsitzende des Finanzausschusses von Flagstaff samt Assistentin.

Die vier saßen auf Klappstühlen, Maureen stand. Sie hoffte zumindest, noch gerade stehen zu können, denn während des letzten halben Jahres hatte sie sich bis zur Erschöpfung in die Sternenwelt des 17. Jahrhunderts vertieft und versucht, Erkenntnisse von damals mit Fragen von heute in Einklang zu bringen. Sie staunte, was die Astronomen vor über dreihundert Jahren schon gewusst, wie viel sie geahnt hatten, mit den damaligen Instrumenten aber nicht beweisen konnten. Doch hätte es die allgemeingültige Sprache der Mathematik nicht gegeben, wäre Maureen durch die Tausende alter Texte und Niederschriften unmöglich durchgekommen.

Nichts, was in der Forschung zählte, vollzog sich im Handumdrehen. Um jedes Detail musste man ringen und brauchte, um es wissenschaftlich abzusichern, unendliche Geduld – nicht unbedingt Maureens größte Tugend. Mr Henderson hatte die Geduld besessen, Monat für Monat auf Ergebnisse zu warten, so lange, bis die wichtige Aufsichtsratssitzung bevorstand, bei der er belegen musste, dass die Mittel, die der Staat Arizona dem ›Lowell Observatory‹ gewährte, gut eingesetzt wurden und daher verlängert werden sollten.

Henderson sagte: »Maureen, am Dienstag kommt die Vorsitzende des Finanzausschusses, da muss ich zu Ihrem Projekt etwas vorweisen können. Werde ich etwas vorweisen können?«

Im ersten Schreck hätte Maureen am liebsten um weiteren Aufschub gebeten. Doch nun stand sie da, trat von einem Bein auf das andere, spürte ihre Finger nicht mehr und legte offen, was sie herausgefunden hatte.

»Wenn man die astronomischen Aufzeichnungen der Briten aus dem 17. Jahrhundert studiert, wird man mit Veröffentlichungen von Sir Isaac Newton förmlich bombardiert. Als Präsident der ›Royal Society‹ und Lieblingswissenschaftler von King Charles II. konnte Newton alle Kanäle nützen, um seine Ergebnisse in Physik, Mechanik, Optik und sogar zur Theologie publik zu machen. Sir Isaac war allerdings nicht wählerisch, wenn es um das Urheberrecht ging.«

Maureen hielt die Kopie einer historischen Schrift hoch. »Newton wollte die Beobachtung eines anderen Astronomen als seine eigene ausgeben und verschaffte sich dafür sogar ein Edikt des Königs. Die Schriften wurden darauf gedruckt, ohne dass Newton den wahren Urheber nannte. Jahre später gelang es diesem Wissenschaftler, sämtliche Kopien Newtons zurückzukaufen und öffentlich vor dem ›Royal Observatory‹ zu verbrennen. Das hat damals eine ziemliche Aufregung gegeben.«

Mr Henderson machte eine freundlich-ungeduldige Geste. »Alles schön und gut, Maureen, aber jetzt lassen Sie die Katze schon aus dem Sack. Wer ist es?«

»Ein alter Bekannter: John Flamsteed.«

Der Mann aus Houston schüttelte ungläubig den Kopf. »Flamsteed soll tatsächlich ›Kassiopeia Delta‹ entdeckt haben?«

»Nein. Flamsteed hat vielmehr einen gravierenden Fehler gemacht«, entgegnete Maureen. »Dieser Fehler hat jedoch zum richtigen Ergebnis geführt.«

»Lassen Sie hören.«

»Flamsteed hat, wie wir wissen, die Sternwarte in Greenwich gegründet. Sein Hauptwerk ist die ›Historia Coelestis Britannica‹, der Himmelsatlas, der den Schiffen auf hoher See jahrhundertelang bei der Positionsbestimmung geholfen hat. Flamsteeds Atlas enthält Eintragungen von fast dreitausend Sternen.« Maureen nahm Flamsteeds Atlas zur Hand. »Aber er hat darin einen Stern aufgeführt, den es gar nicht gibt.«

»Woher wissen wir das?«, fragte der Astronom aus Houston.

»Weil lange nach Flamsteeds Tod Caroline Herschel dessen Aufzeichnungen genauer untersucht hat.«

Der Houstoner schenkte sich Tee nach. »Herschel? Das ist der, der den Uranus entdeckt hat.«

»Nein, das war Carolines Bruder«, stellte Mr Henderson klar.

Maureen nahm eine Vergrößerung zur Hand. »In Flamsteeds Himmelsatlas ist Caroline Herschel ein Stern namens ›Kassiopeia 3‹ aufgefallen. Dort, wo Flamsteed ihn eingezeichnet hatte, war am Himmel aber nichts zu sehen. Gleich daneben fand sie allerdings einen anderen Stern und ist verständlicherweise davon ausgegangen, dass Flamsteed sich bei der Positionsbestimmung nur verrechnet hat. Daher hat Caroline Herschel ›Kassiopeia 3‹ einfach gestrichen und stattdessen den anderen Stern eingesetzt. Und damit schien die Sache erledigt – bis heute. Oder genauer gesagt, bis das Lowell Observatory die besondere radiomagnetische Strahlung im Sternbild Kassiopeia entdeckt hat.«

»Diese Entdeckung ist Dwaynes Verdienst«, stellte Henderson klar.

Maureen nickte. »Dawyne hat errechnet, dass die Explosion des Roten Riesen um das Jahr 1680 stattgefunden haben muss. Und das ist die Sensation: Alle Informationen zusammengenommen muss John Flamsteed eben diese Explosion des Roten Riesen beobachtet und als ›Kassiopeia 3‹ in seinen Atlas eingetragen haben! Als Caroline Herschel den Stern jedoch später gesucht hat, gab es ihn nicht mehr. Erst die Radioastronomie hat ihn als Supernova wiederentdeckt.«

Milford Henderson stand auf. »Danke, Maureen. Das war sauber recherchiert.«

»Exzellente Arbeit«, meldete sich auch Dwayne.

»Ich nehme Ihr Forschungsergebnis nach Houston mit.« Der Astronom stand ebenfalls auf. »Dort wird man alles prüfen und falls Sie recht haben, dürfte das Ihre erste wissenschaftliche Veröffentlichung werden, Miss Hooper.«

Maureen konnte sich nicht erinnern, je solche Genugtuung empfunden zu haben. Überglücklich wandte sie sich ab und ordnete ihre Papiere.

Weil ihr Glücksgefühl weiter anhielt, überredete sie Dwayne an diesem Abend, endlich mal mit ihr zu ›The Ranch‹ zu kommen. Obwohl sie dem Einzelgänger in ihrer halbjährigen Zusammenarbeit öfter angeboten hatte, miteinander ein Bier zu trinken, war sie immer allein in die Ranch aufgebrochen. Sie hätte sich gefreut, wenn auch Mr Henderson mitgekommen wäre. Maureen hatte seine Frau Debbie inzwischen kennengelernt und mitbekommen, mit welch liebevoller Aufmerksamkeit er sie behandelte. Trotzdem hätte er mal eine Ausnahme machen und mit seiner neuen Astronomin ausgehen können.

Enyeto, Lindy und Herman wussten, dass heute der große Tag war, begrüßten Maureen neugierig und bedachten ihren Erfolg mit der nötigen Begeisterung. Sie hießen Dwayne respektvoll als jemanden willkommen, der nicht nur in die Sterne guckte, sondern auch verstand, was er dort sah.

»Wir *vermuten* immer noch mehr, als wir wissen«, sagte Dwayne in der Runde. »Aber die technische Entwicklung schreitet so schnell voran, dass ich sicher bin, in zehn oder zwanzig Jahren müssen wir die Phänomene am Himmel komplett neu bewerten.«

»Welche Phänomene?«, fragte Enyeto.

Dwayne nahm einen Schluck vom Cidre. »Mathematisch wissen wir heute schon, dass dort oben unfassbar viel Verborgenes auf uns wartet. Einstein, Planck und Schrödinger haben uns vorgerechnet, was wir heute noch nicht *sehen* können. Leider sitzen wir Astronomen immer noch hier unten und gucken durch unsere Teleskope, die nichts weiter sind als Vergrößerungsgläser.«

»Was würden Sie denn tun, um den Himmel zu erkunden?«, fragte eine Stimme aus dem Halbdunkel.

Dwayne, Maureen und die Stammgäste drehten sich um.

Mr Henderson legte seinen Anorak ab und trat zur Gruppe. »Guten Abend allerseits.«

»Sir –« Dwayne wollte aufstehen.

Henderson legte ihm die Hand auf die Schulter. »Was ist das, was Sie da trinken?«

»Cidre, sehr erfrischend.«

»Ich brauche etwas Stärkeres.«

»Ich kann Ihnen den sechzehn Jahre alten Bourbon empfehlen.« Enyeto hob sein Glas.

»Hallo, Enyeto. Immer noch Probleme mit den Zähnen?«

»Je weniger ich im Mund habe, desto besser geht es mir.« Er beugte sich zu Herman. »Einmal den Sechzehnjährigen für Milford.«

»Kommt sofort. N' Abend, Sir.«

»Hallo, Herman.« Henderson pflanzte sich auf den Hocker.

Mit wachsendem Staunen sah Maureen dem Auftritt zu, ließ sich aber nicht anmerken, wie sehr sie sich darüber freute. »Sie kennen einander?« Mit der Kuchengabel zeigte sie in die Runde.

»Ich bin schon eine Weile länger in Flagstaff als Sie. Das Unterhaltungsangebot hier ist begrenzt. Da in der Ranch die einzige legale Droge verkauft wird, sind wir alle auf Herman angewiesen.«

»Ich habe Sie noch nie hier gesehen«, hakte Maureen nach.

Enyeto grinste. »Das kommt daher, weil Milfords Frau es nicht gern sieht, wenn er sich unter die Gewohnheitstrinker mischt.«

Henderson bekam seinen Drink. »Heute ist ein Abend, an dem wir diese junge Astronomin hochleben lassen. Auf Maureen!«

»Auf Maureen!«, rief die Runde. Herman genehmigte sich einen Doppelten.

»Danke«, antwortete sie glücklich.

Es wurde angestoßen, nachbestellt und wieder angestoßen. Schließlich sagte Henderson, zu seinen beiden Kollegen gewandt: »Ich wiederhole meine Frage: Was müsste man eurer Meinung nach tun, um den Geheimnissen des Kosmos auf die Schliche zu kommen?«

Da weder Maureen noch Dwayne sofort antworteten, meldete sich Enyeto. »Man muss da rauffliegen, was denn sonst?«

»Ganz deiner Meinung«, nickte Henderson. »Und die USA sind schon dabei, das auch zu tun. Aber bisher haben unsere Wissenschaftler es gerade mal geschafft, ein paar Fruchtfliegen ins All zu schießen. Genau genommen hat die Rakete die Erdatmosphäre nicht mal verlassen, sondern sich nur im suborbitalen Raum bewegt.« Henderson seufzte. »Ich fürchte, dass uns die Russen im All schon ein gutes Stück voraus sind.«

»Die Roten?«, fragte Herman.

»Nicht nur wir haben nach dem Krieg die besten Köpfe der Nazis in unser Land geholt. Auch bei den Sowjets forschen deutsche Wissenschaftler und mit Erfolg.«

»Verdammte Nazis«, brummte Herman. »Verdammte Kommunisten.«

Maureen schob ihren leeren Teller zu Herman. »Wir müssten verstärkt im UV-Bereich forschen. Erst wenn wir die Sterne im ultravioletten Licht erfassen, erfahren wir etwas über ihre chemische Zusammensetzung.«

»Warum machen wir das denn nicht?«, fragte Lindy.

»Weil die kosmische UV-Strahlung von der Erdatmosphäre abgeblockt wird. Wir brauchen …« Maureen zeigte aus dem Fenster. »Wir brauchen ein Teleskop dort draußen, da oben! Nur vom All aus können wir tiefer in den Kosmos schauen.«

»Sie sind noch jung.« Henderson lächelte. »Sie erleben das bestimmt eines Tages.« Er gab Herman ein Zeichen. »Die nächste Runde geht auf mich.«

Maureen fuhr einen alten Ford, den sie für wenig Geld vor Ort erworben hatte. Hendersons Wagen war ein dunkelblaues Oldsmobile. Dwayne fuhr einen englischen Sportwagen, dem seine ganze Liebe gehörte. Der Pickup Truck passte zu Enyeto, der grüne Buick zu Lindy. Mr Henderson hatte sich um Mitternacht verabschiedet. Als Herman The Ranch dichtmachte, war es zwei Uhr (früh). Jeder stieg in sein Auto, die kleine Flotille setzte sich in Bewegung.

Maureen fuhr gemächlich. Das Glück des Tages fühlte sich immer noch wie eine warme Welle an, die hin und wieder gegen ihr Bewusstsein schwappte. Mit großer Wahrscheinlichkeit hatte sie das Rätsel um Kassiopeia Delta gelöst.

Ein unangenehmes Geräusch ließ sie zusammenzucken. Mehrere Warnleuchten blinkten an der Armatur. Sie wollte an den Rand fahren, doch mit einem gequälten Jaulen starb der Motor ab.

Maureen hatte bereits die Stadtmitte verlassen. Hier draußen standen nur noch wenige Häuser, verborgen hinter Hecken, nirgends brannte Licht. Sie stieg aus. Ein Blick nach vorn und zurück, so konnte sie das Auto nicht stehen lassen. Sie nahm den Gang heraus, trotzdem ließ sich der Wagen nicht bewegen. Sie hätte die Polizei verständigen müssen, aber wie sollte sie um zwei Uhr (früh) an ein Telefon kommen? Konnte sie die Leute in dem Haus dort stören? War es nicht besser, nach Hause zu laufen, die Auerbachs zu wecken und bei ihnen zu telefonieren? Maureen machte ein paar unentschlossene Schritte.

Ein Licht! Gottlob, es war noch jemand unterwegs. Sie stellte sich neben ihren Wagen und winkte. Ein dunkles Auto kam näher, die Scheinwerfer blendeten sie. Der Wagen hielt. Die Fensterscheibe wurde heruntergekurbelt.

»Ist etwas passiert?«

Als sie Milford Henderson erkannte, erschrak Maureen. Nicht weil er noch unterwegs war, obwohl er die Ranch früher verlassen hatte, sie erschrak, weil ihr Chef wie ein lebender Leichnam aussah. Sein bleiches Gesicht, die Wangen eingefallen, der Mund blutleer, die Augen waren nur zwei schwarze Punkte.

»Sir, was ist … Was …?«

»Hatten Sie einen Unfall, Maureen?« Am Straßenrand stellte Henderson den Motor ab. Beim Aussteigen taumelte er und hielt sich an der Tür fest. »Haben Sie ein Tier angefahren? Hier laufen nachts Waschbären herum.«

»Er ist plötzlich stehen geblieben.« Sie starrte den großen Mann an, der sich mit Mühe aufrecht hielt. »Geht es Ihnen gut, Mr Henderson?«

»Was soll die Frage? Sie hatten den Unfall, nicht ich.« Er lief zu ihrem Wagen. »Wir müssen ihn von der Straße kriegen.«

»Es geht aber nicht.«

»Unsinn.« Henderson beugte sich zum Armaturenbrett, bediente einen Schalter, schlug das Lenkrad ein und begann den Ford anstandslos von der Straße zu schieben. »Helfen Sie mir mal.«

Maureen lief ans Heck. Sie stellten das Auto auf dem Seitenstreifen ab. Nach der Anstrengung schien es ihm besser zu gehen, etwas Farbe kehrte in sein Gesicht zurück. »Taxi gefällig, Miss Hooper?«

»Das wäre nett von Ihnen.« Sein sonderbarer Zustand, die späte Stunde, das zufällige Zusammentreffen verunsicherten Maureen.

»Steigen Sie ein.«

Sie fuhren los. Die Scheinwerfer entrissen die Ausläufer der Wüste der Dunkelheit. Ohne zu fragen, nahm Henderson die richtige Abzweigung.

»Sie wissen, wo ich wohne?«

»Bei den Auerbachs.«

»Sie kennen die beiden?«

»Meine Frau ist mit ihnen befreundet.«

Wieder fuhren sie eine Strecke schweigend.

»Die Auerbachs haben auch noch ein zweites Haus in Flagstaff«, sagte Henderson ohne erkennbaren Grund.

»Das haben sie mir nie erzählt.«

»Es liegt außerhalb. Schwer zu finden.«

»Wieso sollte man es denn *finden* wollen?«

Seine Backenmuskeln traten hervor. »Nicht so wichtig.«

»Mr Henderson, Sie kommen mir irgendwie … verändert vor. Ist etwas vorgefallen? Wieso sind Sie um diese Zeit noch unterwegs, und ausgerechnet auf dieser Straße?«

»Was wollen Sie damit sagen?« Sie näherten sich einer Kurve. »Glauben Sie, ich bin Ihnen *nachgefahren*?« Er erhöhte die Geschwindigkeit.

»Ich meine nur – hier draußen ist doch nichts.«

Das Oldsmobile raste auf die Kurve zu.

»Vorsicht!«

Er machte eine Vollbremsung. Der schwere Wagen schlingerte, näherte sich dem Straßenrand, polterte darüber hinaus, brach aus und landete in einer Staubwolke im Wüstensand. Henderson beugte sich vor, sein Kopf berührte das Lenkrad. »Es tut mir leid. Es tut mir alles so leid«, flüsterte er.

Maureen wartete Sekunden, bevor sie seine Schulter berührte. »Mr Henderson … Irgendetwas muss passiert sein.«

Ruckartig richtete er sich auf. »Wenn Sie einem Menschen all Ihre Liebe schenken, wenn Sie beschließen, mit diesem Menschen den Rest Ihres Lebens zu verbringen, was würden Sie tun, wenn der andere dieses Versprechen bricht?«

Maureen hatte Gerüchte gehört, dass es um die Ehe der Hendersons nicht zum Besten stand. Doch es waren Gerüchte in der Ranch, wo man nichts anderes zu tun hatte, als sich die Zeit mit Klatsch zu vertreiben. Maureen war aufgefallen, dass Mr Henderson irgendwie ein anderer Mensch wurde, sobald seine Frau den Raum betrat. Er behandelte sie wie eine Kostbarkeit, wie die Königin von Flagstaff.

»Ich habe so eine große Liebe wie die Ihre noch nie erlebt, Mr Henderson«, antwortete sie nach einer Weile.

»Sie waren noch nie verliebt?«

»Nicht wirklich … glaube ich.«

»War denn auf der Uni niemand …?«

»Ich hatte einen Jugendfreund, Otis, aber er war eben nur ein *Freund*. Es gab noch einen anderen, einen Schauspieler, aber es ist nichts daraus geworden.«

Seine Züge wurden weicher. »Warum nicht?«

»Weil er berühmt wurde.«

»Das ist meistens nicht so gut.«

»Ich habe nichts mehr von ihm gehört.«

Henderson fuhr sich durch das Haar. »Wir sollten Sie jetzt ins Bett bringen, Maureen.« Er startete, wendete, sie fuhren das letzte Stück zu den Auerbachs.

»Warum haben Sie vorhin das andere Haus der Auerbachs erwähnt?«, fragte Maureen, als es nicht mehr weit war.

»Weil sich meine Frau dort mit ihrem Liebhaber trifft.«

KAPITEL 9

Als sie ankamen, bellte Freddie zwar, doch er schien vor Mr Henderson Respekt zu haben und trollte sich wieder in seine Hütte.

Ihren Chef um halb drei Uhr morgens hochzubitten, stellte einen Regelverstoß dar, doch das war Maureen egal. Schließlich standen sie in ihrem Wohnzimmer.

»Die Wohnung ist genauso scheußlich, wie ich es in Erinnerung habe«, sagte Henderson.

»Sie waren schon mal hier?«

»Mit meiner Frau, das ist lange her.« Er sah sich um. »Dass Sie die Bilder abgenommen haben, macht es besser.«

»Wir müssen leise sein, Mr Henderson. Das Haus ist hellhörig.« Maureen öffnete den Küchenschrank. »Ich habe leider nur Sherry da.«

Er zog die Schuhe aus, auf Socken kam er in die Küche. »Sie trinken Sherry?«

»Der war bei Georgy im Sonderangebot. Machen Sie ihn bitte auf?« Henderson setzte sich, sie brachte die Gläser. Sie stießen an.

Er verzog das Gesicht. »Man schmeckt das Sonderangebot.«

»Wollen Sie mir erzählen … Ich meine, was Sie im Auto gesagt haben …«

Nach einer Pause begann Henderson. »Vorhin bin ich nach Hause gefahren. Ich wollte meiner Frau beim Schlafen zusehen.« Ein unsicherer Blick. »Ich liebe es, sie im Schlaf zu betrachten. Dann ist sie wieder wie früher. Debbie war der offenste, herzlichste Mensch.« Er trank. »Sie war Schönheitskönigin von New Mexico, wussten Sie das?«

»Nein.«

»Ich habe sie in Albuquerque kennengelernt und mich gleich am ersten Abend in sie verliebt. Darum wollte ich Debbie auch nicht wiedersehen.«

»Wieso?«

»Weil sie so schön war. Ich wusste, wenn ich mich in die verliebe, bin ich verloren. Ich gab mich eine Zeitlang desinteressiert.«

»Das haben Sie aber nicht durchgehalten.«

»Natürlich nicht. Debbie hatte mich durchschaut.« Er senkte den Kopf. »Als ich vorhin nach Hause kam, war niemand da. Ich habe gehofft, sie wäre mit dem Hund rausgegangen, aber der schlief in seinem Korb.« Er drehte sein Glas zwischen den Fingern. »Als Sie und Dwayne abends in die Ranch aufgebrochen waren, habe ich Debbie angerufen und gesagt, dass ich mit euch feiern gehe, es könnte spät werden. – Warum habe ich das gesagt? Ich weiß nicht, vielleicht weil ich sie auf die Probe stellen wollte. Ich wusste, dass sie die Probe nicht besteht.«

Maureen kam es plötzlich heiß im Zimmer vor. Sie stand auf und öffnete das Fenster. »Sollten wir wirklich darüber sprechen? Morgen ...« Ein Blick auf die Uhr. »Nein, heute gucken wir wieder durch unser Teleskop, stellen Listen zusammen, machen Spektralanalysen ...«

»Sie haben recht.« Er stand auf.

»Womit habe ich recht?«

»Ich sollte wirklich gehen.«

»Noch nicht.«

»Aber Sie haben ja recht. Was ich da erzähle, gehört zu meinem Leben. Ich will Sie da nicht hineinziehen.«

Sie trat ihm in den Weg. »Sie sind also zu diesem anderen Haus der Auerbachs gefahren?«

»Ja.«

»Und dann?«

»Vor dem Haus stand Debbies Wagen.«

»Wer wohnt dort?«

Henderson antwortete nicht.

»Was haben Sie gemacht, als Sie den Wagen entdeckt hatten?«

»Ich bin um das Haus rumgeschlichen und habe auf Geräusche gelauscht.«

»Oh Gott. Wirklich?«

»Ja. Die da drinnen waren leise, aber ich habe es trotzdem gehört.«

»Und sind Sie … hineingegangen?«

»Nein.«

»Warum nicht?«

Er sah sie an. »Ich habe mich ins Auto gesetzt und bin durch die Nacht gefahren … Und dann habe ich Sie gefunden.«

»Ja, Sie haben mich gefunden.«

Im darauffolgenden Januar widmete sich Maureen nicht länger astronomischen Aufzeichnungen aus dem 17. Jahrhundert. Ihr Arbeitsplatz war nun wieder die Milchstraße. Ein besonderes Objekt weckte ihre Aufmerksamkeit. Es trug die Bezeichnung ›BD+67°922‹, war 8000 Lichtjahre von der Erde entfernt und hatte eine Radialgeschwindigkeit von 120 Meilen pro Sekunde. Da es im Sternbild des Drachen stand, nannte Maureen es ›AG Draconis‹. Ihr fiel auf, dass Draconis anders leuchtete als Sterne dieses Spektrums in dieser Entfernung leuchten sollten. Während sie Nacht für Nacht zu Draconis hinaufblickte und ihre Beobachtungen notierte, gestand sie sich ein, wie unerfahren sie doch in der Liebe war.

In jener Nacht war Mr Henderson aufgewühlt durch die Nacht gefahren und auf Maureen gestoßen. Er hatte sie nach Hause gebracht, wo sie etwas zusammen tranken. Maureens Unerfahrenheit hatte dazu geführt, dass Mr Henderson sich zu etwas Spontanem hinreißen ließ. Es war ein Fehler gewesen. Tags darauf waren sie einander aus dem Weg gegangen. Keiner sprach darüber. Keiner gab seine Gewissensbisse zu.

Nach mehreren Wochen schrieb Maureen eine Analyse über ›BD+67°922‹ und legte sie Henderson vor. Er schickte ihre Beobachtung an die Fachzeitschrift ›The Observatory‹. Das Magazin unterstand der Verlegerin Andrea Turnbridge, die wissen wollte, wer die junge Astronomin sei, die unter seiner Kuppel arbeite.

An einem dunklen Spätnachmittag fragte Mr Henderson Maureen: »Haben Sie einen besonderen Wunsch, was ich Mrs Turnbridge antworten soll?«

»Inwiefern?«

»Sie wird Ihre Arbeit veröffentlichen und möchte auch über Sie schreiben.«

»Meine Entdeckung ist doch nicht so außergewöhnlich.«

»Sie vergessen, dass es nur wenige weibliche Astrominnen in den USA gibt. Als Frau ist Mrs Turnbridge daran interessiert, dass sich das ändert.«

»Warum schicken Sie nicht einfach meinen Lebenslauf an den Observatory?«

»Mrs Turnbridge ist an etwas Persönlichem interessiert.«

»Was könnte ich schon Persönliches berichten?« Maureen sah Mr Henderson nicht an, sie konnte nicht.

Während der Feiertage war sie nach Hause gefahren, hoffnungsvoll, dass der Ortswechsel Entspannung im Verhältnis zu ihm bringen würde. Das Gegenteil war eingetreten: Sie hatte sich die meiste Zeit nach ihm gesehnt. Maureen sehnte sich nach diesem Mann, der seine Frau über alles liebte und dem sie wünschte, seine Ehe möge sich wieder einrenken.

In Newport hatte sich Maureen in die Weihnachtsfeierlichkeiten gestürzt, sehr zum Erstaunen ihrer Eltern, die annahmen, sie wolle wiedergutmachen, was sie den Hoopers bei ihrem Studienabschluss zugemutet hatte. Eine mehrjährige Lüge zu beichten, war keine Kleinigkeit gewesen. Ihr Vater hatte es mit Fassung getragen; ihm gefiel, dass seine Tochter die Hoopersche Unbeugsamkeit geerbt hatte. Aber Aurelia hatte nach der Aussprache tagelang das Bett hüten müssen.

Die Hoopers begannen sich damit zu arrangieren, keine Pianistin zur Tochter zu haben, sondern eine Astronomin. Die Fachzeitschrift ›Journal of the American Association of Variable Star Observers‹ lag in zahllosen Kopien im Hooperhaus aus, damit jeder der Weihnachtsgäste sich davon überzeugen konnte, dass Tochter Maureen einer Supernova auf die Spur gekommen war.

Am ersten Feiertag fand das Essen in der großen Gesindeküche statt; einmal im Jahr speiste die Familie mit den Angestellten am selben Tisch. Besonders an diesem Abend, während Maureen von Arizona erzählte, musste sie an Mr Henderson denken: Wie er wohl die Tage verbrachte, ob seine Frau und er einen Weihnachtsfrieden erlebten. Maureen dachte an seine Küsse, seine Wärme, die Härchen in seinem

Nacken, seine langen Beine, die unter der Bettdecke hervorguckten, seinen Atem und die wenigen Worte, die er gesprochen hatte. Das Einschlafen in seinem Arm und das graue Erwachen am Morgen. Als Maureen hochschreckte, lag er schon wach.

»Ich muss nach Hause.«

Augenblicklich war sie aufgestanden. »Natürlich.«

»Aber doch nicht sofort.« Mit wirrem Haar hatte er sie angelächelt.

»Ich mache Kaffee.«

»Nicht nötig. Komm lieber wieder her.«

Noch einmal war sie zu ihm unter die Decke geschlüpft, ein paar glückliche, verzweifelte Sekunden lang. Dann hatte er sich angezogen und war gegangen. Seine Schritte auf der Treppe, das Kläffen Freddies, die Stille. Diese Stille kam Maureen wie der schlimmste Moment in ihrem Leben vor. Konnte das die Liebe sein, dachte sie, wenn man sich danach so schrecklich fühlte? In den letzten Jahren war sie häufig allein gewesen, aber nicht einmal während ihrer Jahre an der NYU, nicht einmal seit sie in Flagstaff war, hatte sie sich so einsam gefühlt wie nach der Nacht mit Milford Henderson.

✳

»Maureen?«

»Hm?«

Er stand vor ihr. »Haben Sie mir überhaupt zugehört?«

»Entschuldige. Ich musste gerade an die Weihnachtsfeier zu Hause denken.«

»War es schön?«

»Schön? Ich weiß nicht, es war diesmal … besonders.«

Er hielt den Brief der Verlegerin noch in der Hand. »Miss Turnbridge schreibt, dass sie in den nächsten Tagen in Phoenix zu tun hat. Sie möchte bei der Gelegenheit bei uns vorbeischauen. Ich fände es gut, wenn Sie sie kennenlernen. Es würde Ihnen beruflich bestimmt nützen.«

Maureen sah ihn fragend an. Hatte er denn alles vergessen? Wollte er es vergessen? Natürlich, es war die einzige Möglichkeit, wieder normal miteinander umzugehen.

»Einverstanden. Ich werde Miss Turnbridge von Draconis erzählen.«

Wenn sich dieses verdammte Gefühl nur abstellen ließe! Sie hatte für dieses Gefühl keine Verwendung. Rasch verließ sie Milfords Büro, rannte die Wendeltreppe hinauf und justierte das Teleskop. Sie musste fort von hier, zu den Sternen, hinauf zu ›BD+67°922‹.

KAPITEL 10

An dem klirrend kalten Februartag setzten sich die beiden Frauen ins Freie vor das Lowell Observatorium. Zu Maureens Überraschung wollte Andrea Turnbridge kaum etwas über AG Draconis wissen. Ihr Alter war schwer zu schätzen. Unter dem gefütterten Mantel trug sie ein tailliert geschnittenes Kostüm. Maureen fand Miss Turnbridge vom ersten Moment an sympathisch.

»Auch ich habe Umwege nehmen müssen, bevor ich studieren konnte, was ich wollte«, sagte sie. »Aber Ihre Story schlägt alles: Sie haben ein Tarn-Studium vorgeschoben, um heimlich Ihr richtiges Studium zu absolvieren?«

»Ich hätte Ihnen das nicht erzählen sollen. Sie dürfen es nicht drucken. Es würde meine Eltern kränken.«

»Aber Geschichten wie diese wollen die Frauen in unserem Land lesen.«

»Der Observatory ist kein Frauenmagazin.«

»Ich schreibe nicht nur für Wissenschaftszeitschriften. Sie haben das Zeug dazu, Miss Hooper.«

»Wozu?«

»Wir haben das Jahr 1955. Das 20. Jahrhundert ist schon zur Hälfte vorbei. Trotzdem ist im reichsten und modernsten Land der Erde die Situation der Frauen immer noch beschämend. Die USA behaupten von sich, der Welt in allen Tugenden voranzugehen. Aber drehen Sie mal den Fernseher auf. Was sehen Sie? Frauen, die sich Gedanken darüber machen, welches Waschmittel weißer als weiß wäscht, Frauen, die ihrem Mann das cremigste Kartoffelpüree vorsetzen wollen, Frauen, die sich in erster Linie um ihr Aussehen kümmern. Ist das nicht zum Heulen?«

»So habe ich das noch gar nicht …«

»Was Frauen tun, soll in erster Linie dem Wohlgefallen des Mannes dienen. Deshalb könnte jemand wie Sie, der sich in der Männerwelt durchgeboxt hat, eine Galionsfigur sein, ein Leuchtfeuer, das anderen Frauen Mut gibt, auf eigenem Kurs über den Ozean der Männerwelt zu segeln.«

»Das ist schön gesagt, aber ich bin weder ein Leuchtfeuer noch eine Galionsfigur. Ich möchte in Frieden meine Arbeit tun.«

»Das sollen Sie auch. Und wenn Sie aufsehenerregende Ergebnisse erzielen, ist das ein Beweis, dass es möglich ist, Frau zu sein und zugleich Wissenschaftlerin.«

»Was ich bisher getan habe, war nicht besonders aufsehenerregend.«

»Und was ist mit Kassiopeia Delta?«

»Sie haben das gelesen?«

»Nennen Sie mir eine Sechsundzwanzigjährige, die eine Supernova unter Beweis stellt.«

Maureen richtete sich auf. »Miss Turnbridge, es liegt mir nicht, im Mittelpunkt zu stehen. Ich will keine Galionsfigur sein.«

Die Journalistin seufzte enttäuscht. »Woran arbeiten Sie gerade? AG Draconis zu beobachten, kann nicht Ihr einziges Forschungsgebiet sein.«

»Ich widme mich einer speziellen Theorie.« Die Kälte kroch Maureen in die Knochen. Sie stand auf und stampfte mit den Füßen. »Wäre es Ihnen recht, wenn wir ein paar Schritte gehen?«

»Gern.«

Sie entfernten sich von der Lowell-Kuppel und liefen in die Wüste.

»Vor ein paar Jahren habe ich in New York die Sterne der Milchstraße beobachtet: Großer Bär, Polarstern, Kassiopeia. Inzwischen tue ich das wieder, aber mit einem anderen Ziel.«

»Ich bin ganz Ohr.«

»Man kann die hellen Sterne aufgrund ihrer chemischen Zusammensetzung in zwei Gruppen einteilen. Die eine enthält neben Wasserstoff und Helium kaum andere Elemente. Bei der zweiten ist dagegen der Anteil schwerer Elemente hoch. Diese zweite Gruppe bewegt sich in annähernd kreisförmigen Bahnen um das Zentrum der Milchstraße. Die Wasserstoff-Helium-Sterne hingegen haben geneigte und elliptische Umlaufbahnen.«

Miss Turnbridge steckte die Hände in die Manteltasche. »Dass es Sternengruppen mit unterschiedlichem Verhalten gibt, ist bekannt.«

»Ich sage auch nicht, dass meine Theorie bahnbrechend ist.«

»Was schließen Sie aus dieser Unterteilung?«

»Ich untersuche, ob sich die Sterne vielleicht noch wegen eines anderen Faktors unterscheiden, nämlich die Zeit. Sterne, die sich unterschiedlich verhalten, weisen nach meiner Theorie ein unterschiedliches Alter auf. Dieser Punkt ist noch nie genauer untersucht worden.«

»Die Bewegung der Sterne soll von ihrem Alter abhängen?« Miss Turnbridge ging langsam weiter. »Sollte das stimmen, würde es uns radikal neue Erkenntnisse über die Entstehung der Milchstraße liefern.« Nach einigen schweigenden Schritten sah sie zurück. »Wir sind ganz schön weit in die Wüste gelaufen. Wollen wir umdrehen?«

Sie machten kehrt.

»Wie finden Sie das Leben hier? Allzu viel Unterhaltung gibt es in Flagstaff nicht.«

»Ich mag das. So werde ich wenigstens nicht von der Arbeit abgelenkt.« Maureen bemerkte, dass die Journalistin sie musterte. »Was sehen Sie mich so an?«

»Ist es nicht einsam hier? Wenn ich mit sechsundzwanzig in Flagstaff festsitzen würde, wäre ich einsam. Gibt es nicht irgendjemanden …?«

»Nein«, antwortete Maureen eine Spur zu schnell, zu hastig, zu laut.

»Mhm.« Mehr machte Andrea Turnbridge nicht. Nur: »Mhm.« Eine lange Pause. »Milford ist ein attraktiver Mann, nicht wahr?«

»Wie kommen Sie auf Mr Henderson?«, ereiferte sich Maureen. »Ich finde das anmaßend von Ihnen …«

Die Journalistin legte ihr die Hand auf die Schulter. »Sie sind unglücklich, Maureen.«

»Wie kommen Sie dazu, so etwas …?«

»Weil man hundert Yards gegen den Wind spürt, dass Sie in Milford verliebt sind. Ich habe beobachtet, wie Sie ihn angesehen haben.«

»Oh Gott …« Maureen lief ein paar Schritte voraus. »Das merkt man? Sie haben das bemerkt? Das ist ja grauenhaft!«

Miss Turnbridge holte sie ein. »Es hat auch Vorteile, eine Frau zu sein. Gewisse Dinge spürt man eben.« Sie hakte sich bei Maureen unter. »Wie schlimm ist es denn?«

✳

An diesem Abend gab Maureen beim dritten Bier zu, dass sie froh war, mit einem Menschen über alles reden zu können. Im Hintergrund dudelte der Tennessee Waltz. Enyeto und die anderen drehten sich manchmal um, verwundert, weil Maureen ihnen nicht Gesellschaft leistete. Stattdessen saß sie mit einer Fremden am Tisch.

»Hat Milford Ihnen gesagt, mit wem seine Frau ihn betrügt?« Miss Turnbridge säbelte an ihrem Steak.

»Er ist der dezenteste Mann, den ich kenne. Er würde seine Frau niemals bloßstellen.«

»Immerhin vögelt sie seit Jahren mit dem mysteriösen Mr X.« Sie senkte das Messer. »Für das Steak braucht man eine Kettensäge.«

»Leider ist die Küche …« Maureen knabberte an ihrem Maiskolben. »Ich weiß übrigens, wo Mr X wohnt. In einem Haus, das meinen Vermietern gehört.«

»Dann müssten Sie doch rauskriegen können …«

»Ich will das nicht. Es geht mich nichts an.«

»Meine liebe Miss Hooper, Sie haben mit diesem Mann geschlafen.«

»Ein einziges Mal.«

»Inzwischen sind Sie todunglücklich, wollen aber nicht wissen, welcher andere Mann der Grund für Mr Hendersons Unglück ist?« Miss Turnbridge legte ihr Besteck zusammen. »Ich würde das rauskriegen wollen.«

»Was würdest du rauskriegen wollen, Andrea?«

Als Maureen seine Stimme hörte, fuhr sie so heftig zusammen, dass ihre Bierflasche kippte. Mit erstaunlicher Reaktionsgeschwindigkeit fing Mr Henderson sie auf.

»Schön, dass wir uns noch mal sehen, Milford«, begrüßte ihn Miss Turnbridge.

»Wann fährst du?«

»Morgen Früh.«

»Darf ich mich zu euch setzen? Oder störe ich bei einem Frauengespräch?« Henderson setzte sich, ohne die Antwort abzuwarten. »Worüber habt ihr geredet?«

»Über BD+67°922«, antwortete Miss Turnbridge geistesgegenwärtig. Er zog die Speisekarte heran. »Ich könnte eine Kleinigkeit vertragen.«

»Nimm nicht das Steak, das stammt aus den Sezessionskriegen.«

Mr Henderson winkte Herman und bestellte ein Chili zusammen mit Bier und Whisky.

»Weshalb bist du denn so aufgekratzt, mein Lieber?« Miss Turnbridge gab Herman ihren Teller mit.

»Weil ich Grund dazu habe.« Henderson lehnte sich zurück.

»Mach es nicht so spannend.«

»Meine Frau und ich haben uns getrennt.«

Wäre im selben Moment eine Bombe explodiert, Maureen hätte nicht heftiger erschrecken können. Sie war geschockt, überrascht, aufgeregt, traurig, sie hatte ein schlechtes Gewissen, freute sich und verabscheute sich für diese Freude.

»Irgendwann ist eben alles im Leben zu Ende.« Henderson zuckte die Schultern. »Entschuldigen Sie, Maureen, ich wollte Ihnen den Abend nicht mit meinen Privatangelegenheiten verderben.«

Ihm darauf zu antworten, überforderte sie. »Tut mir leid«, war alles, was sie hervorbrachte.

»Wo ist Debbie jetzt?«, fragte Miss Turnbridge.

»Zu ihrer Mutter nach Albuquerque gefahren.« Ein bitteres Lachen. »Behauptet sie zumindest. Ihre Sachen stehen gepackt im Hausflur. Ich sortiere gerade unsere Bibliothek aus: Meine Bücher, ihre Bücher.«

Herman brachte Bier und Whisky.

Miss Turnbridge stieß mit Henderson an. »So cool, wie du tust, bist du gar nicht, Milford. Findest du es Debbie gegenüber fair, die Sache so freimütig in der Kneipe auszuplaudern?«

»Flagstaff ist ein Kaff. In ein paar Tagen wissen es ohnehin alle.«

In diesem Moment begriff Maureen, warum sie so leidenschaftlich gern Astronomin war. Gegen Gefühle, wie sie jetzt gerade in ihr tobten, konnte sie sich nicht anders wehren, als wieder in die Milchstraße zu reisen. Sie wollte die klare, winterliche Wüstenluft schmecken, während sie durch das Spiegelteleskop schaute. Sie sehnte sich nach Wissenschaft! In diesen Sekunden war Maureen erfüllt von der Sehnsucht nach dem Lauteren, dem Genauen. Ihr graute vor dem Sumpf an Stimmungen, Hoffnungen und Hirngespinsten, die sie zuletzt begleitet hatten. Vor einem Stern, einer Galaxie, einem Asteroiden hatte ihr noch nie gegraut. Dagegen zerfiel die Hoffnung auf Liebe, Glück und Geborgenheit wie ein Wahn. *So und nicht anders!*, sagte die Astronomie, *so und nicht irgendwie!*

Sie hatte sich in Mr Henderson verliebt. Doch den Mann, der sein wundes Herz in die Ranch trug und über die Untreue seiner Frau lamentierte, diesen Mann bedauerte sie. Heute Abend schuf Maureen Klarheit für sich. Die Gefühle der letzten Wochen hatten ihr Leben nicht reicher gemacht, sondern ihr Sorgen aufgebürdet. Mit der Wissenschaft hatte sie stets helle Zeiten erlebt. Dorthin wollte Maureen zurück.

»Würdet ihr mich entschuldigen?« Sie nahm ihr Glas und stand auf.

»Wo wollen Sie denn hin?«, fragte Henderson.

Sie sah es in seinen Augen: Er wünschte sich, dass sie ihn tröstete. Deshalb war er in die Ranch gekommen. Doch als Trösterin für einen, der sich zu lange an seine Ehe geklammert hatte, war Maureen sich zu schade. Mr und Mrs Henderson schienen durch eine unglückselige Chemie aneinandergefesselt zu sein. Mit dieser dunklen Symbiose wollte Maureen nichts zu tun haben.

»Ich habe meine Freunde vernachlässigt.« Sie zeigte zur Bar.

Maureen erntete einen verletzten Blick Hendersons und einen anerkennenden von Miss Turnbridge.

»Falls wir uns nicht mehr sehen, wünsche ich Ihnen eine gute Weiterreise, Andrea.« Sie gab ihr die Hand. »Bis morgen, Mr Henderson.«

»Bis morgen«, antwortete er verwirrt.

Maureen schlenderte zur Bar, wo sie von Enyeto, Lindy und Herman begrüßt wurde.

KAPITEL 11

Der Winter klammerte sich lange an die Hochebene, doch irgendwann im April ging ein Aufatmen durch die Stadt. Die Luft war lind, der Saguaro-Kaktus glänzte mit seinen strahlend weißen Blüten, der Palo-Verde-Baum trieb Knospen aus. Nach den ersten Regenfällen verwandelte sich der Wüstenboden in einen grünen Teppich mit bunten Blumen.

AG Draconis entpuppte sich nach zahllosen Beobachtungen als veränderlicher Stern. In Wahrheit handelte es sich um zwei Sterne. Einen Roten Riesen, der die anderthalbfache Masse der Sonne gehabt haben mochte, sich aber zu deren fünfunddreißigfacher Größe aufgebläht hatte. Daneben war sein Partner, ein Weißer Zwerg mit einer Oberflächentemperatur von 80.000 Grad Celsius. Die beiden umkreisten einander, waren von der Erde aber so weit entfernt, dass sie wie ein einziger Stern aussahen. Die chemischen Eigenschaften des Doppel-Sterns veränderten sich, je nachdem, ob sie von der Erde aus betrachtet neben- oder hintereinander standen. Dieses Emissionsspektrum zeigte sich nur alle fünfzehn Jahre.

Astronomie war manchmal Glückssache: Man musste zur rechten Zeit an den richtigen Punkt des Universums schauen und in der Lage sein, zu erfassen, was dort gerade geschah. Maureen ergriff die Gelegenheit, die ihr der Zufall bot.

Der Frühling ließ die gegenseitigen Gefühle mit Mr Henderson nicht wieder aufflammen. Sie begegneten einander freundlich und professionell. Maureen erfuhr nie, wer der *andere Mann* war, wegen dem sie und Henderson ihre verzweifelt-glückliche Nacht verbracht hatten.

Miss Turnbridge veröffentlichte Maureens Arbeit über die Entstehungstheorie der Milchstraße im Observatory. Und darauf geschah erst einmal nichts. Nicht das Geringste.

Doch im September legte Maureen ein geöffnetes Kuvert samt Inhalt auf Mr Hendersons Schreibtisch.

»Von wem stammt der Brief?«

»Es sind drei Briefe, die sich aufeinander beziehen. Derjenige, der direkt an mich gerichtet ist, stammt von meinem Professor an der New York University.«

Henderson entfaltete die Schreiben, die jedes einen anderen Briefkopf trugen.

»Die ›American Astronomical Society‹ hat sich bei Professor Hathaway nach mir erkundigt.« Maureen schmunzelte. »Scheinbar konnte die Society nicht glauben, dass eine Frau in meinem Alter tatsächlich jene Entdeckung gemacht hat, auf die sich der ursprüngliche Brief bezieht.«

Henderson blätterte in den Papieren. »Ich finde hier vier Anschreiben, nicht drei.«

»Der ursprüngliche Brief ist in Armenisch abgefasst. Der zweite ist die englische Übersetzung vom gleichen Absender. Beide sind an das AAS gerichtet. Sie wurden an Hathaway nach New York weitergeleitet, der mir nun das ganze Konvolut zugeschickt hat.«

Überrascht blickte Henderson auf. »Das ist eine Einladung.«

»So habe ich es auch verstanden.«

»An Sie, Maureen.«

Sie lächelte über seine Umständlichkeit. »Richtig.«

»Ein Mister ... *Hambardsumjan* ... Keine Ahnung, wie man das ausspricht.«

»Er ist Armenier.«

»Dieser Hambardsumjan lädt Sie an das ... ›Bjurakan-Observatorium‹ ein. Wo ist das?«

»Es befindet sich auf einem Berg namens Aragaz, und der liegt wiederum in der zentralarmenischen Provinz Aragazotn.«

»Ich habe noch nie gehört, dass dort ein Observatorium existiert.« Er gab ihr die Briefe zurück. »Können Sie sich das Ganze erklären?«

»Ich habe eine Vermutung. In Bjurakan findet in nächster Zeit eine Tagung statt, deren Hauptthema ziemlich genau zu meiner Arbeit in Flagstaff passt.«

»Geht es um AG Draconis?«

»Nein. Die Konferenz diskutiert über die Entstehung der Milchstraße.«

Henderson lachte überrascht. »Und dazu laden die ausgerechnet Sie ein?«

Es war ihm herausgerutscht. Er meinte es nicht böse oder herablassend und doch öffnete dieser Satz eine weitere Tür im Innenleben von Milford Henderson. Maureen hatte sich manchmal gefragt, worin sein eigener beruflicher Ehrgeiz lag. Was wollte er erreichen? Weshalb leitete er eine Sternwarte in der Wüste? An welcher Forschung, welcher Entdeckung war ihm persönlich gelegen? Sein unbedachter Satz zeigte ihr, dass es eine *Wunde* gab, einen dunklen

Fleck in Hendersons Selbstverständnis, weil er kein herausragender Astronom geworden war.

»Glauben Sie, ich könnte davon profitieren, hinzufahren?«, fragte sie.

»Wollen Sie denn fahren?«

»Ja«, antwortete Maureen klipp und klar. »Ich weiß so gut wie nichts über die astronomische Forschung außerhalb der USA.«

Er nahm das erste Schreiben noch einmal zur Hand. »Moment, die Tagung ist ja schon …«

»In vier Wochen. Die Konferenz soll stattfinden, bevor der Winter einsetzt.« Sie spürte seine Bedenken und kam seinen Einwänden zuvor. »Bis dahin kann ich Dwayne in meine Projekte einarbeiten. Er wäre damit einverstanden.«

»Sie haben mit Dwayne noch vor mir gesprochen?«

»Nur prinzipiell.«

»Armenien?« Henderson stutzte. »Aber das liegt doch …«

»In der Sowjetunion.«

»Sie wollen hinter den Eisernen Vorhang reisen?« Er ließ den Brief sinken. »Wir befinden uns mit den Russen im Kalten Krieg.«

»Es ist eine wissenschaftliche Tagung. Sie hat mit Politik nichts zu tun.«

KAPITEL 12

»Herzlich willkommen in Bjurakan!« Wiktor Hambardsumjan war ein lauter Mensch. Er hatte angegraute Locken und ein verschmitztes Lächeln. »Wie war die Reise, Miss Hooper?« Er sprach Englisch mit starkem Akzent; Maureen musste sich manche seiner Sätze im Geist erst verdeutlichen.

»Ich hatte eine gute Reise«, antwortete sie, dabei hätte ihr Weg nicht beschwerlicher sein können. Maureen hatte New York als Ausgangspunkt genommen und sich dort von ihrer Familie verabschiedet.

»Fahr nicht«, lautete der gebetsmühlenartig vorgetragene Rat ihrer Eltern.

»Armenien soll ein schönes Land sein«, sprang ihr Onkel Theodore bei.

»Die Leute sind Kommunisten«, gab Aurelia zu bedenken.

»Die Leute, mit denen ich zu tun haben werde, sind Wissenschaftler.«

»Sie werden dich über deine Forschungen aushorchen«, prophezeite John Hooper. »Du darfst den Russen nichts verraten.«

»AG Draconis, dem ich diese Einladung verdanke, ist 8000 Lichtjahre entfernt. Ich glaube kaum, dass dort oben irgendwelche Staatsgeheimnisse der USA versteckt sind, die ich verraten könnte.«

Als Onkel Theodore über Maureens Satz lachte, fuhr sein Bruder ihn an: »Ich beklage deinen mangelnden Patriotismus, Theo. Es ist die erklärte Politik der Vereinigten Staaten, jeden kommunistischen Einfluss von unserem Land fernzuhalten. Trotzdem besteigt unsere Tochter ein Flugzeug, um sich mit den Russkis an einen Tisch zu setzen.«

»Es sind Armenier, keine Russen«, korrigierte Maureen. »Wer sagt dir, dass ich von ihrem Wissen nicht mehr profitiere als sie von mir?«

»Dort in *Bjurka* ... in *Bjurika* ... dem Kaff, von dem man noch nie gehört hat, bezweifle ich das.«

Maureen setzte sich zu ihrem Vater. »Was denkst du denn, was ich in den letzten Wochen gemacht habe, Dad? Ich habe das State Department und das Wissenschaftsministerium von der Einladung informiert. Im Außenministerium wurden mir die Risiken des Projekts erklärt. Ich habe eine Menge Papiere unterzeichnet, wozu ich mich verpflichte und was ich unterlassen soll. Man hat mir den Unterschied zwischen einem wissenschaftlichen Austausch und einer *geheimdienstlichen Tätigkeit* erklärt. Ich darf über meine Erkenntnisse in der Milchstraße sprechen, nicht aber verraten, mit welchen wissenschaftlichen Methoden ich zu diesen Erkenntnissen gelangt bin. Zu guter Letzt haben mir die United States of America die schriftliche Erlaubnis erteilt, den Atlantik zu überqueren, in Paris den Orientexpress zu besteigen, mich nach Istanbul zu begeben und von dort in die Union der Sozialistischen Sowjetrepubliken zu fahren.« Sie gab ihrem Vater einen Kuss. »Ich weiß eure Sorge zu schätzen, aber unsere Regierung hat schon dafür gesorgt, dass ich keinen Unsinn anstelle.«

»Unsere Tochter verhandelt mit dem State Department.« Ein stolzes Mutterlachen überzog Aurelias Gesicht. »Wer hätte das gedacht, damals, als sie noch am Klavier ihren Schubert geübt hat?«

Maureen war das Tempo amerikanischer Züge gewöhnt und verfluchte das Schneckentempo der Eisenbahn, in die sie in Istanbul umsteigen musste. Der Zug blieb praktisch in jeder Ortschaft stehen, jedes Mal wartete der Zugführer geduldig, bis Ziegen, Schweine, Kleiderschränke, ein ganzes Schlafzimmer aufgeladen wurden. Einmal war Maureen sogar auf den Bahnsteig gesprungen und hatte einem Ehepaar geholfen, seine Habseligkeiten zu verstauen.

Als es ins bergige Grenzgebiet ging, war sie überzeugt, den keuchenden Zug zu Fuß überholen zu können. Die Grenze zwischen zwei Weltsystemen lag in einem Ort mit dem unaussprechlichen Namen Üçbölük. Der Fluss Akhuryan trennte die Türkei vom Riesenreich der Sowjetunion. Maureens Papiere wurden wegen ihrer Besonderheit an einen jungen Offizier in graugrüner Uniform weitergereicht. Er bat sie zur Kontrolle eine Treppe höher.

»Один момент. Садитесь.« Der Offizier ging davon aus, dass jemand, der sein Land besuchte, die Amtssprache beherrschte.

Maureen hatte sich einfache Sätze zurechtgelegt. »К сожалению, я не говорю на вашем языке. Можем ли мы поговорить по-английски?«[1]

»Moment.« Der Offizier ging in einen Nebenraum und telefonierte.

In amerikanischen Amtsstuben herrschte die Farbe Braun vor, braune Möbel, hellbraune Wände, dunkelbrauner Linolboden. Hier war es ein Grau, das Kälte ausstrahlte. Doch Maureen fror nicht deshalb, sondern weil der Kanonenofen nicht geheizt wurde.

Der Offizier kam mit einem älteren Kollegen zurück, der zwei Sterne mehr am Aufschlag trug. »Sie reisen allein, Miss Hooper?« Sein Englisch war besser, seine Frage darum nicht verständlicher.

---

1   Ich spreche Ihre Sprache nicht. Können wir uns auf Englisch unterhalten?

»Natürlich.«

»Und Sie kommen direkt aus den Vereinigten Staaten?«

»Ich hatte Zwischenstation in Paris und Istanbul.«

»Was ist der Grund Ihrer Einreise in die UdSSR?«

Sie deutete auf ihre Papiere. »Das steht alles in dem Schreiben des US-Wissenschaftsministeriums.«

»Ich möchte es von Ihnen hören, Miss Hooper.«

»Ich werde an der Tagung der ›Astronomischen Gesellschaft‹ in Bjurakan teilnehmen.«

»Sie werden an der Tagung teilnehmen, sofern wir Sie einreisen lassen«, erwiderte er ohne Schärfe.

»Genau so habe ich es gemeint.«

»Was sind Sie von Beruf, Miss Hooper?«

»Das steht alles …« Sie gab es auf, sich auf die Dokumente zu berufen, hier hatten sie kein Gewicht. Dieser Offizier sprach mit einer amerikanischen Imperialistin. Die Entscheidung lag in seinem Ermessen.

»Ich bin Astronomin. Ich arbeite am Observatorium von Flagstaff in Arizona.«

»Womit beschäftigen Sie sich dort?«

»Mit Fragen, die unsere Milchstraße betreffen.«

Er setzte sich. »Führen Sie Druckerzeugnisse mit sich?«

»Druck …?«

»Zeitschriften, Romane, Prospekte?«

Maureen öffnete ihre Aktentasche. »Das sind die Unterlagen zu meiner Forschungsarbeit. Und dann … dieses Buch.«

Er musterte den bunten Einband. »›Lord Of The Flies‹? Ist das etwas Politisches?«

Es gab kaum ein politischeres Werk als den Roman von William Golding. Doch diese Antwort wäre gefährlich gewesen. »Es ist ein Jugendroman«, antwortete sie. »Eine Gruppe von Kindern verirrt sich im Dschungel.«

Der Offizier notierte den Namen des Autors. »Bitte öffnen Sie Ihre Koffer.«

Maureens Habseligkeiten waren übersichtlich und sinnvoll gepackt. Der Offizier bemühte sich, ihre Wäsche nicht in Unordnung zu bringen. »Danke.« Er betätigte einen Druckknopf am Schreibtisch.

Ein weiblicher Offizier trat ein. »Genosse Hauptmann?«

»Sie gehen mit der Genossin.«

Die schlanke Frau führte Maureen in eine Kabine. »Ausziehen.«

»Wie bitte?«

»Den Mantel, die Jacke, die Bluse, den Rock.«

»Ich habe nichts in den Taschen. Mein Rock hat nicht einmal Taschen.«

»Ausziehen.« Auch in ihrem Ton lag keine Schärfe.

Maureen legte alles ab und schlüpfte aus den Schuhen. Die Polizistin prüfte jedes Kleidungsstück.

»Den BH«, sagte sie.

»Kommt nicht in Frage!«

»Ziehen Sie Ihren Büstenhalter aus.«

Maureen öffnete den Verschluss, schlüpfte heraus und bedeckte ihre Brüste. Die Uniformierte quetschte den Schaumstoff in den Körbchen, hielt den BH gegen das Licht und gab ihn zurück. »Sie können sich wieder anziehen.«

Als Maureen, den Mantel über dem Arm, ins Büro zurückkam, fragte der Offizier: »Was ist das?« Er deutete auf das Revers ihrer Jacke.

»Mein Anstecker?«

Er musterte ihre Brosche. »Ist das ein politisches Symbol?«

»Es ist eine Nachbildung des Großen Wagen.«

»Warum tragen Sie das?«

»Mein Onkel Theodore hat sie mir geschenkt.«

Der Hauptmann gab Maureen ihre Papiere zurück. »Willkommen in der Union der Vereinigten Sowjetrepubliken.«

※

»Und das ist Ihre Unterkunft.«

Wiktor Hambardsumjan führte sie in eine armenische Isba, die traditionelle Hütte, zu deren Konstruktion ein quadratischer Rahmen aus Baumstämmen ohne Nägel auf den nackten Grund gelegt wurde. Darauf entstand das Blockhaus, dessen Zentrum der Ofen war, Kochstelle und zugleich Schlafplatz im Winter. Maureens Isba wirkte neu, das ungeschälte Birkengebälk duftete nach Harz. Hier gab es nichts als eine umlaufende Bank, einen Tisch mit Samowar und ein Bett, dessen Matratze, wenn sich Maureen nicht täuschte, ein gefüllter Strohsack war. Die Badenische wirkte spartanisch.

Ihre Reise hatte drei Tage gedauert. Maureen war derart erschöpft, dass sie sich bei Mr Hambardsumjan bedankte, ihm erklärte, es sei alles zum Besten und kurz darauf auf dem knisternden Stroh einschlief. Sie träumte wild und wirr, vom Sein und vom Leben, vom Getümmel der Milchstraße und von den Herbstblumen vor ihrer Hütte. Sie erwachte in aller Frühe mit einem neuen Gefühl von Freiheit. Sie trug den dampfenden Samowar ins Freie, setzte sich auf die Schwelle und sah den Hühnern zu, die so neugierig zu Besuch antrabten, als kämen sie, um ihre Eier persönlich abzuliefern. Maureen blickte zu dem geschnitzten Giebel hoch und ließ die Farben auf sich wirken, die es dem Sommer und dem Winter überließen, ins Dunkle oder Helle zu verwittern. Rund um sie tauchte der Morgennebel die Welt in ein traumartiges, rosafarbenes Licht.

Die Sternwarte, halb hinter Bäumen verborgen, war jener in Flagstaff durchaus ähnlich, wenn auch wesentlich größer. In unmittelbarer Nähe gab es nur ein einziges Gebäude, über dessen Portal ein weit gespanntes Banner die Teilnehmer der 12. Astrophysikalischen Konferenz auf Russisch, Armenisch und Englisch willkommen hieß. Maureen entdeckte in der Nähe keine weitere Isba. Wo waren die übrigen Tagungsteilnehmer untergebracht? Sie stand auf; das dampfende Teeglas in der Hand, lief sie den Hügel hoch. Unterhalb des Planetariums erstreckte sich das Dorf Bjurakan in steiler Hanglage.

Der Tee tat gut, doch ein Frühstück würde ihr noch besser bekommen. Maureen zog sich fertig an, machte sich auf den Weg zu ihrem Arbeitsplatz und betrat den unteren Teil der Anlage. Die darüberliegende Kuppel wurde von bogenförmigen Betonpfeilern getragen, die von einer in Segmente unterteilten Glasfront umgeben waren. Die gleißend einfallende Morgensonne gab dem Gebäude etwas von einem Tempel, einer Halle, deren Boden aus länglichen Marmorplatten bestand. Zwischen zwei Pfeilern entdeckte sie, gleich einem Altar, ein technisches Schaltpult mit Operationseinheiten und Messuhren, davor ein Bürostuhl mit hoher Lehne. Niemand war hier. Sie schien die einzige Person im Observatorium zu sein. In Flagstaff war das Lowell-Gebäude zwar auch kein surrender Bienenstock, aber diese Einsamkeit, noch dazu in einem fremden Land, machte Maureen beklommen. Ihre Schritte hallten auf dem Stein.

Der Drehstuhl bewegte sich. Sie fuhr zusammen: »Hallo?«

»Sie sind Mauhri«, antwortete eine Männerstimme in schwerfälligem Englisch. »Ich bin Sergej.«

»Guten Tag, Sergej.« Sie wagte sich näher. »Mein Name wird *Maureen* ausgesprochen.«

»Gut.« Sergej war ein runder Mann mit kariertem Hemd und einer verkehrt aufgesetzten Baseballkappe. Sein Bart reichte bis auf die Brust. Sonderbarerweise trug er im Sitzen einen Rucksack. Sergej hielt einen Telefonhörer in der Hand.

»Wo sind denn alle? Die Konferenz beginnt doch heute, oder?«

»Die Konferenz hat schon begonnen.«

»Wieso hat man mir nichts gesagt?«

»Sie haben geschlafen. Wiktor hat Sie nicht wach gekriegt.«

»Mr Hambardsumjan wollte mich wecken?«

»Er hat Sie schlafen lassen. Die Reise war anstrengend, ja?«

»Ach, wie dumm! Wo finde ich Mr Hambardsumjan und die anderen jetzt? Sind sie oben in der Kuppel?«

Sergej schüttelte den Kopf. »Unten beim Frühstück.«

»Ich möchte Mr Hambardsumjan gern sagen, wie leid es mir tut.« Sie warf einen Blick ins Freie.

»Sagen Sie es ihm.« Sergej hielt den Hörer hoch. »Hier, Mauhri!«

»Er ist am Telefon?«

»Sie ist gerade reingekommen. Sie will Frühstück.« Sergej übergab ihr das Telefon.

»Hallo, Mr Hambardsumjan?«, fragte Maureen vorsichtig.

»Wiktor – bitte. Kein Mensch sagt Hambardsumjan zu mir.«

»Wieso haben Sie mich schlafen lassen, Wiktor? Jetzt habe ich die Eröffnung der Konferenz verpasst.«

»Nichts ist eröffnet. Wir essen hier und trinken Wodka.«

»Am frühen Morgen?«

»Wodka ist der beste Muntermacher.«

»Wo seid ihr, Wiktor? Wo sind die Kollegen? Ich kann keine weitere Isba rund um die Sternwarte entdecken.«

»Die Isba ist für den Ehrengast.«

»Wer ist das?«

Wiktor lachte so laut, dass sie den Hörer vom Ohr riss. »Sie natürlich, Maureen! Ich habe die Isba für Sie bauen lassen! Wir hatten noch nie einen Gast aus Amerika.«

»Sie haben …« Ihr Blick fiel auf Sergej, der das Gespräch belauschte. Erst jetzt bemerkte sie, dass das Telefonkabel ihn an der Brust einschnitt. »Entschuldigung.« Sie ging mit dem Hörer einmal um ihn herum. »Wo sind Sie, Wiktor?«

»Im Hotel.«

»In welchem?«

»Es gibt hier nur eins, das Дом Социалистического Братства.«

»Aber dort hätte ich doch auch absteigen können.«

»Es hätte Ihnen nicht gefallen.«

»Ich komme in dieses Hotel.«

»Ich hole Sie ab«, entgegnete Wiktor Hambardsumjan.

»Ich kann das Dorf von hier aus sehen. Das sind nur ein paar Schritte.«

»Ich hole Sie ab.«

»Gut.« Sie gab Sergej den Hörer. »Dieses Hotel … ich kann den langen Namen nicht aussprechen, was bedeutet das?«

»›Haus der sozialistischen Brüderlichkeit‹. Hier nennt es jeder nur das *Haus.*«

∗

Im offenen Geländewagen fuhr Wiktor Hambardsumjan mit Höchstgeschwindigkeit den Hügel hinunter. »Alle warten schon!«, schrie er gegen den Fahrtwind. »Alle sind gespannt.«

Das Hotel zur sozialistischen Brüderlichkeit war ein grauer, langgestreckter Bau mit verwitterten Fenstern. An der Fassade fehlten viele Klinkerziegel. Maureen folgte Wiktor durch einen düsteren Korridor. Er öffnete die Tür. Fröhlicher Lärm schlug ihr entgegen. Da saß ein Dutzend Männer um einen langen Tisch. Sie hatten leergegessene Teller vor sich, Kaffeetassen und Wodkagläser. Ein langgezogenes »Aaaaahhh!«, ging durch die Runde. Wie an einer Schnur gezogen sprangen die meisten auf und applaudierten.

Maureen wäre nie auf die Idee gekommen, den Personenkreis einer astrophysikalischen Tagung vor sich zu haben: Eine Junggesellenrunde auf Sonntagsausflug hätte besser gepasst. Ehe sie es sich versah, umringten sie die Herren und stellten sich vor.

Jakow Seldowitsch war Astrophysiker und arbeitete auf dem Gebiet der kosmischen Hintergrundstrahlung. Seine Theorie hatte zugleich Staunen und Hohn in der Fachwelt ausgelöst, wonach man die Existenz von Schwarzen Löchern durch das Leuchten der einfallenden Materie aus der Umgebung nachweisen könne. Er war Träger des Stalinpreises und des Leninordens. An diesem Morgen trug er beide Orden an seiner Trainingsjacke.

Milutin Milankovic, der älteste Kongressteilnehmer, war wegen des nach ihm benannten Systems von Strahlungskurven eingeladen worden. Mit ihrer Hilfe hatte Milankovic die mittlere Sonneneinstrahlung für die letzten 650.000 Jahre errechnet. 1879 in Belgrad geboren, fühlte sich Milankovic als Alt-Österreicher, trug einen Gehrock und ließ es sich nicht nehmen, zum Frühstück mit Fliege zu erscheinen.

Hinter seinem dichten Vollbart war die Physiognomie des Holländers Anton Pannekoeks kaum zu erkennen. Bei ihrem ersten Wortwechsel machte er Maureen klar, dass sie auf ähnlichen Gebieten forschten: Sternenverteilung, Sternentstehung, Sternspektren. Er beschäftigte sich mit historischer Astronomie, hatte Arbeiten zur Sterndeutung der Babylonier veröffentlicht und beglückwünschte Maureen zur Verifizierung von Kassiopeia Delta durch Rückschlüsse aus dem Jahr 1680.

Igor Nowikow war der jüngste Anwesende. Gerade fünfundzwanzig geworden, arbeitete er am Institut für Angewandte Mathematik in Moskau und hatte eine Studie über Relativistische Astrophysik veröffentlicht. Liebenswürdig, dabei scheu, begleitete Nowikow Maureen an ihren Platz und schenkte ihr Kaffee ein.

Fünf weitere Herren saßen um den Tisch, deren Fachgebiet Maureen noch nicht erfahren hatte. Bei allen Anwesenden hatte sich die Stimmung seit ihrem Eintreten verändert: Waren sie gerade noch eine Gruppe angeheiterter Männer gewesen, die ihren Ausflug nach Armenien genossen, stellte sich eine Art chevalereske Heiterkeit ein. Man empfahl Maureen den gefilten Fisch, die Speckkartoffeln, das Reisomelett und sah ihr zu, während sie zulangte und eine ordentliche Portion verdrückte. Dabei bemerkte sie jemanden, der sich bisher nicht hervorgetan hatte. Er wirkte ernst, abwesend, hatte seine dunkelbraunen Haarwellen mit Brillantine gebändigt und schien an dem Begrüßungsfrühstück eher pflichtschuldig teilzunehmen.

Leopold Reißmann stammte aus Potsdam. Trotz seiner jüdischen Abstammung war sein wissenschaftlicher Beitrag für die Nazis so wichtig gewesen, dass sie ihn *arisiert* hatten. Er hatte während des Krieges bei der deutschen physikalischen Gesellschaft an der Ionosphären-Forschung gearbeitet. Nach dem Zusammenbruch war er einer Einladung der Sowjetischen Akademie der Wissenschaften nach Moskau gefolgt, um im Bereich der Elektronenphysik zu forschen.

»Meine Herren, Miss Hooper, ich schlage einen Verdauungsspaziergang vor!«, rief Tagungsleiter Wiktor Hambardsumjan in die Runde und wiegelte den Protest der meisten Anwesenden ab: »Bjurakan ist klein, Sie werden sich gewiss nicht überanstrengen.«

Das babylonische Stimmengewirr wurde auch bei den folgenden Unterhaltungen beibehalten. Die Wissenschaftler sprachen ein buntes Kauderwelsch aus Russisch und Englisch, Holländisch mischte sich dazu, deutsche Brocken und slawische Dialekte. Umringt von vier Herren trat Maureen mit den anderen auf die Dorfstraße, die sich in Schlangenlinien durch den Ort zog. Wiktor manövrierte seine Gäste zu den Sehenswürdigkeiten Bjurakans, der wuchtigen Johanneskirche aus dem 11. Jahrhundert, der Ruine der Artavazik-Kirche mit der Blauen Madonna mit dem Kinde. Unweit davon fiel der Blick der Gruppe auf ein Bauwerk, dessen Fassade eine tanzende Frau in leuchtend rotem Rock zierte.

»Hat sich in eurem Ort die Sünde eingenistet?«, rief Seldowitsch, der Mann mit den zwei Orden.

»Das Haus gehörte einem Maler«, erklärte Wiktor. »Er und seine Frau Rita haben dort einen Ausschank betrieben.«

»Was wurde aus ihnen?«

»Rita ist gestorben. In seiner Trauer hat der Maler sie hier abgebildet. Darauf verließ er Bjurakan. Niemand wollte das Bild der fröhlichen Rita übermalen.«

»Und was ist jetzt da drinnen?«, fragte Pannekoek.

»Es ist noch immer ein Ausschank.«

Man beschloss, ein Glas auf die unglückliche Rita zu trinken. Die Bar weckte Maureens Erinnerung an The Ranch. Der Wirt begrüßte die Runde und machte Licht. Wiktor bestellte Maulbeerwodka und bestand darauf, dass Maureen das armenische Nationalgetränk probieren müsse. Um ihn nicht zu beleidigen, nippte sie und stellte fest, dass der Wodka nicht so stark war wie der Bourbon Arizonas.

Leopold Reißmann hatte sich wieder abseits der anderen gesetzt, unweit eines Gastes im grauen Anzug, der eine Zeitung in cyrillischer Schrift las. Maureen schlenderte mit ihrem Glas an den Tisch des Deutschen. »Ich habe mich noch gar nicht vorgestellt.«

»Verzeihung.« Er stand auf. »Ich hätte mich Ihnen vorstellen sollen. Reißmann.«

Sein britisches Englisch überraschte Maureen. »Wüsste ich es nicht besser, würde ich sagen, Sie kommen aus London.«

»Ich hatte einen erstklassigen Lehrer.«

»In Deutschland?«

»In Moskau.«

»Ich bin Maureen Hooper.«

»Sie sind das Wunderkind, ich weiß. Seit gestern Abend wird über nichts anderes gesprochen.«

»*Wunderkind?*«

»Wiktor hat angekündigt, Sie werden uns erklären, wie die Milchstraße funktioniert.«

Sie suchte in seinem Gesicht nach einer Spur Ironie. Er hatte einen schmalen Mund, der sich beim Sprechen kaum bewegte und große, dunkle Augen.

»Werden Sie uns die Milchstraße erklären?«, hakte er nach.

»Machen Sie sich nicht über mich lustig. Die Veranstaltung hier schüchtert mich schon genügend ein.«

Er bot ihr den Platz neben sich an. »Unsere illustre Runde behandelt Sie doch wie eine Prinzessin. Sie sind die Bienenkönigin in unserem Stock.«

»Ich bin keine Bienenkönigin und nicht zum Wodkatrinken hergekommen. Wann fängt die Arbeit an?«

»Fragen Sie Wiktor. Er ist so glücklich, mal andere Gesichter zu sehen als sein Faktotum Sergej, dass er am liebsten die ganze Woche nur Wodka trinken würde.«

»Ich werde aus Ihrem Aufgabenbereich nicht klug, Mr Reißmann. Elektronenphysik ist mir zu allgemein. Woran arbeiten Sie gerade?«

»Ich referiere hier über den atomaren Aufbau von Elementarteilchen in der Milchstraße.«

»Das habe ich gelesen.« Sie trank. Der Wodka stachelte sie zu einer Provokation an. »Sie haben für die Nazis gearbeitet, und jetzt arbeiten Sie für die Sowjets. Worüber? Was ist Ihr Kerngebiet?«

»извинение.« Der Mann am Nebentisch war aufgestanden und trat zu ihnen. »Darf ich mir den Sportteil der Zeitung ausleihen?«

»Bitte«, antwortete Reißmann auf Englisch. »Ich lese die Zeitung nicht mehr.«

Der Fremde wandte sich an Maureen. »Sie gehören zu den Tagungsmitgliedern, Genossin?« Er deutete auf die Zeitung. »Man liest überall davon.«

»Ich bin gerade erst angekommen.«

»Gefällt es Ihnen in der Armenischen Sowjetrepublik?«

»Die Fahrt durch das Land hat mir gefallen, Mister …«

»Mein Name ist Grohyt.«

»Sind Sie aus der Gegend, Mr Grohyt?«

»Ich bin auf der Durchreise.«

»Was führt Sie hierher?«

»Ich arbeite an einem Buch.«

»Zu welchem Thema?«

»Es soll ein Kochbuch werden, über die verschiedenen Küchen der Sowjetrepubliken. Jetzt möchte ich nicht länger stören.« Grohyt griff nach der Zeitung und setzte sich an den Nebentisch.

An der Bar ließ Wiktor Hambardsumjan die nächste Runde des Nationalgetränks kommen.

KAPITEL 13

Die Milchstraße stellte eine weiße Scheibe dar, die sich aus 200 Milliarden Sternen zusammensetzte. Sie besaß einen Durchmesser von 100.000 Lichtjahren. Der Abstand des nächsten Sterns zur Sonne, schrumpfte man sie auf die Größe eines Fußballs zusammen, betrug etwa die Distanz zwischen Moskau und New York. Das Sonnensystem, zu dem die Erde gehörte, saß im äußeren Drittel der Milchstraße. Der Mensch, der den Blick zu den Sternen hob, empfand sich als klein, unbedeutend und doch von jenem Bild emporgehoben. Im erwachenden Selbstbewusstsein der jungen Menschheit entstand der Wunsch, sich diese Größe einzuverleiben. Die Menschen erfanden Götter, die gleiche Tugenden, aber auch gleiche Schwächen wie sie selbst besaßen.

Der Schwäche des höchsten Gottes der antiken Welt, der Untreue von Zeus war der Name Milchstraße zu verdanken. Zeus gefiel es, mit der schönen Alkmene einen Sohn zu zeugen. Er legte Herkules, die Frucht seiner Lenden, Gattin Hera an die Brust. Sie erwachte von heftigem Saugen und stieß das Kind so erbost von sich, dass ihre Milch über den ganzen Himmel spritzte und einen *Milchkreis* bildete – *Kiklos Galaxias*. Der Begriff Galaxie leitete sich von *Gálaktos* ab und bedeutete nichts weiter als *Milch*.

Aber die Geschichte von Zeus und Hera war nur eine von vielen. Man nahm auch an, die Galaxis sei in Wahrheit die feurige Spur, die Phaëthon bzw. Phaeton hinterließ, als er mit dem Sonnenwagen seines Vaters Helios über den Himmel raste. Die Ägypter sahen in der Milchstraße einen zweiten Nil, *Bett des Ganges* nannten sie die Inder. In Lappland vermutete man eine Spur von Zugvögeln, in Irland eine weiße Kuh. Die Katholiken erkannten darin den Wegweiser zur Kathedrale von Santiago de Compostela. Die Buschmänner in Botswana schließlich sahen die Milchstraße als *Rückgrat der Nacht* an, ohne das die Dunkelheit auf die Erde herabstürzen würde. Erst nachdem Galileo Galilei 1608 das Teleskop weiterentwickelt hatte, wurde klar: Was man sah, war keine Milch, sondern Sterne, so viele, dass einem wirr im Kopf werden konnte. Trotzdem machte man sich nicht die Mühe, die Bezeichnung Kiklos Galaxias zu ändern. Der Name klang so schön, dass man ihn für sämtliche Sternensysteme gleicher Bauart verwendete.

Lange vor Maureens Geburt war man überzeugt gewesen, dass sich die Milchstraße aus gigantischen Gaswolken der Frühzeit gebildet hatte. Bedingt durch die eigene Schwerkraft fielen diese Wolken in sich zusammen und begannen sich gleichzeitig zu drehen, immer schneller, so wie eine Eiskunstläuferin während der Pirouette schneller wird. Aufgrund der Rotation entstanden Fliehkräfte, durch die die Wolke abflachte. Die Scheibenform von Galaxien entstand durch das Zusammenstürzen der Gaswolken.

Die Forschergruppe war nach Bjurakan gereist, um den Blick in die Vergangenheit der Galaxie zu vertiefen. Nach neuesten Berechnungen war es um deren Zukunft schlecht bestellt. In wenigen Millionen Jahren würde die Milchstraße mit der Nachbargalaxis Andromeda zusammenstoßen. Das bedeutete nicht unbedingt ein Aufeinanderprallen von

Sternen, dazu waren ihre Distanzen zu groß. Die Himmelskörper würden einander durch ihre Anziehungskraft aber aus dem Gleichgewicht bringen. Die Milchstraße würde Andromeda gewissermaßen auffressen.

»Zur Tagesordnung«, rief Wiktor Hambardsumjan.

Sein Assistent Sergej hatte in der Sternwarte einen runden Tisch aufgebaut. Die Wissenschaftler ergaben zusammen eine Teilnehmerzahl von 13. Da man sich keinem bösen Omen aussetzen wollte, hatte man Sergej dazugebeten. Die abendliche Sitzung war bereits zu Ende. Bevor Wiktor sie aufhob, gab er den Ablauf des kommenden Tages bekannt.

»Um zehn Uhr: Arbeitskreis zur Astromomiegeschichte, wir freuen uns auf das Referat von Professor Pannekoek. Elf Uhr dreißig: Aktualisierung der ›leuchtenden Nachtwolken‹ durch mich. Nach dem Mittagessen: Entwicklung der Materie von großräumigen Strukturen bis zu den kleinen Skalen der Planetenentstehung. Im Anschluss freuen wir uns auf die Arbeit des Genossen Seldowitsch über den Gravitationskollaps.«

Diese Männer waren sämtlich Meister ihrer Zunft, Spezialisten und Würdenträger. Für Maureen stellte Bjurakan ihre erste internationale Tagung dar. Nie zuvor war eine US-Wissenschaftlerin in die Hemisphäre des *Gegners* eingeladen worden. Hier fand der Beweis statt, dass die Wissenschaft über jeder politischen Anschauung stand. Dem Kosmos war der Kommunismus genauso gleichgültig wie der Kapitalismus.

Als Zweitjüngste und einzige Frau hätte Maureen sich geehrt fühlen können, hier zu sein. Warum stellte sich dieser schöne Stolz bei ihr nicht ein? Weil die Astronomen an diesem Tisch nicht den Eindruck erweckten, als erwarteten sie von der Tagung in Bjurakan eine Bereicherung ihrer Arbeit. Sie wollten in der herbstlichen armenischen Umgebung fachsimpeln, den Maulbeerwodka fließen lassen und schließlich in ihre Laboratorien und Observatorien zurückkehren. Maureen freute sich auf die Referate der Kollegen, aber konnte man das *Arbeit* nennen? Sie ertappte sich stattdessen bei der Sehnsucht, unter dem Spiegelteleskop in Flagstaff zu sitzen, Listen zu schreiben und Analysen zu erstellen. Der Aufwand, hierherzukommen, stand in keinem Verhältnis zu den erwartbaren Erfahrungen. Maureen beschloss, die Woche als das zu nehmen, was sie zu werden versprach: ein feuchtfröhlicher Diskutierclub, mit einem Tagungsleiter, der täglich vorschlug, nicht gleich ins Haus der sozialistischen Brüderlichkeit zu fahren, sondern erst mal essen zu gehen. In Ritas Bar werde ein exzellentes Khash serviert.

Zur Enttäuschung der anderen erwiderte Maureen, sie wolle sich lieber ausruhen.

»Es ist gerade mal neun Uhr«, argumentierte Wiktor. »Wird Ihnen nicht langweilig in der Isba?«

»Ich habe viele Eindrücke zu verdauen«, entgegnete sie diplomatisch.

»Das Khash bei Rita ist ausgezeichnet.«

Maureens ehrliche Antwort hätte lauten müssen: »Ich mache mir nichts aus Kuhfüßen.« Khash galt als Delikatesse, die ihre besondere Würze durch die Füße von Kühen erhielt.

Vollbepackt mit Wissenschaftlern rollte Wiktors Geländewagen ins Dorf. Maureen winkte ihnen nach und schlenderte in ihre Hütte. Sie machte Feuer, setzte den Samowar in Gang und breitete ihre Notizen des Tages aus. Während der Sitzung hatte ein Buffet bereitgestanden, von dem sie sich zwei Teigfladen eingepackt hatte, gefüllt mit Sauerampfer, Koriander und Brennnesseln. Es traf nicht unbedingt ihren Geschmack, machte aber satt. Bald darauf legte sie sich auf den Strohsack, schaute ins Feuer und schlief, eingelullt vom leisen Blubbern des Samowars, ein.

Nachts streunten hier oben Tiere umher, hatte Wiktor sie vorgewarnt. Aber solange sie die Tür verschlossen halte, habe Maureen nichts zu befürchten. Er berichtete von Wildschweinen und Nerzen, auch der Syrische Braunbär sei schon gesehen worden. Maureen hatte seiner Angstmacherei ein Ende gesetzt: In Arizona kämen die Pumas bis an das Planetarium, außerdem gebe es giftige Spinnen und Schlangen.

Erschrocken fuhr sie hoch: Was sich da draußen bewegte, musste ziemlich groß sein. Es strich um die Isba, machte Halt, schlich weiter, kam zurück und verharrte vor der Tür. Sie konnte seinen Atem hören. Das Feuer war fast ausgegangen. Maureen machte Licht und griff nach dem Morgenmantel.

»Ach, Sie schlafen noch nicht?«, sagte draußen jemand.

Im ersten Moment war sie erleichtert, im nächsten wurde sie ungehalten. »Wer ist da?«

»Habe ich Sie erschreckt?«, fragte eine Männerstimme. »Soll ich wieder gehen?«

Maureen beglückwünschte sich dazu, nicht im Hotel zu wohnen, wo man leichter an ihre Tür hätte klopfen können. Aber so ging das nicht! Dass sie die einzige Frau der Tagung war, durfte nicht zu ihrem Nachteil ausfallen. Sie schloss den Bademantel, öffnete die Tür und starrte ins Dunkel.

»Wo sind Sie?« Sie hörte nur seinen fliegenden Atem.

»Entschuldigung. Das war eine dumme Idee«, kam es aus der Dunkelheit.

»Nowikow? Sind Sie das?«

»Verzeihen Sie bitte …« Der Astrophysiker war im Begriff, den Hügel wieder hinunterzulaufen.

»Was wollen Sie denn?«, rief sie ihm nach.

»Mich mit Ihnen unterhalten.« Er blieb stehen.

»Wir waren den ganzen Tag zusammen. Warum haben Sie sich da nicht mit mir unterhalten?«

»Weil die alten Herren Sie umlagern wie die Wölfe.«

Sein Überfall machte Maureen ärgerlich, innerlich musste sie lachen. »Und Sie dachten, als junger Wolf schleichen Sie einfach mitten in der Nacht zu mir?«

»Der Weg vom Dorf ist weiter, als ich dachte.« Er atmete immer noch hektisch.

»Geschieht Ihnen recht.«

»Als wir heute am Buffet standen, fühlten Sie sich unbeobachtet. Ich habe aber bemerkt, dass Sie mich angesehen haben. In Ihrem Blick lag Sympathie, fand ich.«

Sie verschränkte die Arme. »Warum sollte ich Sie nicht sympathisch finden?«

»Ich hatte den Eindruck, dass Sie mich ganz gern mögen.«

»Genug«, seufzte sie. »Wollen Sie einen Augenblick hereinkommen und sich aufwärmen?«

»Mögen Sie mich denn immer noch, obwohl ich Sie geweckt habe?«

»Das überlege ich mir noch.« Sie ließ ihn eintreten. »Einen Tee, einverstanden, dann gehen Sie.«

»Hübsch ist das hier. Die Zimmer unten sind lange nicht so hübsch.«

Sie holte Gläser. »Haben die anderen mitgekriegt, dass Sie zur Sternwarte hochlaufen?«

»Nein. Die betrinken sich in Ritas Bar.«

»Das dürfte morgen schwere Köpfe geben.«

»Mögen Sie Reißmann?«, fragte Nowikow unvermittelt.

»Was?«

»Sie haben sich gestern ziemlich lange mit ihm unterhalten.«

»Spionieren Sie mir nach?«

»Ich mag Sie eben.«

Seine naive Aufdringlichkeit begann ihr auf die Nerven zu gehen. »Igor, ich bin nicht sechstausend Meilen gereist, um in Armenien ein Techtelmechtel anzufangen.« Sie gab ihm das Glas.

»Haben Sie einen Freund in Amerika?«

»Was hat das damit zu tun?«

»Bestimmt haben Sie einen Freund.«

Maureen schob ihm den Stuhl hin, er setzte sich. »Wie kommen Sie ausgerechnet auf Reißmann?«

»Er ist ein gutaussehender Mann.«

Was war das für ein dummes Gespräch! »Es muss an der Höhenluft liegen, dass hier alle Männer etwas anderes im Kopf haben als Astronomie.«

»Reißmanns Interesse ist nicht astronomischer Natur«, erwiderte Nowikow nach einer Pause. »Er sollte überhaupt nicht hier sein. Und sein geheimer Begleiter auch nicht.«

Sie setzte sich ihm gegenüber auf das Bett. »Was wollen Sie mir eigentlich mitteilen, Igor? Von welchem *Begleiter* sprechen Sie?«

»Sie wissen es nicht?«

»Hören Sie auf mit der Geheimnistuerei.«

»Reißmann hat für die Nazis gearbeitet.«

»So wie die meisten deutschen Wissenschaftler dieser Zeit. Worauf wollen Sie hinaus?«

»Reißmann war auch in Peenemünde. An der Ostsee hat man für Hitler die ›Aggregat 4‹ gebaut.«

»Die V2-Rakete, ich weiß. Aber nach dem Sturz Hitlers ist Reißmann einer Einladung in die Sowjetunion gefolgt, um im Bereich Elektronenphysik zu forschen.«

»Und was macht dann der Kerl vom KGB in Bjurakan?«

In ihrem geblümten Bademantel saß Maureen auf einem Bett in einer winzigen Hütte in einem Land, von dem sie so gut wie nichts wusste. In den USA wurden gerade die Alarmglocken gegen den Kommunismus geläutet. Und als gefährlichster Arm des Kommunismus galt der russische Geheimdienst.

»Wer soll vom KGB sein?«

»Dieser Groyht. Er hat an Reißmanns Nebentisch gesessen.«

»Groyht ist hier, um ein Kochbuch zu schreiben.« Indem sie es aussprach, kam es Maureen selbst unglaubwürdig vor.

»Dieses *Kochbuch* würde ich gern mal sehen«, lachte Nowikow. »Ich möchte Sie nicht beunruhigen, Maureen, aber wenn Sie auf meinen Rat hören wollen: Halten Sie sich von Reißmann fern. Der Grund seiner Teilnahme an der Tagung ist undurchsichtig. Ich wollte schon mit Wiktor darüber sprechen, aber …« Nowikow hob die Schultern.

»Aber?«

»Ich muss in einer Woche zurück nach Moskau. Es wäre ungünstig, wenn der KGB auf mich aufmerksam wird.«

»Sie werden mit diesem Unsinn aufhören, Igor. Sie kommen mich nicht mehr besuchen. Verstehen wir uns?«

»Es ist auch ziemlich steil zu Ihnen hoch.«

»Wir sehen uns morgen.«

»Kommen Sie nicht zum Frühstück runter?«

»Sergej bringt mir, was ich brauche.«

»Ich beneide Sergej dafür.« Er stand auf. »Gute Nacht, Maureen. Darf ich Sie zum Abschied küssen?«

»Jetzt aber raus.«

KAPITEL 14

Leopold Reißmann las von keinem Manuskript ab, er hatte noch nicht einmal eines mitgebracht. »Während der Frühzeit des Universums, als sich der Raum beschleunigt ausdehnte, nahm seine Geschwindigkeit exponentiell zu. Diese Ausdehnung führte zu einer Glättung aller vorstellbaren physikalischen Größen und bewirkte, dass Quantenfluktuationen eingefroren wurden.«

Die Stühle, auf denen die Wissenschaftler im Kuppelsaal saßen, waren bunt zusammengewürfelt, Klappstühle, Fauteuils, eine Chaiselongue, die man Maureen angeboten hatte. Sie bevorzugte einen Holzstuhl.

Mit seiner Warnung hatte Igor Nowikow genau das Gegenteil ausgelöst: Maureen war nur umso neugieriger auf Leopold Reißmann geworden. Er öffnete gerade die Kuppel und richtete das Teleskop auf einen bestimmten Punkt.

»Aus diesen eingefrorenen Quantenfluktuationen formten sich die heute bekannten Strukturen: Sterne, Galaxien und Galaxienhaufen. Die Besonderheit dabei ist, dass gleichgültig, in welche Richtung ich das Teleskop wende, die Mischung der Objekte überall die gleiche ist. Richtung Norden finden wir nicht nur elliptische Galaxien oder im

Süden Spiralgalaxien, überall taucht das gleiche buntgemischte Ensemble auf.«

Während es sich die anderen Wissenschaftler für die nächtliche Sitzung mit Cordhosen und Pullovern gemütlich gemacht hatten, trug Reißmann einen Wollanzug aus feinem Tuch, ein Stecktuch in der Brusttasche. War der Mann eitel, überlegte Maureen, ein wissenschaftlicher Pfau, der sein Gefieder spreizte?

»Die Strahlung, die uns aus allen Richtungen erreicht, entspricht bei normaler Messung einer Temperatur von drei Kelvin, also minus 270 Grad Celsius. Aber erst wenn meine Messung auf ein Hunderttausendstel genau ist, finde ich jene winzigen Quantenfluktuationen, um die es geht.«

Reißmann entnahm seinem Etui eine Zigarette. Ein Streichholz flammte auf und beleuchtete seine Augen. Sie waren auf Maureen gerichtet, forschende, neugierige Augen. Er blies das Streichholz aus. »Diese Fluktuationen unterscheiden sich grundlegend von den sonst gleichförmigen Erscheinungen des Universums.«

Wiktor Hambardsumjan meldete sich zu Wort. »Streifen Sie damit die Frage, ob unser Sichtfeld auf Erden derart eingeschränkt ist, dass nur wir die Erscheinungen so sehen, während man von einem anderen Punkt des Universums zu anderen Erkenntnissen kommen würde?«

»Nein.« Reißmann stippte die Asche ab. »Ich bin davon überzeugt, auch ein Beobachter, der in einer Millionen Lichtjahre entfernten Galaxie lebt, sieht dasselbe Bild wie wir.«

»Das kopernikanische Prinzip«, murmelte Maureen, doch Reißmann hatte sie gehört.

»So ist es. Wenn das Universum um einen bestimmten Punkt herum gleichförmig erscheint, muss es nach dem kopernikanischen Prinzip auch an anderen Orten gleichförmig sein.«

»Erläutern Sie Ihre Definition von *gleichförmig*«, warf Milutin Milankovic ein.

Reißmann betrachtete die Glut der Zigarette, als läge darin das Rätsel verborgen. »Es bedeutet, dass die kosmischen Erscheinungen in ihrer Unregelmäßigkeit eigentlich einer zufälligen Verteilung folgen sollten. Trotzdem weist die *Zufälligkeit* der Sterne eine maximale Symmetrie auf. Wie kommt es in einem zufälligen Universum zu einer derart verblüffenden Symmetrie?«

Der Morgen graute. Niemand dachte daran, ins Dorf zu fahren und sich schlafen zu legen. Wiktor hatte ein Wodkadepot in der Sternwarte angelegt, das ihnen die Möglichkeit gab, die Gespräche in ähnlicher Atmosphäre zu führen wie bei Rita. Sergej hatte die Sitzgelegenheiten wieder in die Halle geschafft und diesmal war Maureen mit der Chaiselongue einverstanden. Sie ließ sich beim Wodka nicht lange bitten und trank schon ihr drittes Glas.

Professor Seldowitsch lief mit der Wodkaflasche ins Freie. »Der Tag beginnt! Die Morgensonne freut sich sehr! Und Sommerwolken tanzen auf dem Mittelmeer!«, sang er aus voller Kehle.

Angeheitert folgten ihm die anderen und bestaunten das Aufziehen der Morgenröte. Die Männer, die sämtliche Planetenbahnen auf die Bogensekunde genau beschreiben konnten, verfolgten das tägliche Schauspiel wie Kinder.

Leopold Reißmann schloss sich den Morgenschwärmern nicht an.

Eine Zigarette in der Hand trat er vor die Chaiselongue. »Haben Sie Fragen, Kollegin?« Er wirkte nüchtern.

»Fragen … zu ihrem Vortrag?«

»Ich spreche nicht über die kosmologische Symmetrie, sondern von der Theorie, die Genosse Nowikow über mich verbreitet.«

»Woher wissen Sie …?« Ruckartig setzte sie sich auf.

Reißmann nahm einen nachdenklichen Zug. »Wenn es nur darum ginge, dass Nowikow Eindruck bei Ihnen schinden wollte, könnte mir sein Geschwätz egal sein. Aber er hat auch Wiktor gegenüber seinen Mund nicht gehalten. Was hat er Ihnen erzählt, Maureen?« Ohne ihre Erlaubnis abzuwarten, setzte sich Reißmann neben sie. »Wir haben es mit einem schwierigen Kräfteverhältnis zu tun, nicht wahr?«

»Ein *Kräfteverhältnis*?«

»Die Regierung Armeniens hat eine US-Amerikanerin auf sowjetische Wissenschaftler losgelassen.«

»Die Regierung?« Sie rückte ab. »Wiktor allein ist für meine Einladung verantwortlich. Er hat nichts mit der Regierung zu tun.«

Ein spöttischer Blick. »Glauben Sie wirklich, Wiktor könnte eine solche Entscheidung ohne die Parteifunktionäre treffen?«

»Ich bin nicht die einzige Ausländerin auf der Tagung. Zum Beispiel Professor Pannekoek …«

»Pannekoek stellt nur den *Alibi-Ausländer* dieser Runde dar«, unterbrach sie Reißmann. »Man hat Sie eingeladen, Miss Hooper, weil die Sowjets daran interessiert sind, was Sie wissen. Mit anderen Worten: was die Amerikaner wissen.«

»Was ich *weiß*?« Sie musste die Wodkaschwere loswerden und stand auf. »Wovon reden Sie, Mr Reißmann?«

»Wollen Sie mich nicht Leopold nennen?«

»Ich nenne Sie Leopold, wenn ich weiß, was hier gespielt wird. Ich bin nicht als Amerikanerin hier, sondern als Astronomin. Diese Tagung hat mit Politik nichts zu tun. Was sollen Ihre Andeutungen?«

Einige Sekunden sah er sie verwundert an. »Ich nehme Ihnen Ihre Ahnungslosigkeit nicht ab.«

»Ahnungslosigkeit in Bezug worauf?«

»Sie arbeiten in den USA für Milford Henderson.«

»Was hat er damit zu tun?«

Reißmann nahm ihre Hand. »Maureen, ist es denkbar, dass ich mehr darüber weiß als Sie?«

Sie riss die Hand zurück. »Worüber?«

Er warf einen Blick zur Glasfront, wo die Kollegen die Sonne betrachteten, alle, bis auf einen: Igor Nowikow beobachtete die Szene zwischen Reißmann und Maureen.

»Hier können wir das nicht besprechen. Aber wir sollten reden und zwar bald.«

Sie bemerkte Nowikow ebenfalls. »Was schlagen Sie vor?«

Reißmann sprach nun schneller, da die Wissenschaftler hereinkamen. »Heute Vormittag werden alle ausschlafen. Die nächste Sitzung findet erst nachmittags statt. Wir treffen uns zu Mittag.«

»Wo?«

»Wissen Sie noch: die Kirchenruine?«

»Die Artavazik-Kirche, ja.«

»Um zwölf Uhr bei der Blauen Madonna.«

KAPITEL 15

Der kreuzförmige Bau war weniger ruinös, als es bei ihrem ersten Besuch geschienen hatte. Eine der Apsiden und die Trommel des Glockenturmes wirkten intakt. Obwohl das Hauptdach eingestürzt war, hatte sich der vordere Gebetsraum erhalten. Dorthin zogen sich Reißmann und Maureen zurück. Das Kirchengestühl war abgebrannt, es gab keinen Platz, wo man sich setzen konnte.

»Wie haben Sie das vorhin mit Mr Henderson gemeint?« Sie trug ihren blauen Anorak, Reißmann einen Mantel aus Tweed. Es wurde spürbar kühler.

Er lehnte sich gegen das dunkle Gestein. »Ich bin davon ausgegangen, dass Sie wissen, welche Funktion Ihr Chef ausübt.«

»Er ist Leiter des Lowell-Observatoriums in Flagstaff.«

»Ist Ihnen nie aufgefallen, dass Henderson nur selten vor Ort ist, ich meine in Flagstaff? Wohin fährt er denn so oft?«

»Zu Tagungen, zu astronomischen Sitzungen.«

»Das hat er Ihnen erzählt?«

»Mr Henderson braucht mir nicht zu sagen, was er außerhalb seiner Zeit im Observatorium tut.« Im Begriff, ein paar Schritte zu tun, bemerkte Maureen, dass der Boden voller Glasscherben war.

»Es gibt das Gerücht, dass er keine glückliche Ehe führt.« Reißmann nahm sein Etui aus der Tasche. »Seine Frau betrügt ihn seit Jahren.«

»Das wissen Sie auch?« Sie starrte ihn an. »Von seiner Frau, von ihrem Verhältnis?«

»Man hat mich instruiert.« Er zündete sich die Zigarette an. »Vor meiner Reise nach Armenien habe ich ein ausführliches Dossier bekommen.«

»Von wem?«

»Vom KGB natürlich«, antwortete er, als sei es das Selbstverständlichste von der Welt.

»Dann hatte Nowikow recht: Sie arbeiten mit dem KGB zusammen«, flüsterte Maureen.

»Wie kommen Sie denn auf die Idee?«

»Sie haben einen Geheimdienstagenten an Ihrer Seite.«

»Wer soll das sein?«

»Der Mann, der angeblich ein Kochbuch schreibt.«

»Groyht? Das ist grotesk, Maureen!« Reißmann lachte. »Wollen Sie wissen, wer in Wahrheit mein V-Mann aus Moskau ist?«

Sie schwieg abwartend.

»Nowikow.«

»Was, was – Was?« Maureen presste ihre Fingerspitzen gegen die Stirn. »Aber Nowikow hat mich vor Ihnen gewarnt!«

»Und warum hat er das wohl getan?«, entgegnete Reißmann ruhig. »Um Sie auf meine Spur zu setzen. Denn die ganze Sache läuft bisher nicht so ab, wie man sich das in Moskau vorstellt. Aber wie Sie sehen, hatte Nowikows Vorstoß Erfolg. Sie haben plötzlich begonnen, sich für mich zu interessieren.«

Maureen brauchte Abstand von diesem Mann. Sie lief ans andere

Ende des Raumes. »Das kann nicht sein! Sein nächtlicher Besuch …
Nowikow soll mir nur vorgespielt haben, dass er in mich verknallt ist?«

»Eine häufig erprobte KGB-Taktik.«

»Und wer ist Groyht?«, rief Maureen durch das Gewölbe. »Was hat
er für eine Funktion in dem Spiel?«

»Vielleicht schreibt er tatsächlich ein Kochbuch.«

»Hören Sie auf! Wer ist Groyht?«

»Kommen Sie nicht selbst darauf?« Reißmann ging ihr bis in die
Mitte entgegen.

»Bleiben Sie, wo Sie sind!«

»Glauben Sie wirklich, die Amerikaner hätten Sie in die UdSSR reisen lassen, ohne Ihnen einen Wachhund mitzugeben? Ausgerechnet
Sie, die Frau, die für Milford Henderson arbeitet? – Wir befinden uns
im Krieg, Maureen. Und auch wenn wir nicht aufeinander schießen, ist
der Krieg in vollem Gang. Groyht ist von der CIA.«

Für einen Moment verlor sie das Gleichgewicht. Reißmann lief hin
und fasste ihren Ellenbogen. »Vorsicht –«

»Groyht soll Amerikaner sein?«

»Vielleicht ist er ein russischer Verbindungsmann der CIA, was bedeutet das schon? Sicher ist nur, er spielt in eurem Verein.« Behutsam
führte er sie zu einer umgestürzten Säule.

Sie atmete mehrmals durch, bevor sie sich setzte. »Was ist mit Mr
Henderson?«

Reißmann nahm das Stecktuch aus der Brusttasche, breitete es auf
die staubige Säule und setzte sich daneben. »Sie scheinen zu wissen, wie
es um Hendersons Ehe steht. Hat er es Ihnen erzählt?«

Maureen nickte schwach.

»Kennen Sie seine Frau – und ihren Liebhaber?«

»Nein.« Fragend sah sie ihn an. »Und Sie?«

»Alles, was ich weiß, ist, dass es aus der Wüste Flagstaffs bis in die Wüste New Mexicos lediglich ein paar Autostunden sind. Genauer gesagt nach ›White Sands‹.«

»Was ist in White Sands?«

»Sie erraten es nicht?« Er musterte sie.

Schweigend schüttelte sie den Kopf.

»Bedauerlicherweise haben auch die Sowjets keine genaue Vorstellung von White Sands, weil ihre Aufklärungsflugzeuge den Bereich nicht überfliegen können, ohne abgeschossen zu werden. Unweit der Stadt befindet sich ein hundert Quadratmeilen großer militärischer Stützpunkt der USA, das ›White Sands Missile Range‹.«

»Ein Raketenstützpunkt?«

»Die Sowjets vermuten, dass mein früherer Arbeitskollege Wernher von Braun in White Sands gerade seine Weiterentwicklung der V2 testet.«

»Die Rakete der Nazis?« Maureen hatte nicht gefrühstückt. Mit einem Mal wurde ihr flau zumute. Sie fror, es schüttelte sie regelrecht. Reißmann zog seinen Mantel aus und legte ihn ihr um die Schultern.

Sie hüllte sich in den Wollstoff ein. »Was hat das mit Mr Henderson zu tun?«

»Er ist an dem Raketenprogramm maßgeblich beteiligt.«

»Und deshalb …?« Sie suchte nach Worten. »Wegen Mr Henderson und diesen Raketenversuchen … Deshalb hat man mich hierher eingeladen?«

»Nicht nur. Ihre Forschung über das Alter der Galaxien ist außergewöhnlich. Aber durch die Tatsache, dass Sie hier sind, schlagen die Sowjets zwei Fliegen mit einer Klatsche.«

»Aber ich weiß doch nichts!«, brach es aus ihr hervor. »Sie haben selbst gerade herausgefunden, dass ich nicht das Geringste weiß.«

»Das wissen nun wiederum die Sowjets nicht.«

Trotz des ganzen Irrsinns fühlte Maureen einen Moment des Triumphs. »Pech für Sie, Leopold! Was White Sands betrifft, kann ich Ihnen nicht weiterhelfen.« Sie gab ihm seinen Mantel zurück. »Militärische Raketen interessieren mich nicht, weder unsere noch Ihre. Alles, was ich wissen möchte, ist: Wann werden die Raketen in der Lage sein, die Atmosphäre zu verlassen?«

Schmunzelnd fragte er: »Horchen Sie mich jetzt etwa aus, Maureen?«

»Sagen Sie es mir: Können wir bald da hinausfliegen?«

»Ein paar Jahre wird es noch dauern.«

Sie lief zum Ausgang. »Genau genommen sind wir heute nicht weiter als zu Zeiten Galileis. Angestrengt starren wir zu den Sternen hoch, aber die Lufthülle verhindert, dass wir klar sehen. Erst wenn wir ein Teleskop draußen im All installieren, werden sich unsere Augen öffnen.«

Das Wetter blieb unverändert schlecht, es regnete seit 48 Stunden. Eine Beobachtung des Firmaments war nicht möglich. Trotzdem trafen sich die Wissenschaftler zu Gesprächen in der Sternwarte und abends bei Rita.

Reißmann traf sich von nun an unbehelligt mit Maureen, beide Geheimdienste wussten davon. Das Katz-und-Maus-Spiel war vorüber.

Reißmann saß auf Maureens Matratze aus Stroh. »Mein Vater war Ingenieur, er hat in Potsdam Brücken gebaut. Meine Mutter hat sich im

Ersten Weltkrieg für die Friedensbewegung engagiert. Ich habe 1932 mein Abitur gemacht. Im Jahr darauf wurde mein Vater arbeitslos.«

»Dreiunddreißig? Wegen ...«

Er nickte. »Ich bin Vierteljude. Anfangs durften Vierteljuden noch studieren. Die Nazis begannen mit der Aufrüstung, da waren Physiker gefragt. Man hat an einer neuen Funkmeldetechnik geforscht. Das war mein Spezialgebiet.«

Maureen schnitt eine Teigtasche in mehrere Teile. »Mussten Sie im Krieg einrücken?« Sie machte ihm etwas auf einem Teller zurecht.

»Im Dezember neununddreißig erhielt ich den Befehl, zum Dienst in Peenemünde anzutreten.«

»Für den Bau der Rakete?«

»Anfangs waren wir dort mit anderen militärischen Aufgaben betraut.«

»Wir?«

»Wernher von Braun war mein Chef. Ihm war Politik ziemlich egal. Als ich Probleme wegen meiner Abstammung bekam, hat er mich für *nicht ersetzbar* erklärt und meine Arisierung höheren Orts durchgesetzt.«

»Was heißt höheren Orts?«

»So hoch es ging: Wernher hat manchmal mit Hitler zu Mittag gegessen.« Reißmann nahm einen Bissen. »Schmeckt Ihnen das Essen hier?«

»Und Ihnen?«

»Ich gäbe viel dafür, mal wieder einen Rheinischen Sauerbraten zu bekommen.«

Maureen wischte sich die Finger ab. »Ich will nach Hause.«

»Wegen des Essens?«

Sie lächelte. »Einen Burger könnte ich natürlich schon vertragen. – Nein. Ich habe keine Lust, diese Farce hier weiter mitzuspielen.«

»Die Konferenz dauert noch vier Tage. Wenn Sie vorzeitig abreisen, könnte man Verdacht schöpfen, dass Sie erfahren haben, was Sie wissen wollten.«

»Ich weiß nichts, habe nichts erfahren und kann nichts sagen.«

»Groyht wird das nicht glauben, auch der KGB nicht. Besonders da wir beide es uns hier so gemütlich machen.«

»Stört Sie das?«

»Im Gegenteil.«

»Erzählen Sie weiter.«

Er verschränkte die Arme unter dem Kopf. »Wernher war fasziniert davon, ins All zu fliegen, aber die Raketenantriebe waren damals noch ein Witz. Untauglich, den erforderlichen Schub zu entwickeln. Eine bemannte Raumfahrt lag auch gar nicht im Interesse der Führung.«

»Die wollten mit den Raketen nur den Gegner beschießen.« Maureen legte den Ofen nach.

»Damals gab es in sämtlichen Armeen nur konventionelle Artillerie, Kanonen, die zwanzig oder dreißig Kilometer weit schießen konnten. Wenn man die Hauptstädte des Feindes treffen wollte, hätte das die deutsche Luftwaffe erledigen müssen. Doch die Zahl der Maschinen, die Göring während des Luftkriegs gegen England verloren hat, war so verheerend, dass er sich nicht traute, es dem Führer einzugestehen. Als der Krieg schiefzugehen begann, baute die Heeresleitung vermehrt auf den Einsatz der *Wunderwaffe*.«

»Und was war Ihre Aufgabe bei der V2?«

»Das Steuerungssystem. Ich habe einen Rechner auf Röhrenbasis entwickelt. Er hat perfekt funktioniert. Trotzdem sind viele Raketen in die Ostsee gestürzt.« Er betrachtete Maureen beim Ofen. »Warum setzen Sie sich nicht wieder zu mir?«

»Weshalb?«

»Weil es nett war.«

»Haben Sie … Absichten?«

»Nur gemütliche Absichten.« Er klopfte ihr das Kissen auf.

Sie setzte sich an den anderen Rand des Bettes. »Und dann?«

»1943 kam die Gestapo nach Peenemünde und hat mich und fünf weitere verhaftet.«

»Warum?«

»Uns wurde Wehrkraftzersetzung vorgeworfen. Wir kamen ins Gefängnis Stettin.«

»*Wehr … kraft …?*«

»Wir würden uns mehr für die Raumfahrt einsetzen als für den Endsieg, hieß es.«

»Und Wernher von Braun?«

»Den haben sie selbstverständlich in Ruhe gelassen. Er war *unantastbar*.« Plötzlich schmunzelte Reißmann.

»Was ist?«

»Als Nowikow Sie nachts hier überrascht hat, ist er da zudringlich geworden?«

»Nein.«

»Nicht mal ein bisschen?«

Ein forschender Blick. »Muss ich bei Ihnen so etwas befürchten?«

»Wie schätzen Sie mich diesbezüglich denn ein?«

»Ich glaube, dass ich nicht Ihr Typ bin.«

»Würde Ihnen das gefallen, wenn Sie mein Typ wären?«

»Sie sind verheiratet, Leopold. Wie geht es Ihrer Frau?«

Er grinste. »Schon verstanden.«

»Was war im Gefängnis?«

»Braun hat für uns interveniert: Sofern Hitler seine Rakete kriegen sollte, müssten wir sofort freigelassen werden. Das geschah, trotzdem blieb ich bis Kriegsende unter Aufsicht der SS. Als die Rote Armee näher rückte, haben wir die ganze Anlage nach Niedersachsen verlegt.« Reißmann stand auf und trat mit dem Rücken vor den Ofen. »So viel zu meiner Lebensgeschichte. Jetzt sind Sie dran.«

»Die ist nicht so spektakulär wie Ihre. Und falls Sie doch noch auf Informationen hoffen: Ich habe vom amerikanischen Raketenprogramm nicht die geringste Ahnung.«

KAPITEL 16

Als das Flugzeug in Washington landete, warteten zwei Dutzend Reporter mit ihren Mikrofonen und Kameras vor der Maschine.

Maureen sah aus dem Fenster. »Haben wir irgendjemand Berühmtes an Bord?«, fragte sie ihre Sitznachbarin.

»Ein Filmstar vielleicht«, lächelte die alte Dame.

Maureen nahm ihren Handkoffer aus der Ablage und half der Lady mit deren Gepäck.

»Danke, mein Kind. War nett, Sie kennenzulernen.«

»Ebenfalls. Gute Heimkehr wünsche ich.« Sie stellte sich in die Schlange zum Ausgang.

»Miss Hooper –« Ein Mann stand dicht hinter ihr.

Sie drehte sich um. »Ja?«

»Sie werden beim Aussteigen nichts sagen.« Er hatte rotblonde Locken und Gewichtsprobleme. Sein Sakko spannte über dem Bauch.

»Wer sind Sie denn?«

Er zeigte ihr seinen Ausweis. »Mein Name ist Smith.«

»Wie originell.«

Bjurakan hatte sich für Maureen in einen Ort verwandelt, an dem die großen politischen Systeme aufeinanderprallten und wo die Wissenschaft nur eine Tarnung darstellte. Nachdem ihr die Augen geöffnet worden waren, hatte sie Nowikow gemieden und war auch nicht mehr zu Rita gegangen, um Groyht nicht zu begegnen. Zum Ende der Konferenz hatten die anderen wohl den Eindruck gewonnen, dass Maureen eine ziemlich langweilige Person sein musste. Mit Reißmann war sie noch einmal in den Hügeln spazieren gegangen.

»Grüßen Sie Wernher von mir«, hatte er am letzten Tag gesagt.

Maureen erwartete nicht, den berühmten deutschen Wissenschaftler, der die US-Regierung beriet, kennenzulernen.

»Sie werden ihn kennenlernen«, erwiderte Reißmann.

Bei ihrer Abreise hatte Maureen tief durchgeatmet: Der Spuk war vorbei. Sie glaubte der Falle entronnen zu sein.

Sie war nicht entronnen. Hinter ihr stand jemand von diesem besonderen *Verein*, dem auch Groyht angehörte und der für die Regierung der Vereinigten Staaten arbeitete. Wieso fühlte Maureen dann diese Hitze, diese Panik?

»Wem soll ich nichts sagen, Mr Smith?«

»Den Reportern da draußen.« Er deutete aus dem Fenster. »Man wird Ihnen unangenehme Fragen stellen.«

»Was sollten die Journalisten von mir wollen? Mich kennt doch niemand.«

Er legte den Kopf schief. »Ihre Freundin hat dafür gesorgt, dass sich das ändert.«

»Welche Freundin?«

»Andrea Turnbridge.«

»Die Frau vom ›Observatory‹?«

Irritiert sah der Rotblonde sie an. »Hat man es Ihnen in Armenien nicht gesagt?«

»Was denn?«

Er machte eine beruhigende Geste. »Nicht so laut.«

»Was sollte man mir in Armenien sagen?«

»Miss Turnbridge hat einen Artikel über Sie veröffentlicht.«

»Im Obervatory, ich weiß. Aber das ist schon eine Weile her.«

»Sie irren, Miss Hooper. Der Artikel stand neulich in der gottverdammten, heiligen New York Times.«

Vor Überraschung ließ Maureen ihre Tasche fallen. »Über mich?«

»Die Überschrift lautet: ›Unsere Frau in der Sowjetunion‹. Miss Turnbridge ist der Ansicht, dass Frauen besser zur Völkerverständigung taugen als Männer. Sie hat Sie als Galionsfigur bezeichnet. Eine Galionsfigur der Völkerverständigung.« Er warf einen Blick nach vorn. »Es geht los.«

Da die Passagiere hinter ihnen ungeduldig wurden, nahm Maureen ihre Tasche und näherte sich der Gangway.

»Sehen Sie die schwarze Limousine draußen?«, raunte Smith in ihrem Rücken. »Gehen Sie direkt dorthin. Beantworten Sie keine Fragen.«

Als Maureen die oberste Stufe betrat, während unter ihr die Kameras hochzuckten und die Journalisten Fragen riefen, packte sie das Gefühl, dass die Falle endgültig zuschnappte.

✳

NAVAL RESEARCH LABORATORY, WASHINGTON, D.C., DEZEMBER 1955

Der eisige Wind vom Fluss wehte Schneekristalle gegen Andrea Turnbridges Windschutzscheibe. Die Scheibenwischer hatten Mühe, sich gegen das Schneetreiben durchzusetzen. Schon von Weitem war das

Gebäude durch eine riesige schüsselförmige Antenne auf dem Dach zu erkennen. Die Einrichtung machte kein Geheimnis daraus, was sich im Inneren befand: ›U.S. NAVAL RESEARCH LABORATORY‹ stand in schwarzen Lettern auf der Fassade. Da es dicht am Delaware River lag, waren Straßen und Parkplätze um diese Jahreszeit gefährlich glatt. Vorsichtig stakste Andrea Turnbridge auf den Haupteingang zu.

»Sie sollten Ihre Einfahrt streuen lassen«, sagte sie zu dem Gefreiten des Marine Corps, der ihre Papiere prüfte.

»Das tun wir, Miss Turnbridge. Aber bei dieser Kälte friert es nach kurzem wieder zu.«

Mit lautem Knarren öffnete sich die Verriegelung.

»Sie fahren bitte in den zweiten Stock. Dort wird Captain Philipps Sie zu den anderen bringen.«

Im Fahrstuhl überlegte Andrea, wer die *anderen* sein würden und war überrascht, als ihr ein Navy-Offizier entgegentrat.

»Hallo, Miss Turnbridge, ich bin Captain Philipps.« Ein fester Händedruck. »Haben Sie es leicht gefunden?«

»Im Fahrstuhl konnte ich mich wohl kaum verlaufen.« Sie schloss sich seinem strammen Gang durch einen gesichtslosen Korridor an. »Erklären Sie mir bitte: Beim Eingang wurde ich von einem Soldaten des Marine Corps empfangen. Sie aber sind von der Navy, Sir.«

»Das Naval Research Laboratory steht beiden Streitkräften zur Verfügung«, erklärte Philipps. »Das Marine Corps operiert nicht nur zu Wasser, sondern verfügt auch über Artillerie und Fliegertruppen.«

Der Konferenzraum war viel zu groß für die insgesamt vier Menschen, die auf Andrea warteten. Captain Philipps war der Einzige in Uniform. Ein Mann mit grauem Schnäuzer stellte sich als Director

Adams vor. Andrea war erleichtert, wenigstens eine Frau anzutreffen; Miss Knight war für die Öffentlichkeitsarbeit des NRL zuständig.

»Sie werden über diese Begegnung nichts berichten, Miss Turnbridge«, begann der Director. »Weder in einer Zeitung noch sonst einem Medium.«

»Über diesen Punkt müssten wir diskutieren.«

»Sobald Sie Ihre momentane Lage verstehen, werden Sie einsehen, dass es nichts zu diskutieren gibt«, entgegnete er freundlich.

»Meine Lage?« Sie blickte von einem zum anderen. »Weshalb bin ich hier?«

»Dazu komme ich gleich«, fuhr der Director fort. »Unsere Unterhaltung betrifft keine der Aktivitäten des Naval Research Laboratory. Daher werden Sie auch keine Fragen dazu stellen. Wenn Sie mit diesen Bedingungen einverstanden sind, unterzeichnen Sie bitte diese Verschwiegenheitserklärung.« Er schob ein Dokument über den Tisch.

»Was für eine Art *Director* sind Sie eigentlich, Mr Adams?«, fragte Andrea, ohne den Stift zu nehmen. »Verteidigungsministerium?«

»Auch das ist kein Bestandteil dieser Unterhaltung.«

Miss Knight ergriff das Wort. »Sie haben durch Ihr öffentliches Engagement für Maureen Hooper einiges in Gang gesetzt, Miss Turnbridge.«

Andrea zog ihre Jacke stramm. »Ach, darum geht es. Jetzt verstehe ich.«

»Noch nicht ganz.« Miss Knight hatte eine Ausgabe der New York Times zur Hand und tippte auf die Schlagzeile. »Unsere Frau in der Sowjetunion.«

»Na und? Miss Hooper war schließlich in der Sowjetunion.«

»Ihr Artikel geht über diese Tatsache weit hinaus«, schaltete sich der Director ein. »Sie schlagen eine Verständigung mit den Kommunisten vor.«

»Das habe ich nicht getan. Ich spreche von *Völkerverständigung*, vor allem von einer Verständigung auf dem Gebiet der Wissenschaft.«

»Und Sie sehen Maureen Hooper als Botschafterin dieser Verständigung, als Galionsfigur. Eine Galionsfigur wofür, Miss Turnbridge – für den Kommunismus?«

Andrea rückte mit ihrem Stuhl zurück. »Hören Sie, Director Adams, wenn Sie mich wegen unamerikanischer Umtriebe belangen wollen, möchte ich meine Anwältin sprechen. Das wäre dann allerdings eine Angelegenheit für den HUAC-Kongressausschuss. Ich frage mich, weshalb ich im Naval Research Laboratory sitze und nicht vom FBI vorgeladen werde.«

»Langsam, Miss Turnbridge«, meldete sich Captain Philipps. »Sie sind unser Gast. Wir führen nur ein Gespräch mit Ihnen.«

»Sie werfen mich also nicht der McCarthy-Kommission zum Fraß vor? Und Miss Hooper wird nicht als kommunistische Agentin verfolgt?«

Etwas freundlicher erwiderte Director Adams: »Wenn Sie die Verschwiegenheitserklärung unterschreiben, sollen Sie alles Nötige erfahren.«

Skeptisch ließ Andrea den Blick zwischen den dreien umhergehen, griff zum Stift und unterschrieb. Der Director nahm das Dokument an sich.

»Vielen Dank. Miss Knight wird Ihnen nun das Wichtigste auseinandersetzen.«

»Ihr Artikel in der Times hat einigen Regierungsstellen Kopfzerbrechen bereitet«, begann die Pressesprecherin. »Die Stimmung zwischen den USA und der UdSSR ist derzeit ohnehin schon *aufgeladen*, um es gelinde auszudrücken.«

»Wegen der Kommunistenhetze in der US-Regierung ist die Stimmung noch aufgeladener.«

»Miss Turnbridge, mit Ihrer Schlagzeile ›Unsere Frau in der Sowjetunion‹ haben Sie etwas Erstaunliches ausgelöst: Das Verteidigungsministerium und das Naval Research Laboratory haben sich zu einem Gespräch getroffen und sind zu dem Ergebnis gekommen, dass wir eine Galionsfigur, die Sie ins Spiel gebracht haben, tatsächlich für sinnvoll halten.«

Andrea stutzte. »Sie wollen ein … Sprachrohr zu den Kommunisten?«

»Auf wissenschaftlicher Ebene sind wir an einer Verständigung mit den Russen durchaus interessiert. Sie erwähnten in Ihrem Artikel die Völkerverständigung und wir sind der Ansicht …«

»Moment mal.« Andrea stoppte ihr Gegenüber mit einer Geste. »Es gibt nur einen Grund, weshalb Sie an einem wissenschaftlichen Austausch interessiert sein können: Weil die Russen weiter sind als wir.«

Die darauffolgende Stille ließ Andrea lächeln. »Das ist es also. Maureen hat in Armenien Leopold Reißmann kennengelernt. Er forscht über kosmologische Inflation, aber sein eigentliches Spezialgebiet liegt woanders.« Sie beugte sich vor. »Reißmann hat während des Krieges im Team von Wernher von Braun gearbeitet, und heute ist er im Planungsstab der sowjetischen Raketenforschung.«

Der Director warf Andrea einen anerkennenden Blick zu. »Nun verstehen Sie sicher, weshalb Sie die Verschwiegenheitserklärung unterzeichnen sollten.«

»Was ich nicht verstehe, ist die Rolle, die Maureen dabei spielen soll. Wollen Sie, dass sie bei den Sowjets spioniert?«

»Wir sind hier im Naval Research Laboratory und nicht in Langley«, antwortete der Director. »Da Miss Hooper durch Sie eine öffentliche Person wurde, wäre sie als Agentin unbrauchbar.«

»Aber im Kern geht es um Leopold Reißmann«, hakte Andrea nach. »Er ist der springende Punkt, nicht wahr?«

»Was wir von Ihnen erwarten, Miss Turnbridge, hat weder mit Spionage noch mit Reißmann zu tun.«

»Sondern?«

»Wollen Sie es erläutern, Miss Knight?«

Die Angesprochene nickte. »Sie nannten Miss Hooper eine Galionsfigur. Und wir wollen Ihnen dabei helfen, die Augen der Nation auf diese junge Wissenschaftlerin zu richten.«

»Die Augen der Nation?«, entgegnete Andrea skeptisch. »Das US-Militär war noch nie an einem weiblichen Aushängeschild interessiert.«

»Und um das zu ändern, sind Sie hier«, antwortete Miss Knight.

KAPITEL 17

Maureen verbrachte die Weihnachtstage bei ihren Eltern, genoss den Truthahn mit Kastanienfüllung, spielte Klavier und machte lange Spaziergänge am Wasser. Zwei ausführliche Gespräche mit Andrea Turnbridge lagen hinter ihr und ein Einstellungs-Interview mit Captain Philipps vom Naval Research Laboratory.

Nun, da sie die vertrauten Gesichter sah und Dinge tat, die sie von vielen Weihnachtsfesten kannte, kamen ihr die letzten Wochen sonderbar irreal vor. Jahrelang hatte Maureen darum gekämpft, ein Leben zu führen, das sich von einer normalen ›Hooper-Biografie‹ unterschied. Sie hatte ihren Berufswunsch durchgesetzt und einen Job gefunden, bei dem sie eine Reise zu den Sternen antreten durfte. Dazu brauchte sie nicht mehr als eine Bleibe, ein paar Freunde und ein ausreichend großes Spiegelteleskop. Was sollte sie in Washington, D. C., an einem Forschungsinstitut, das dem Militär unterstand? Maureen stand jeder Forschung, die den Streitkräften diente, skeptisch gegenüber. Man hatte ihr zwar versichert, sie könne ihre Untersuchungen der Milchstraße fortsetzen, doch welchen Nutzen sollte die Navy aus Ereignissen ziehen, die Millionen von Lichtjahren entfernt stattfanden.

Maureen hätte den Job wahrscheinlich abgelehnt, wäre Andrea Turnbridge nicht gewesen. »Durch Ihre Bekanntheit könnten Sie als Frau endlich etwas für die Lage der Frauen in der Wissenschaft tun, Maureen.«

»Ich eigne mich aber nicht als *Vorzeigefrau,* das sagte ich Ihnen schon in Flagstaff. Ich liebe mein herrlich anonymes Leben als Wissenschaftlerin.«

»Ich fürchte, das liegt jetzt nicht mehr in Ihrer Hand. Sie sind bekannt geworden, Maureen. Man achtet auf das, was Sie tun und sagen. Sie waren als erste amerikanische Frau an der Schnittstelle zwischen Ost und West. Ob Sie eine Galionsfigur sein wollen oder nicht, sie stehen ab jetzt in der Öffentlichkeit.«

Der Satz hatte Maureen einen richtigen Schreck eingejagt. »Warum mussten Sie unbedingt in der New York Times über mich schreiben, Andrea?«

»Sehen Sie die Sache doch mal anders: Nützen Sie Ihre Bekanntheit zum Wohl der Wissenschaft. Sie könnten Dinge in Gang setzen, von denen Sie bisher nicht zu träumen gewagt haben. Was ist Ihr größter beruflicher Wunsch, Maureen?«

»Ich wünsche mir, ein Teleskop in die Erdumlaufbahn zu schicken, das im Weltraum operiert und von der Erde aus gesteuert wird.«

»Das ist ein ziemlich gigantischer Wunsch, Maureen«, entgegnete Andrea bewundernd.

»Ja, aber es ist machbar! Die Überwindung der Schwerkraft, der Flug ins All, die technischen Anforderungen, einen Satelliten auszusetzen, der ein Teleskop tragen kann, das sind Aufgaben für Jahrzehnte, für die es enorme finanzielle Mittel braucht. Aber es ist machbar, ich weiß es ganz einfach!«

»Und Sie sind im richtigen Jahrzehnt, um für diese Aufgabe anzutreten, Maureen. Die fünfziger und die sechziger Jahre werden den Menschen die Raumfahrt bringen, davon bin ich überzeugt.«

Während der Weihnachtsfeiertage fuhr Maureen auch zu Onkel Theodore nach Narragansett hinüber. Er kam ihr nicht durch die Eingangstür entgegen, sondern kletterte durch das Erdgeschossfenster.

»Willst du die Brombeerhecke nicht mal zurückschneiden?«, fragte sie.

»Im Gegenteil, ich warte darauf, dass sie das ganze Haus überwuchert.« Er schloss seinen Dufflecoat. »Spaziergang?«

Sie schlugen den Strandpfad ein, den sie Hunderte Male gelaufen waren. Maureen war dankbar, jemanden um Rat fragen zu können, der nicht zu den *wichtigen* Leuten gehörte, die ihr einzureden versuchten, wie wichtig Maureen selbst sei.

»Bei meinem Gespräch mit Miss Turnbridge habe ich eine Sache zu sagen vergessen.«

»Welche Sache?«

»Als ich Flagstaff verlassen habe, bin ich davon ausgegangen, dass ich meine Arbeit dort nach der Armenienreise wiederaufnehmen werde. Doch dann habe ich erfahren, dass in der Nähe von Flagstaff Raketen für das US-Militär gebaut werden und dass ich mit einem Verantwortlichen dieses Programms in näherem Kontakt war.«

Theodore achtete auf die Dornen, die quer über den Weg wuchsen. »In näherem Kontakt?«

»Das ist noch nicht alles, Onkel.« Sie lachte. »In Armenien hätte ich mit einem sowjetischen Wissenschaftler etwas anfangen können.«

»Hast du denn mit dem sowjetischen Wissenschaftler etwas angefangen?«, fragte er mit einem Seitenblick.

»Nein. Denn außer ihm gab es noch einen deutschen Wissenschaftler, der an mir interessiert war.«

»Maureen!«, antwortete er in gespielter Entrüstung. »Wenn das deine Eltern wüssten!«

Sie liefen so lange am Strand entlang, bis Maureen merkte, dass Theodore erschöpft war. Auf dem Rückweg kam er nur langsam voran. Freundschaftlich hakte sie ihn unter.

»Es geht schon.«

»Alles in Ordnung?«

»Das Alter klopft an meine Tür, das ist alles.«

Er blieb stehen.

»Okay, Maureen. Du warst bei den Sowjets, du hast russischen und deutschen Wissenschaftlern den Kopf verdreht. Du hattest was mit einem amerikanischen Raketenforscher, alles gut und schön: Aber wie geht es mit deiner eigentlichen Arbeit weiter, mit der Erforschung der Milchstraße?«

»Deshalb bin ich ja so unentschlossen.« Sie sah ihn an. »Das NRL will, dass ich Vorträge halte, dazu wollen die mich kreuz und quer durch die USA schicken. Das ist keine Forschungsarbeit. Das ist so, als wäre ich das … das Maskottchen des Naval Research Laboratory.«

Theodore ging langsam weiter. »So würde ich das nicht sehen.«

»Wie denn?«

»Durch dich könnten viele Menschen in unserem Land etwas über die Schönheit unserer Galaxie erfahren. Wäre das nicht großartig?«

✳

Anderthalb Jahre später war Maureen an einen Punkt gekommen, an dem sie die Situation kaum noch ertrug. War sie überhaupt noch Wissenschaftlerin? War sie nicht eher ein Clown, der nicht mit Bällen jonglierte, sondern mit Sternen? Ihre astronomischen Vorträge in den USA waren noch der angenehme Teil dabei. Was sie von Herzen hasste, waren die Interviews. Die Zeitungen und Radiosender stürzten sich auf die Tatsache, dass Maureen hinter dem Eisernen Vorhang gewesen war. Sie wollten Gruselgeschichten über den Kommunismus hören. Maureen sollte über Armut und Unterdrückung berichten, sie aber erzählte von der Schönheit Armeniens, der Gastfreundschaft und dem befruchtenden Austausch mit den sowjetischen Kollegen. Je dümmer die Journalistenfragen ausfielen, desto deutlicher sprach Maureen von der UdSSR als großer Forschungsnation.

»So geht das nicht weiter, Miss Hooper«, sagte Captain Philipps, ihr Begleitoffizier während der Vortragsreise. »Sie können solche Dinge nicht im Radio sagen.«

»Aber es ist die Wahrheit. Soll ich etwa lügen?«

»Zwischen Lügen und Provozieren besteht ein Unterschied, Miss Hooper.«

»Captain, das NRL hat mich losgeschickt, um Vorträge zu halten und Interviews zu geben. Das wäre in Ordnung, wenn die Medien die Sowjetunion nicht als die Inkarnation des Bösen verdammen würden!«

»Wir haben ein Manuskript für Sie ausgearbeitet, Miss Hooper, eine Leitlinie, mit welchen Aussagen Sie bei Interviews am besten fahren. Warum halten Sie sich nicht daran?«

»Weil man zum professionellen Lügen Talent braucht!«, schrie sie ihn in ihrem Hotelzimmer an. »Das NRL hat einen Fehler gemacht, mich loszuschicken. Und wenn Sie mich weiter durch die Vortragssäle hetzen und den Kameras und Mikrofonen aussetzen, wird der Schaden nur immer größer.«

»Amerika hat viel für Sie getan, Miss Hooper. Was haben Sie bisher für Amerika getan? Wieso fällt es Ihnen so schwer, ein wenig Patriotismus zu zeigen?«

Sie überlegte ihre nächste Antwort genau. »Weil sich dieser Planet, während wir sprechen, mit 900 Meilen pro Stunde um die eigene Achse und zugleich um die Sonne dreht, die sich wiederum in der Milchstraße um das Zentrum der Galaxis bewegt. Wir sind 30.000 Lichtjahre von diesem Zentrum entfernt und brauchen 200 Millionen Jahre, um eine volle Drehung zu vollziehen. Unsere Galaxis ist eine von Billionen anderer und das Ganze breitet sich mit annähernd Lichtgeschwindigkeit im Universum aus. Sie haben recht, Captain Philipps, ich habe Schwierigkeiten, Patriotismus für ein einzelnes Land dieses Planeten zu entwickeln, weil meine Arbeit mich ständig daran erinnert, wie unglaublich unwahrscheinlich die Tatsache ist, dass jeder von uns geboren wurde. Wenn Sie also *Vaterlandsliebe* von mir fordern, dann bete ich, dass sich irgendwo da draußen ein intelligenteres Leben findet als das unsere, denn die Engstirnigkeit unserer Spezies erschreckt mich.«

Von diesem Tag an hielt man Maureen von öffentlichen Auftritten fern. Sie durfte nach Washington zurückkehren, ihre Forschung der Radioastronomie fortsetzen und experimentierte mit Ultraviolett-Messungen der kosmischen Strahlung.

An einem heißen Sommertag im August 1958 befanden sich Maureen und ihr Chef, Director Adams, auf dem Weg zur Kantine des NRL.

»Hätten Sie Lust, mich zu begleiten, Maureen?«, fragte er aus heiterem Himmel.

Director Adams gehörte nicht zum Team der Forscher im NRL. Er hatte vor allem die Aufgabe, sich beim US-Kongress um Finanzierungsgelder anzustellen. Dieser Mann war Maureen nie besonders sympathisch gewesen.

»Wohin soll ich Sie begleiten, Sir?«

»Das ist eine Überraschung«, antwortete er ungewohnt launig.

»Muss ich dafür wieder eine Verschwiegenheitserklärung unterschreiben?«, gab sie ebenso zwanglos zurück.

Er blieb stehen. »Müssen Sie es einem immer schwer machen, Miss Hooper? Warum sagen Sie nicht einfach: Okay, Sir, ich bin dabei, was soll ich anziehen?«

Sie hielt ihm die Schwingtür auf. »Ich verstehe. Sie mögen Frauen, die »*Okay, Sir, was soll ich anziehen?*« sagen, nicht wahr?«

Adams stoppte auf der Schwelle. »Jetzt reicht es, Miss Hooper! Ich bin der Chef des NRL. Davor war ich US-Senator. Ich stand neun Mal im ›Who is Who in Washington‹. Ich habe Sie höflich gefragt, ob Sie mich zu einem Bankett begleiten, und glauben Sie mir, das war ursprünglich nicht meine Idee! Ich erwarte also eine höfliche Antwort.«

Maureen hatte offenbar in das Wespennest eines fragilen Egos gepiekst. Obwohl sie seine Unsicherheit durchschaute, ließ sie sich nicht von ihm zurechtweisen. »Warum nehmen Sie Ihre Frau nicht zu dem Empfang mit, Sir?« Sie hielt die Schwingtür fest.

»Mein Gott, suchen Sie sich endlich einen Kerl!«, fuhr er sie an. »Dann wären Sie nicht mehr so verkrampft.«

Maureen fühlte jene aggressive Hitze in sich aufsteigen, die sie jedes Mal bei ähnlichen Vorfällen empfand. Doch es gelang ihr, die Fassung zu wahren. »Für diese Äußerung erwarte ich eine schriftliche Entschuldigung von Ihnen, Sir, und zwar bis heute Abend.« Sie ließ die Schwingtür los und machte sich auf den Weg zur Essensausgabe.

KAPITEL 18

Maureen erhielt keine Entschuldigung, weder an diesem Tag noch am nächsten. Sie wandte sich an den Personalvertreter, der versprach, mit dem Chef zu reden. Er bat sie allerdings, einen im Affekt gesagten Satz nicht so ernst zu nehmen.

»Dieser Satz impliziert, dass nur eine Frau, die einen *Kerl* hat, ausgeglichen und leistungsfähig ist«, konterte Maureen. »Teilen Sie diese Meinung?«

Der Personalvertreter beeilte sich, das zu verneinen.

Abends lief Maureen mit einem Glas Weißwein durch ihr Washingtoner Apartment und ärgerte sich, dass die Äußerung des Directors einen Stachel in ihr zurückgelassen hatte. Sie empfand das Leben, das sie führte, als das richtige Leben. Natürlich, manchmal kamen ihr Gedanken, wie es wäre, Kinder zu haben und eine Familie, doch die verflüchtigten sich meistens rasch. Maureen machte sich fertig, um für die nächtliche Arbeit ins Observatorium zu fahren.

Es klingelte an ihrer Tür. Sie warf einen Blick durch den Spion und öffnete zwei Männern in schwarzen Anzügen.

»Miss Hooper?«

»Ja?«

»Ich bin Tom Kovacs, United States Secret Service. Wir sind Regierungsbeauftragte.«

Kaum eine Stunde später führte Wernher von Braun, der wissenschaftliche Berater des Präsidenten, sie im Weißen Haus ins Büro des Vizepräsidenten.

»Das ist Miss Hooper«, sagte er zu dem Security-Mann vor der Tür. »Wir haben jetzt eine Besprechung.«

»Ich verstehe, Sir.«

Sie saßen einander in Nixons Büro gegenüber. Von Braun rauchte.

»Solange die Raumfahrt weiterhin dem Militär untersteht, kommen wir nur im Schneckentempo voran.«

»Wir?«, Maureen sah ihn fragend an.

»Ich und die NASA.«

»Und was wollen Sie dagegen tun?«

Von Braun hoffte auf die nächsten Wahlen, den nächsten Präsidenten, doch bis dahin wäre der Vorsprung der Russen im All kaum noch einzuholen. Wenig später kam er auf Leopold Reißmann zu sprechen und das russische Raketenprogramm.

In diesem Moment ging Maureen ein Licht auf. Sie durchschaute den wahren Grund ihrer Einladung ins Weiße Haus: Von Braun wollte wissen, was sie in Bjurakan erfahren hatte.

Sie bemäntelte ihren Zorn und die Frustration, wieder einmal ausgenützt zu werden. »Deshalb haben Sie mich herbestellt, nicht wahr, Mr Braun?«, fragte sie so ruhig wie möglich. »Sie glauben, Reißmann hätte mir etwas über den Stand der sowjetischen Forschung verraten.«

»Ich habe Sie eingeladen, weil wir mit der ganzen Sache endlich vorankommen müssen«, widersprach von Braun. »Die NASA ist eine großartige Einrichtung mit den besten Voraussetzungen, endlich den Weltraum zu erobern. Aber dort laufen mir noch zu viele Revolverhelden herum, die in den alten Mustern des Weltkriegs denken. Ich brauche neue Köpfe in Houston.«

»Wieso in Houston?«

»Wie es aussieht, soll die neue Forschungszentrale in Texas gebaut werden. – Ausgerechnet Houston!« Er zündete sich die nächste Zigarette an. »Ein traurigeres Kaff kann man sich nicht vorstellen. Aber das ist Lokalpolitik.« Von Braun griff zum Telefon. »Hätten Sie Lust?«

»Worauf?«

»Für mich zu arbeiten. Ich habe bei der NASA eine Menge für Sie zu tun.«

»Ich soll … zur NASA?«

»Für jemanden, der angeblich so einen brillanten Geist besitzt, kommen Sie mir ziemlich begriffsstutzig vor, Miss Hooper.«

»Ich bin beim Naval Research Laboratory angestellt. Meine Arbeit … die Ultraviolett-Messung der kosmischen Strahlung …«

»Können Sie in Houston genauso durchführen. Übrigens habe ich mit Director Adams darüber schon gesprochen.« Von Braun nahm den Hörer ab und drückte eine Nebenstelle. »Der gute Mann wäre froh, Sie loszuwerden, Maureen, das können Sie mir glauben.« Er hielt den Hörer ans Ohr. »Hallo, Nancy? – Können wir was zu essen bekommen? Ins Büro des Vizepräsidenten, wenn das geht.« Er beugte sich zu Maureen. »Mögen Sie Bratwurst? Ich liebe Bratwurst.«

»Das kenne ich gar nicht.«

»Umso besser. – Ob wir Bratwurst kriegen könnten, Nancy? Mit scharfem Senf? – Großartig.« Wieder sah er Maureen an. »Dazu passt eigentlich nur ein Bier. – Und zwei Flaschen Bier, Nancy. Danke, Sie sind ein Schatz.«

KAPITEL 19

Eines Tages hörte man weltweit ein periodisch wiederkehrendes Funksignal aus dem Weltraum. Es stammte nicht von außerirdischen Besuchern, sondern wurde durch ein Fluggerät ausgesandt, das sich ›Sputnik – der Begleiter‹ nannte. Der sowjetische Chefkonstrukteur Koroljow hatte Sputnik vom Kosmodrom Baikonur mithilfe einer R7-Rakete gestartet, die die Kapazität amerikanischer Raketen um ein Vielfaches übertraf.

Die Existenz von Sputnik löste in den USA eine Bedrohungshysterie aus. Die Militärs errechneten, dass die Vereinigten Staaten ab jetzt mit einer Interkontinentalrakete von der UdSSR aus zu erreichen wären. Als es Wernher von Braun nach einer Reihe von Fehlschlägen ein Jahr später gelang, endlich auch einen Satelliten in den Orbit zu befördern, gaben ihm Beobachter den Spitznamen ›Spätnik‹. Wegen seiner geringen Größe verhöhnte der sowjetische Generalsekretär Chruschtschow den US-Satelliten als *Pampelmuse*.

Maureen und von Braun saßen in einem Linienflugzeug von Houston nach Washington. Er bedankte sich bei der Stewardess für den Orangensaft und beugte sich zu Maureen. »Ich habe es nicht *Ihnen* zugesagt, Maureen, sondern Ihrer Abteilung. Das ist ein Unterschied.«

»Wir haben zwei Jahre lang an dieser Konstruktion gearbeitet. Jetzt sind wir so weit, Wernher. Das ›Orbiting Solar Observatory‹ muss in die Umlaufbahn gebracht werden, denn wir erwarten Vorgänge auf der Sonne zu erleben, die wir vom All aus beobachten müssen.«

Er stellte den leeren Becher ab. »Miss Hooper, Sie werden ein wenig zu gierig, finde ich. Vor zwei Jahren habe ich jemanden im Bereich der Weltraumastronomie gesucht, und Sie wollten, dass ich gleich eine ganze Abteilung dafür gründe. Als ich einen Abteilungsleiter gesucht habe, sagten Sie, das sei Ihr Job und obwohl es in der amerikanischen Forschungsgeschichte so etwas noch nie gegeben hat, habe ich eine Frau zur Leiterin einer NASA-Abteilung gemacht.«

Sie schob das Essen von sich. »Bei den Sowjets gibt es seit Langem Frauen in leitenden wissenschaftlichen Positionen.«

»Wir sind aber keine Kommunisten.« Er deutete auf ihren Lunch. »Essen Sie das nicht?«

»Essen beim Fliegen bekommt mir nicht. Wollen Sie es haben?«

Er packte das Tablett auf sein Tischchen und öffnete die Hülle. Der Geruch von Hühnchen und Erbsen stieg auf.

»Am selben Tag, als ich Ihnen den Job gegeben hatte, kamen Sie schon mit der Idee eines Sonnenobservatoriums zu mir. Gleich am ersten Tag!«

»Wir hatten die Idee schon bei unserer ersten Begegnung im Weißen Haus besprochen, wissen Sie nicht mehr?«

»Ich habe viele Projekte mit vielen Leuten besprochen. Es ist unmöglich, sie alle *sofort* umzusetzen.« Sein Messer hatte einen Fleck, er bat die Stewardess um neues Besteck. »Ich muss Prioritäten setzen.«

»Bei der wissenschaftlichen Nutzung der Raumfahrt hat das O.S.O. absolute Priorität. Wir müssen endlich *Augen* da draußen haben, Wernher! Wir müssen das O.S.O. *jetzt* hinaufschicken. Die Raketen sind bereit, unser Satellit ist so weit. Das wird ein Quantensprung in der Erforschung unserer Sonne, Wernher!«

Mit der Serviette wischte er Sauce aus dem Mundwinkel. »Ich glaube Ihnen, Maureen. Ich habe das Wunderding sogar schon gesehen.«

»Sie waren in der Abteilung? Wieso weiß ich nichts davon?«

»Ich habe mir das O.S.O. nachts angeschaut.«

»Das ist Top Secret. Wie sind Sie bei uns reingekommen?«

Ein kurzes Lachen. »Ich habe für jeden Raum den Schlüssel. Ich kann Ihnen sogar sagen, welcher Bodenreiniger in der Gerätekammer steht.« Er packte einen winzigen Brownie aus. »Ihr Teleskop könnte tatsächlich funktionieren.«

»Natürlich funktioniert es. Sie müssen es nur raufschicken.«

Er schob das Tablett von sich. »Das werde ich. Aber nicht jetzt.« Er bat die Stewardess, abzuräumen.

»Haben Sie noch einen Wunsch, Sir?«

»Einen Scotch.«

»Sofort«, antwortete die Flugbegleiterin in Himmelblau.

Von Braun klappte seinen Tisch hoch. »Wir haben einen neuen Präsidenten am Start, und der fordert von der NASA vorzeigbare Ergebnisse.«

»Kennedy ist noch gar nicht im Amt.«

»Seine Vereidigung findet in zwei Monaten statt. Aber hinter den Kulissen mischt er Washington schon ordentlich auf.«

»Sie haben gesagt, sobald ein Zivilist im Weißen Haus sitzt, ändert sich bei der NASA die Gangart. Kennedy ist Zivilist.«

»Kennedy ist in erster Linie Entertainer. Seine ganze Familie ist so: Das sind Polit-Clowns. Der junge Präsident will eine gute Show hinlegen.«

»Was bedeutet eine *Show* für die NASA?«

»Kennedy ziert sich, weitere Mittel für eine Institution locker zu machen, die bislang nichts Spektakuläres vorzuweisen hat. Chruschtschow hatte recht: Unser Satellit im All ist ein Witz. Dagegen feiern die Sowjets einen Erfolg nach dem andern. Inzwischen schicken sie nicht nur unbemannte Sputniks hoch, sie haben einen Hund in die Umlaufbahn gebracht.«

»Die kleine Laika ist gestorben.«

»Traurig, sicher, aber für eine Weile hat sie, während sie die Erde umkreiste, gebellt. Das ist Entertainment, das ist Show Business. So etwas will Kennedy auch. Deshalb wünscht er sich einen Menschen im All. Einen Mann, der dort rauffliegt und den ich gesund wieder auf die Erde bringe.« Er bekam seinen Scotch und ließ die Eiswürfel gegen die Becherwand klirren. »Und deshalb steht das O.S.O. auf meiner Liste leider nicht ganz oben.« Er nahm Maureens Hand. »Obwohl ich Ihnen nicht bieten kann, was Sie sich wünschen, bitte ich um Ihre Hilfe.«

»Wobei?«

»In Washington. Der neue Präsident hat keine besonders hohe Konzentrationsschwelle. Wenn man Kennedy nicht mit irgendetwas reizen kann, langweilt er sich schnell. Und falls er sich langweilt, kriege ich meine Mittel nicht genehmigt.«

»Welche Art von *Reiz* könnte ich beisteuern?«, fragte sie verwundert.

Er ließ ihre Hand aus. »Ich sage es ungern, weil Sie eine Aversion dagegen haben, aber Sie sind eine ziemlich reizvolle Wissenschaftlerin. Mit Ihnen langweilt sich Kennedy bestimmt nicht.«

»Sie wollen, dass ich Sie zum Präsidenten begleite?«

»President-elect, Maureen«, entgegnete er. »Noch ist er es nicht.«

✳

Von Braun trug einen Smoking, Maureen ein leuchtend blaues, geliehenes Kleid.

»Halten Ihre Sicherheitsnadeln?«, fragte er.

»Solange ich nicht atme, geht das in Ordnung.«

»Dann atmen Sie besser nicht.« Sie betraten den weitläufigen Raum. »Jetzt müssen wir nur auf den richtigen Zeitpunkt warten.«

»Es sind ja *alle* da!«, flüsterte Maureen. »Die ganze Regierung.«

»Woher wissen Sie das? Außer McNamara und Bobby Kennedy wüsste ich nicht, wer wer ist.«

Unauffällig deutete sie in eine Richtung. »Das ist Dillon, Finanzen, dort steht Udall, Inneres, Freeman hat die Landwirtschaft und Ribicoff das Gesundheitsministerium.«

»Beeindruckend.« Während sie sich tiefer in den Saal bewegten, sah von Braun sich suchend um. »Wo hält sich der große Mann denn versteckt?«

»Dort.« Maureen hob das Kleid an, um nicht auf den Saum zu treten. Während die meisten Smoking trugen, stand John F. Kennedy im grauen Flanell in der Herrenrunde. Schon hatte er die Frau in Blau entdeckt und kam auf sie zu.

»Wernher, wie schön, dass Sie es schaffen konnten.«

»Guten Abend, Mr President-elect.« Von Braun schüttelte ihm die Hand. »Mir ist der Anlass dieses Dinners nicht ganz klar. Was macht die Presse hier?«

»Die Amerikaner sind immer noch verliebt in ihren scheidenden Präsidenten Eisenhower. Sie würden ihn am liebsten für immer im Weißen Haus behalten. Daher möchte ich der Bevölkerung ein paar schöne Bilder von ihrer neuen Regierung präsentieren.« Bei den letzten Worten wandte er sich zu Maureen. »Hallo. Ich bin Jack Kennedy.«

»Guten Abend, Sir.«

»Der Secret Service hat mir gesagt, dass Wernher die berühmte Wissenschaftlerin mitbringt, die bei den Russen war.«

»Genau genommen war ich bei den Armeniern, Sir.«

»Wollen Sie uns vorstellen, Wernher?«

»Das ist Maureen Hooper, die Leiterin unserer astronomischen Abteilung.«

»Als Astronomin sind Sie schon bei den Sternen angelangt«, entgegnete JFK gutgelaunt. »Die NASA will da erst noch hin.«

»Es dauert bestimmt nicht mehr lange, Sir.«

»Ich bedaure, sagen zu müssen, es dauert zu lange. Die Russen schicken in Kürze einen Genossen hinauf.«

»Wir sind auch bald so weit, Menschen ins All zu senden, Sir«, sagte von Braun.

Kennedy verschränkte die Arme. »Das behaupten Sie immer wieder, Wernher, aber die Sowjets tun es einfach. Die wollen einen jungen Leutnant in die Umlaufbahn schicken. Das Peinliche daran: Es geschieht genau zu dem Zeitpunkt, wenn ich vereidigt werde. Was wollen wir dagegen unternehmen?« Er wartete von Brauns Antwort nicht ab. »Was würden Sie in meinem Fall tun, Miss Hooper?«

»Die Raumfahrt ist ein gigantisches Projekt, Mr President-elect. Ein Menschheitsprojekt, auf das wir uns über Jahrtausende hin entwickelt haben. Ich glaube, da kommt es nicht darauf an, wer schneller ist.«

»Gut gesprochen, Miss Hooper. Sie sollten in die Politik gehen.«

»Lieber nicht, Sir. Ich fürchte, meine Meinungen sind nicht mehrheitsfähig.«

Kennedy wandte sich an von Braun. »Dieser Juri Gagarin, den die Russen raufschicken, ist ein Knirps, hört man.«

»Das ist leicht erklärt, Sir. In so einer Raumkapsel ist wenig Platz. Es macht Sinn, da eine zierliche Person hineinzusetzen.«

»Zierlich?« Kennedy schmunzelte. »Wie wär's, Miss Hooper, hätten Sie Lust, die erste Frau im All zu sein?«

KAPITEL 20

Das Zentralkomitee der UdSSR propagierte, dass Walentina Tereschkowa als erste Frau ins All fliegen würde. Sie sollte mehrere Tage in der Schwerelosigkeit bleiben. Mit ihrer 30 Kilo schweren Montur bestieg die Fallschirmspringerin die Wostok-Kapsel.

Die sowjetische Wirtschaft wuchs jährlich um zehn Prozent, Kohle und Öl trieben das rote Wirtschaftswunder an. Nirgends aber feierten die Sowjets solche Triumphe wie in der Raumfahrt. Moskau präsentierte sich als Speerspitze des Fortschritts. Das Sputnik-Modell wurde auf der Weltausstellung in Brüssel gezeigt. Die Hündin Laika erreichte als erstes Lebewesen das All. Es folgte die Entdeckung der Rückseite des Mondes. Auf den Weltfestspielen der Jugend empfing man Zehntausende junger Menschen aus aller Welt in Moskau. Die dort spionierende CIA stellte fest, dass der Fortschritt viele junge Ingenieure in die Sowjetunion lockte.

Mit der Raumkapsel ›Wostok‹ sahen sich Sergei Koroljow und Leopold Reißmann schließlich in der Lage, einen Menschen ins All zu befördern. Was die Risiken betraf, hatten die Sowjets noch kaum Erfahrung; kürzlich ins All geschossene Hunde waren schwerkrank zurückgekommen. Die Wahl für die erste bemannte Mission fiel auf den Piloten Juri Gagarin, der am 12. April 1961 in die Stahlkugel stieg. Auf seinem Helm war CCCP zu lesen, das Kürzel der Union der Sowjetrepubliken: Niemand sollte ihn nach der Landung für einen Marsmenschen halten. Radio Moskau verbreitete Optimismus, hatte aber auch schon einen Nachruf auf Gagarin parat. *Wir wünschen dir einen guten Flug, Genosse,* funkte Generalsekretär Chruschtschow in die Kapsel.

Nach hundert Minuten Flugzeit war es offenbar: Das Zeitalter der bemannten Raumfahrt hatte begonnen. Juri Gagarin wurde zum ersten weltweiten Superstar. Zehntausende Fans rannten ihm auf der Siegesparade in Moskau entgegen. Frauen fielen in Ohnmacht, wenn sie ihn sahen. Die bisherigen Sowjet-Helden waren Kriegshelden gewesen, doch plötzlich war da ein junger Mann, der nichts mit kriegerischer Vernichtung zu tun hatte, sondern das Leitbild einer friedlichen Leichtigkeit vermittelte. Gagarin war der Pionier der bemannten Raumfahrt und Walentina Tereschkowa trat in seine Fußstapfen.

Mit »Пять – четыре – три – два – один!« wurde der Countdown heruntergezählt. »Старт! – Start!«

Die riesige R7-Rakete erhob sich und brachte Walentina ins All. Im Funkverkehr wurde sie nicht mit ihrem Namen angesprochen, sondern ›Tschaika‹, die Möwe genannt. Zum Amüsement von Millionen Fernsehzuschauern sang die Möwe in der Schwerelosigkeit ein russisches Lied. Die Bodenstation wusste allerdings, dass der Kosmonautin nicht zum Singen zumute war: Die Übelkeit machte ihr zu schaffen.

Nach drei Tagen kehrte die Wostok zur Erde zurück. Walentina musste sich in sieben Kilometern Höhe aus der zur Erde rasenden Wostok herauskatapultieren und landete mit dem Fallschirm nahe eines

Dorfes. Walentina, die um Jahre gealtert wirkte, verschenkte ihre Tubennahrung vom Raumflug an die Dorfbewohner; wegen der Übelkeit hatte sie kaum etwas gegessen.

Der Freudentaumel war noch größer als bei Gagarins Landung. Man feierte die erste Frau im All auf der ganzen Welt. Als Botschafterin des Techno-Kommunismus bereiste sie Afrika, Indien und Kuba. Fidel Castro fuhr mit ihr im offenen Wagen durch Havanna. In New York wurde sie von der UNO empfangen. Walentina hatten die Frauen für die Raumfahrt mit ins Boot geholt. Durch sie bewies sich einmal mehr, dass der Sozialismus die Gleichstellung von Mann und Frau vollzogen hatte.

✳

HOUSTON, TEXAS, AUGUST 1962

»Kannst du nicht mal Urlaub nehmen?«

Aus heiterem Himmel rief Otis Kittridge bei Maureen an. Sie hatte den Kontakt zu ihrem Jugendfreund vernachlässigt. Spielte er wieder Cello? Hatte er einen anderen Beruf ergriffen? War er liiert, verheiratet? Hatte er schon Kinder?

Die Verbindung war schlecht, sie hielt den Telefonhörer dicht ans Ohr. »Natürlich könnte ich Urlaub machen, Otis. Aber ich mag nicht.«

»Was bist du für ein trauriger Vogel, dass du dir keine Auszeit nehmen willst?«

»Wenn ich Strand und Meer möchte, habe ich den Golf von Mexiko vor der Haustür.«

»Wann bist du das letzte Mal im Golf von Mexiko geschwommen?«

»Wo bist du, Otis?«, umging sie eine Antwort. »In Newport? Ist es an der Ostküste besser mit der Hitze?«

»Wenn du es genau wissen willst, bin ich gar nicht weit von dir entfernt.«

»Du bist in Houston?«, fragte sie mit plötzlicher Freude.

»Kalt.«

»Ich mag keine Rätsel raten, Otis.«

»Ein kleiner Tipp: Hier hat es auch fast hundert Grad.«

»Florida?«

»Das ist der falsche Ozean. Ich bin in Kalifornien.«

»Dann bist du also der, der Urlaub macht?«

»Wieder falsch. Ob du es glaubst oder nicht, ich arbeite im Schweiße meines Angesichts.«

»Es tut gut, deine Stimme zu hören, Otis. Was arbeitest du in Kalifornien?«

Eine Pause entstand. »Hättest du Lust, vorbeizukommen?«

»Wohin?«

»Nach Los Angeles. Mit dem Flieger dauert das nur eine Stunde.«

»Ich kann hier nicht alles stehen und liegen lassen, Otis.«

Maureen hätte auf ihre Leistungen kaum stolzer sein können. Durch ihre Initiative war das erste Weltraumteleskop der Menschheitsgeschichte gebaut worden und hatte seine Position im All eingenommen. Es lieferte Informationen über die Sonne, mit denen selbst Maureen nicht gerechnet hatte. Seit dem 19. Jahrhundert wusste man lediglich, dass die Sonne 99 Prozent der Masse des Sonnensystems enthielt, aber nur 0,5 Prozent seines Drehimpulses. Maureens Teleskop brachte die Erkenntnis, dass die Sonne pausenlos Materie ins All schleuderte. Geladene Teilchen heizten sich derart auf, dass sie die Gravitation überwinden konnten. Protonen und Elektronen schossen mit einer Geschwindigkeit von 600 Meilen pro Sekunde ins All. Durch diesen Teilchenwind verlor die Sonne eine Million Tonnen Material pro Sekunde. Ein Extremereignis, das auch erst durch die Instrumente des O.S.O. messbar geworden war, stellten die Plasmabögen dar. Plasmamengen von der Masse des Mount Everest wurden auf Geschwindigkeiten von bis zu 2000 Meilen pro Sekunde beschleunigt.

Während Wissenschaftler auf der ganzen Welt sich der Leistung Maureens bedienten, gingen ihre Pläne schon weiter. Sie wollte das Projekt eines riesigen Weltraumteleskops Wirklichkeit werden lassen, mit dem man tiefer ins All sehen konnte als je zuvor.

Jeden Morgen fuhr sie von ihrem Houstoner Apartment ins Space Center, wertete die Daten des O.S.O. aus, erweiterte und korrigierte die bestehenden Listen und schrieb Berichte. Sie verstand sich gut mit ihren Mitarbeitern, wurde als Abteilungschefin geschätzt und verbrachte manchen Abend mit den NASA-Kollegen.

Maureen war dreiunddreißig Jahre alt und unverheiratet. In New York wäre das nicht weiter aufgefallen, in Texas galt dieser Zustand als *sonderbar*. Was stimmte nicht mit der attraktiven, erfolgreichen Forscherin, die mit Wernher von Braun und dem NASA-Chef James Webb auf Du und Du war? Jeder im Space Center schätzte sie. Da die NASA praktisch nur aus Männern bestand, wäre Maureens Auswahl für eine mögliche Partnerschaft riesig gewesen. Doch sie stellte sich solche Fragen nicht. Maureen führte ein Leben, in dem ihr die vierundzwanzig Stunden des Tages fast zu kurz erschienen.

Leider konnte man den neuen Präsidenten mit den Errungenschaften des O.S.O. nicht ausreichend beeindrucken. John F. Kennedy wollte nicht länger von großen sowjetischen Erfolgen hören, während seine eigene Raumfahrtbehörde hoffnunglos im Hintertreffen war. Wernher von Braun und der NASA-Direktor waren daher nach Washington geflogen, um für den Präsidenten stärkeren Tobak aufzufahren.

In einem weißen Hemd lag Maureen auf ihrem Bett, sah zu, wie die Eiswürfel in ihrer Limonade schmolzen und telefonierte mit Otis.

»Na, was ist?«, fragte er auf ihr Schweigen. »Hast du Lust, nach L. A. zu kommen?«

»Zuerst verrätst du mir, was du in Los Angeles machst.«

»Genau genommen bin ich an einem Ort, der den Sternen genauso nahe ist wie du.«

»Spann mich nicht auf die Folter.«

»Schon mal was von *Hollywood* gehört?«

»Otis!« Sie lachte laut heraus. »Bist du unter die Schauspieler gegangen?«

»Ich bin doch nicht lebensmüde. Gib dir einen Ruck, Maureen, komm rüber. Du fehlst mir.«

»Ich fehle dir?«, fragte sie, mit einem Mal seltsam berührt.

»Das ist doch Mist, dass wir uns nie mehr sehen, nur weil dein Hauptwohnsitz der Weltraum ist. – Überleg nicht lange, sag einfach ja.«

✳

Mühevoll, mit schmerzverzerrtem Gesicht stand John F. Kennedy auf. Anders als in der Öffentlichkeit verbarg er seine Rückenprobleme vor den beiden Männern im Oval Office nicht. NASA-Chef James Webb kannte Kennedy noch aus dessen Zeit als Senator. Wernher von Braun wusste, ohne Korsett konnte der Präsident kaum aufrecht stehen.

»Ich war bisher gegen den Wettlauf im All.« Mit langsamen Schritten trat Kennedy auf die beiden zu und verschränkte die Arme. »Inzwischen frage ich mich aber: Hätten wir überhaupt noch eine Chance, die Sowjets einzuholen?«

Der NASA-Chef warf von Braun einen Blick zu: »Schießen Sie los, Wernher.«

»Mr President, darf ich offen sprechen?«

»Nichts anderes wäre sinnvoll.«

Von Braun zählte die ernüchternden Punkte an seinen Fingern ab. »Erstens: Die Russen haben Sputnik 1 bis 3 in die Umlaufbahn geschickt, ohne dass die USA etwas entgegensetzen konnten. Zweitens: Leutnant Gagarin hat als erster Mensch die Atmosphäre verlassen und ist gesund auf die Erde zurückgekehrt. Drittens: Diesen Vorsprung erzielen die Russen, weil sie von Anfang an größere Raketen gebaut haben als wir.« Der vierte Finger ging in die Höhe. »Durch das ewige Kompetenzgerangel unter den Militärs sind die USA in der Weltraumeroberung weit abgeschlagen. Fazit: Was ihre Mobilität betrifft, sind die Russen im Weltall nicht mehr einzuholen.« Von Braun stand auf. »Allerdings gibt es noch eine andere Möglichkeit, Mr President.«

»Ich höre.«

»Den Mond.«

»Was sollen wir denn auf dem Mond?«, fragte der Präsident. »Ist das nicht wieder eine Ihrer Fantasien, so wie das *Weltraum-Hotel?* Walt Disney hätte seine Freude an einem Flug zum Mond, aber ich finde, die NASA sollte realistischer bleiben.«

Nachdem die Besprechung geendet hatte, liefen der Deutsche und der NASA-Direktor durch die verwinkelten Korridore des Weißen Hauses.

»Glauben Sie, er hat es geschluckt?«, fragte von Braun. »Kriegen wir das Go vom Präsidenten?«

»Ich bin nicht sicher«, antwortete Webb.

»So geht das nicht weiter, Jim. Meine Leute in Houston drehen Däumchen. Solange Kennedy sich nicht entscheidet, macht es keinen Sinn, am ›Mercury-Programm‹ weiterzuarbeiten.«

»Ich kümmere mich darum, Wernher, dass unser Präsident die Mondlandung zur Chefsache macht.«

Von Braun blieb stehen. »Der Mann ist nur bis 1964 gewählt. Was wird aus seiner *Chefsache,* wenn er die nächste Wahl verliert?«

»Die Republikaner haben niemanden, der Kennedy das Wasser reichen könnte. Seine zweite Amtszeit ist praktisch gesichert. Sagen Sie mir lieber, bis wann Sie auf dem Mond landen können.«

Von Braun überlegte keine Sekunde. »Noch in diesem Jahrzehnt.«

»Dann wird der Präsident das so verkünden. Machen Sie sich an die Arbeit, Wernher.«

KAPITEL 21

Ein Tonassistent brachte Maureen zu einem Gebäude, in das größenmäßig ein Flugzeug hineingepasst hätte. Ein Tor von dreißig Fuß Höhe öffnete sich auf Knopfdruck. Stimmengewirr war zu hören.

»Was ist das?«, fragte sie flüsternd.

»Sie können ruhig laut sprechen. Die Aufnahme hat noch nicht begonnen. Normalerweise werden in Studio 17 Sets gebaut und Szenen gedreht. Aber da das Publikum heutzutage vorwiegend Musicals sehen will, hat sich Paramount darauf spezialisiert, den Wunsch der Amerikaner zu erfüllen.«

Der Bursche mochte kaum zwanzig sein, hielt aber ein Plädoyer für seine Firma, als wäre er hier der Boss. Wieder einmal fiel Maureen das unerklärliche männliche Selbstvertrauen auf.

Er führte Maureen in eine Ecke, wo nur die Notbeleuchtung brannte. »Wir haben auf dem Studiogelände nicht genügend Orchestersäle, deshalb ...«

Wie auf Stichwort gingen in der Halle die Scheinwerfer an. 500.000 Kilowatt auf mehreren Beleuchtungsbrücken erweckten Studio 17 zum Leben. Auf einer stufenförmigen Tribüne standen zahllose Notenpulte.

»Spielt hier ein Orchester? Gibt es gleich ein Konzert?«, fragte Maureen.

»Nicht ganz. Wir machen nur eine Aufnahme.«

»Wofür?«

»Für den nächsten Streifen.« Während er Maureen den aktuellen Film erklärte, kletterten Dutzende Männer und wenige Frauen auf die Tribüne. Manche schleppten Tubas und Kontrabässe, andere hatten kleine Koffer dabei und packten ihre Querflöten und Oboen aus.

»Willst du eine Sondereinladung, Irving?«, rief einer mit Schiebermütze.

»Das ist unser Aufnahmeleiter«, erklärte der Ton-Assistent.

Der, den sie Irving riefen, setzte sich ans Klavier. »Was soll die Hetze? Seine Heiligkeit ist ja noch nicht da.«

Der Aufnahmeleiter verschwand in einem Nebenraum.

»Wollen Sie sich setzen?«, fragte der Assi.

Maureen ließ den Blick über die Streichinstrumente schweifen, konnte Otis unter den Cellisten aber nicht entdecken. »Sie wollten mich doch zu Mr Kittridge bringen. Wo ist Otis?«

Bevor der Assistent antworten konnte, betrat ein junger Mann mit kurzgeschnittenem schwarzem Haar das Studio. Er trug ein weißes Hemd und brachte einen *Baton* mit. Als er sich ans Pult stellte und die Partitur aufschlug, wurde er mit dem üblichen Musikerapplaus begrüßt: Sie klopften auf ihre Pulte.

»Guten Morgen«, sagte Otis Kittridge.

Maureen sprang auf. »Otis!«, rief sie lauter, als ihr lieb war. Hundert Köpfe gingen herum und musterten die Fremde in der Ecke.

»Du bist schon da?«, entgegnete er überrascht und verließ das Dirigentenpult. »Ladys and Gentlemen, wir haben heute einen besonderen Gast«, rief er in die Halle.

»Hör auf, was soll das denn?«, raunte sie ihm zu.

Otis ließ sich nicht beirren. »Sie haben vielleicht schon von der Frau gehört, die für Amerika zu den Sternen fliegt.«

Sie drückte seine Hand. »Schluss jetzt. Spinnst du?«

»Das ist Miss Maureen Hooper, Leiterin der astronomischen Abteilung der NASA. Sie ist auf Du und Du mit dem Präsidenten und mit Wernher von Braun. Und ich darf mir schmeicheln zu behaupten, dass sie eine alte Freundin von mir ist.«

Auf hundert Pulten klapperten die Geigenbögen und Fingerknöchel Applaus.

»Was machst du hier?«, fragte sie.

»Ich schlage den Takt«, antwortete er fröhlich.

»Du schlägst … Du dirigierst?«

»Wie man's nimmt. Das sind die besten Studiomusiker der USA. Die würden das auch ohne mich hinkriegen. Aber da Paramount mir einen Vertrag als musikalischer Leiter gegeben hat, lassen sie mich meinen Job machen.«

»Otis, das ist großartig!«

Der Aufnahmeleiter deutete auf seine Armbanduhr. »In zehn Minuten ist er hier.«

»Okay.« Otis nickte. »Ich erkläre dir alles später. Gleich kommt unser Sänger, bis dahin muss ich die Orchester-Suite einmal durchgespielt haben. Hast du es bequem hier?«

»Ja … ja … klar.«

»Diese Musik hat noch niemand außerhalb dieses Saales gehört.« Er gab ihr einen sanften Kuss auf die Wange, eilte ans Pult zurück und tippte auf die Partitur. »Hier steht zwar Allegro, Herrschaften, aber wir nehmen das erst mal langsamer.« Er griff nach dem weißen Stab, hob die Arme, wartete absolute Ruhe ab und gab den Einsatz.

Eine Geige spielte das Leitmotiv, gezupfte Bässe kamen hinzu, schließlich eine einsame Oboe.

Otis unterbrach. »Miss Singer«, sprach er die Oboistin an.

Sie war die einzige Frau innerhalb der Bläsersektion. »Ja, Mr Kittridge?«

»Das ist wunderschön, was Sie spielen, aber zeigen Sie den Kollegen bitte nicht genau, wo die *Eins* ist. Sie machen da einen Akzent, der nicht in der Partitur steht.«

»Entschuldigung, Mr Kittridge.«

»Am besten, Sie atmen nicht vor der Eins.«

»Ich bemühe mich.«

Auf ihrem Platz im Halbdunkel sah Maureen einen neuen Menschen. Das war nicht der scheue, verwöhnte Prinz, den sie aus Kindertagen kannte, nicht der Verzweifelte, der sich das Leben nehmen wollte. Dort stand ein Mann, der liebte, was er tat, der sein Fach beherrschte und dem die anderen bereitwillig folgten. Das zu beobachten, gehörte für Maureen zum Schönsten, was sie mit ihrem Freund je erlebt hatte.

»Nehmen Sie den Anfang unwichtiger, Larry, es muss nicht so dramatisch klingen«, sagte Otis zum Sologeiger.

Nach der Einleitung nahm die Musik rasch Rhythmus auf, die Oboe wurde von Saxophonen abgelöst, Posaunenriffs kamen dazu. Otis brachte das Orchester zum Swingen.

Zehn Minuten später betrat ein unauffälliger Mann das Studio. Er behielt den Hut mit der breiten Krempe auf, begrüßte Otis und winkte dem Orchester zu.

»Wir sind so weit, Mr Sinatra«, sagte der Aufnahmeleiter.

Maureen beschäftigte sich hauptberuflich mit Sternen, lebte aber deshalb nicht hinter dem Mond. Dieser kleine Mann war der größte Entertainer, den die Welt kannte. Menschen in entfernten Ländern mochten nicht allzu viel über die USA wissen, aber sie wussten, wer Frank Sinatra war. Die Atmosphäre in der Halle veränderte sich spürbar. Sinatra löste eine Elektrizität aus, die eben noch nicht geherrscht hatte.

Er nahm hinter dem Mikrofon Aufstellung. »Bevor es losgeht, wollte ich sagen, dass ihr toll seid, Jungs. Und jetzt halte ich meine Klappe.« Er senkte den Kopf und sammelte seine Energie.

Maureen wusste nichts über diese Welt und fühlte plötzlich die Befreiung, ihr Blickfeld zu öffnen. War es nicht herrlich, sich einmal von Sonnenwinden, Spiralnebeln und Supernovas abzuwenden und jenes Wunder zu erleben, das der Mensch hervorgebracht hatte, die Musik? Von den trommelnden Höhlenmenschen bis zu diesem Orchester hatte die Musik einen ebenso weiten Weg zurückgelegt wie von Galilei zum O.S.O.

»Von wo nehmen wir es?«, fragte Sinatra.

»Von Takt 41, Frank«, antwortete Otis. »Wir brauchen die Einleitung nicht.«

»Okay.«

Otis hob den Taktstock.

Sinatra brauchte für die Aufnahme nur einen einzigen Take. Der Aufnahmeleiter fragte, ob er noch besondere Wünsche hätte. Man legte den Song auf die Lautsprecher, Sinatra und Otis waren zufrieden. Das Orchester wurde in die Pause geschickt. Maureen fand, sie hatte das Privileg, dabeisein zu dürfen, lange genug in Anspruch genommen und wollte sich klammheimlich verdrücken.

Otis stoppte sie. »Wohin willst du denn?«

»Ich dachte, ihr habt bestimmt noch …«

»Ich bin bald fertig.« Er hakte sie unter und eskortierte sie sanft zum Dirigentenpult. »Danach gehöre ich ganz dir.«

In diesem Moment kam Sinatra mit einer schlanken Frau aus dem Aufnahmestudio. Maureen hatte diese Frau schon irgendwo gesehen, nur der Name fiel ihr nicht ein. Eines aber sah sie auf den ersten Blick: Die beiden liebten einander. Sinatra war von einer fast knabenhaften Höflichkeit, die Frau berührte seine Hand und lehnte sich an seine Schulter.

»Frank, darf ich Ihnen Maureen Hooper vorstellen?«, sagte Otis. »Maureen, das ist Frank Sinatra.«

Der Sänger gab ihr die Hand. »Schön, Sie kennenzulernen. Sie kennen auch Jack, nicht wahr?«

»Hallo, Sir. Ich weiß im Augenblick nicht, welchen Jack …«

»Sie haben Eindruck auf Jack gemacht. Der Präsident hat mir neulich von der kämpferischen Frau bei der NASA erzählt.« Er schenkte ihr ein Lächeln.

»Jack … Sie meinen den …?«

Sinatra präsentierte die Frau an seiner Seite. »Darf ich Ihnen Miss Ava Gardner vorstellen?«

Wie sich herausstellte, war Miss Gardner nicht nur wegen Sinatra hier.

»Francis und ich spielen in diesem Film zusammen«, erklärte sie. »Es ist ein Musical-Film, wir haben ein Duett miteinander. Das Problem ist: Ich kann überhaupt nicht singen. Ich treffe keinen einzigen Ton. Deshalb hatten die Produzenten die Idee, mich synchronisieren zu lassen.«

Maureen erfuhr, dass eine andere Sängerin das Lied bereits aufgenommen hatte, Ava Gardner brauchte im Film nur die Lippen zu bewegen.

»Deswegen bin ich heute hier«, lachte sie. »Um zu üben, die Lippen zu bewegen.«

Otis gab dem Aufnahmeleiter ein Zeichen, Sinatra brachte Ava zu den Mikrofonen.

Maureen sah die Chance, endlich davonzukommen. »Bis später«, raunte sie Otis zu.

»Miss Hooper!«, rief Ava Gardner.

»Ja?«

»Könnten Sie noch ein bisschen bleiben?«

»Ich will nicht stören.«

»Mir wäre es lieb, wenn ich eine Frau als Rückendeckung hätte.«

Auch Sinatra machte eine einladende Geste, Otis nickte ermunternd, Ava setzte ein bittendes Gesicht auf. Maureen blieb. Das Tonband wurde gestartet, die Nummer begann von neuem.

Nachdem im Studio Feierabend gemacht worden war, schlenderten Maureen und Otis auf den Santa Monica Pier zu. Die Wintersonne wärmte sie. »Frank liebt sie immer noch«, sagte er.

»Aber sie liebt ihn doch auch«, entgegnete Maureen.

»Trotzdem waren sie nicht lange verheiratet.«

»Sie sind nicht mehr zusammen?«

»Du lebst wirklich in einer anderen Welt.« Schmunzelnd sah er sie an. »Die Hochzeit von Frank und Ava war das Ereignis des Jahres. Nur ihre rasche Scheidung hat das noch in den Schatten gestellt. Zu Beginn glaubten alle, es gebe kein schöneres Paar als die beiden. Francis war so glücklich und ausgeglichen. Manchmal kann er nämlich ein ziemlicher Stinkstiefel sein. Aber an Avas Seite hat man ihn nicht wiedererkannt.«

»Warum ist es zerbrochen?«

Otis hängte seine Jacke über die Schulter. »Franks Leute kommen aus Italien. Bei den Italienern hat immer noch der Mann das Sagen. Die Männer tragen ihre Frauen auf Händen, aber wenn es um Entscheidungen geht, darf ihnen niemand reinreden.«

Vor ihnen im seichten Wasser wurde eine Darbietung vorbereitet. Ein braungebrannter junger Mann half einem nicht weniger kräftig Gebauten, sich auf seine Schultern zu schwingen. Langsam richtete sich der Zweite auf. Schaulustige blieben stehen. Eine zierliche Frau im Badeanzug trat auf den Männerturm zu, fasste die Hand des Untermannes, stellte den Fuß auf sein Knie und wurde von ihm nach oben katapultiert. Der Obermann fing sie und legte seinen Arm um ihre Hüfte. Die Leute klatschten. Eine zweite Frau näherte sich, vollführte die gleiche Prozedur und stand gleich darauf auf der rechten Schulter des Muskelmannes. Die menschliche Pyramide posierte einige Sekunden lang. Als eine Welle gegen die Waden des Untermannes schlug, wankte der Turm. Die Frauen sprangen ab.

»Was ist das hier?«, fragte Maureen.

»Der ›Muscle Beach‹. Die schönsten Männer Kaliforniens trainieren an diesem Strand und hoffen, dass ein Produzent vorbeikommt und sie für einen Herkules-Film engagiert.« Er nahm Maureen bei der Hand. »Komm.«

»Wohin?«

»Drüben am ›Pleasure Pier‹ beginnt gerade eine Show. Oder willst du lieber nach Hause?«

»Ich habe einen Bärenhunger.«

»Dann sind wir genau am richtigen Ort.«

Wenig später hielt Maureen ein Soda in der einen Hand, einen Hotdog in der anderen. Da Ketchup und Zwiebeln herausquollen, aß sie mit vorgebeugtem Oberkörper. »Wie war das nun mit Ava Gardner? Hat sie ihn verlassen oder umgekehrt?«

Otis trank Bier. »Es war beidseitig.«

»Wenn zwei Menschen sich so lieben, aber trotzdem nicht zusammen sein können, finde ich das traurig.«

Otis hielt die Bierflasche gegen den roten Ball der untergehenden Sonne. »Ich habe dich das noch nicht gefragt …«

»Ich weiß, was jetzt kommt: Die Sache mit der Liebe.«

»Was ist denn mit dir und der Liebe?«

Statt einer Antwort zeigte sie zum Strand, der sich allmählich leerte. »Wollen wir uns ans Wasser setzen?«

Sie verließen den Boardwalk und schlenderten zurück.

»Ava hat etwas von einem Mann«, erzählte Otis weiter. »Sie ist geradeheraus, nicht auf den Mund gefallen, mit einem eisernen Willen. Ava hat es satt, nur *schön* zu sein. Hätte Frank akzeptiert, dass sie auf Augenhöhe mit ihm steht, vielleicht wären sie glücklich geworden.«

Maureen musste lachen. »Augenhöhe? Er ist kleiner als sie. Dabei trägt er hohe Absätze.« Sie warf das Papier in den Müll.

Otis breitete seine Jacke in den Sand.

»Was für ein Tag.« Sie lehnte sich an seine Schulter. »Bist du glücklich?«

»Ich habe dich vorhin zuerst gefragt.«

»Du hast mich nach der Liebe gefragt. Die Liebe und das Glück sind nicht unbedingt das Gleiche.«

Er schaute aufs Meer. »Ich bin so glücklich wie noch nie. Ich darf Musik machen und werde sogar dafür bezahlt. Ich bin kein Toscanini oder Bruno Walter, aber mit den tollen Musikern hier zu arbeiten, ist ein Privileg.«

»Ich denke nicht darüber nach, ob ich glücklich bin.« Maureen hob den Kopf. Der Himmel über Kalifornien hatte eine tiefblaue Färbung angenommen. Am Horizont verschwand der letzte rote Schimmer. »Wenn du Nacht für Nacht mitkriegst, was dort oben passiert, dann erscheint dein eigenes Schicksal nicht so wichtig.«

»Und was machst du abends? Du kannst nicht ständig durch ein Teleskop gucken.«

»Du willst wissen, ob ich einen Freund habe?«

»Oder einen Ehemann oder wenigstens einen Hund.« Er grinste.

»Ich habe nicht mal eine Katze. Siehst du, so langweilig ist mein Leben. Wir haben einen Igel auf dem NASA-Gelände, dem stelle ich manchmal ein bisschen Milch hin. Ich bin nicht einsam, falls du das annimmst. Ich war überhaupt noch nie einsam, dabei bin ich oft allein.«

Er nickte. »Auf den Schulfeten hast du meistens nur am Rand der Tanzfläche gestanden.«

»Hältst mich für ein Mauerblümchen?« Sie zuckte die Schultern. »Wahrscheinlich bin ich das sogar.«

»Du wurdest ständig von den Jungs aufgefordert.«

»Und habe ständig abgelehnt.«

»Mit mir hast du getanzt.«

»Ja, das war schön.«

»Hättest du Lust, heute tanzen zu gehen?«

Eine kleine Pause, die Brandung wurde heftiger.

»Ehrlich gestanden bin ich …«

»Hundemüde«, sagten beide wie aus einem Mund.

Otis stand auf und half Maureen, den Sand abzuklopfen. »Schön, dass du da bist.«

Sie küsste ihn auf die Wange. »Danke für die Einladung.«

Otis' Apartment lag in der ersten Etage, vom Hausflur kam man direkt ins Wohnzimmer. Eine winzige Küche, ein Schlafzimmer, das Bad war nur eine Nische. Die abgewohnte Bude wirkte gemütlich, aber Maureen hätte angenommen, Familie Kittridge würde ihren Sohn *standesgemä-ßer* unterbringen wollen. Sein Gehalt bei Paramount hätte bestimmt zu etwas Besserem gereicht.

»Ziemlich cheap, ich weiß«, reagierte er auf ihr Schweigen. »Aber ich möchte nirgendwo anders sein.«

»Ich habe gar nichts gesagt.«

»Dein Blick genügt.«

»Es wirkt nur deshalb so klein, weil du das Monster hier reingestellt hast.« Maureen legte Tasche und Jacke auf den schwarzen Flügel, der das halbe Wohnzimmer blockierte.

»Bitte nicht.« Er sprang hin.

»Was?«

»Auf dieses Klavier darf man nichts drauflegen.«

»Entschuldige.« Sie nahm die Sachen wieder.

»Auf diesem Instrument hat Fréderic Chopin gespielt. Es wurde neulich in L. A. versteigert. Ich konnte nicht widerstehen.«

Das war Otis, ihr Freund der Träumer, der in Kauf nahm, sich in seiner winzigen Wohnung nicht bewegen zu können, weil das Klavier Chopins hier stehen musste.

»Hunger?«, fragte er.

Es war schon einige Zeit her, dass Maureen den Hotdog gegessen hatte. »Was hast du denn da?«

»Ich mache uns was warm.« Mit zwei Schritten war er in der Küche.

»Du kochst?«, entgegnete sie überrascht.

»Ich hätte Hühnchen oder …« Es rumorte nebenan. »Oder Hühnchen.«

»Dann nehme ich das Hühnchen.« Sie sah gerade noch, wie er eine Auflaufform in den Backofen schob.

»Das Frikassée habe ich gestern gemacht. Es ist noch genug da. Zu trinken hätte ich Vermouth und eine Flasche Sherry.«

»Sherry?« Maureen fiel der besondere, der schrecklich schöne Abend mit Mr Henderson in ihrem Apartment in Flagstaff wieder ein. Sie hatten Sherry getrunken und einander geliebt. Wie lange das schon zurücklag! Es kam ihr vor, als sei es in einem anderen Leben passiert. Noch verrückter schien ihr, dass sie Henderson seit der Zeit in Bjurakan nie wiedergesehen hatte. Maureens Leben hatte eine Abzweigung genommen, in der er keine Rolle mehr spielte.

»Was hast du?« Mit der Sherryflasche und zwei Gläsern trat Otis vor sie.

»Nichts. Ich bin nur gerade in die Vergangenheit abgedriftet.«

Vor ihr stand der unverändert hübsche junge Mann mit den verträumten Augen und schenkte ihnen das süßliche Getränk ein. »Otis, darf ich dich was fragen?«

Er gab ihr ein Glas. »Na klar.«

»Du wohnst allein. Du hast nichts von einer Freundin erzählt. Du kochst Hühnerfrikassée und das Einzige, was du zu trinken dahast, ist Sherry. Wir kennen uns jetzt schon so lange, Otis, könnte es sein …?«

»Das war eine klare Frage, Maureen, auf die du eine klare Antwort verdienst.« Er stellte sein Glas beiseite, trat auf sie zu und küsste sie auf den Mund. »Beantwortet das deine Frage?«

Sie sah ihn an. »Einigermaßen. Hast du eine Freundin?«

»Hast du einen Freund?«

»Nein.« Sie nahmen die Gläser und stießen an. »Das war schön, was du gerade gemacht hast. Könntest du das noch mal tun?«

Sie zwängten sich an Chopins Flügel vorbei und sanken auf die Couch.

»Ich darf …«, flüsterte er nach einem weiteren Kuss.

»Ja?«

»Ich darf das Hühnchen nicht anbrennen lassen.«

Sie zog ihn in ihre Arme.

✳

Am nächsten Morgen klopfte es heftig an Otis' Tür. »Mr Kittridge! Machen Sie auf!«

Er schlüpfte in den Bademantel und lief zum Ausgang. »Was gibt es, Mrs Dobisch?«, fragte er durch die Tür.

»Laut Mietvertrag sind Ihnen Damenbesuche erlaubt, Mr Kittridge, aber was Sie letzte Nacht veranstaltet haben, das geht zu weit. Öffnen Sie.«

Er ließ die Kette vorgelegt und machte die Tür einen Spaltbreit auf. »Guten Morgen, Mrs Dobisch. Was habe ich denn veranstaltet?«, fragte er mit vollendeter Freundlichkeit.

»Wenn Sie nachts Klavier spielen, sage ich nichts, weil das schöne

Musik ist. Aber Orgien gibt es in diesem Hause nicht, solange ich und Mr Dobisch etwas zu sagen haben.«

»Eine alte Jugendfreundin ist für ein paar Tage zu Besuch. Wenn wir zu laut waren, tut mir das leid.«

»So *alt* kann Ihre Jugendfreundin nicht sein, nach dem Lärm zu urteilen.« Drohend erhob Mrs Dobisch ihren Finger. »Als Sie eingezogen sind, dachte ich: Was für ein angenehmer Mieter, aber ich warne Sie, Mr Kittridge: Falls Sie ein Don Juan sein sollten, trennen sich unsere Wege.«

»Ich bin kein ...« Er schüttelte den Kopf. »Es kommt nicht wieder vor, Mrs Dobisch.«

Die Hauswirtin zog ab, Otis schloss die Tür und huschte ins Schlafzimmer zurück. »Wir haben es ein bisschen übertrieben.« Er kuschelte sich an Maureen.

»Es war deine Idee, für mich einen Stepptanz aufzuführen.«

»Konnte ich ahnen, dass du es gleich nachmachen willst?«

»Nach dem Tänzchen, das du da hingelegt hast, hätte ich schwören können, du bist schwul.« Sie griff in sein Haar.

»Das war der Sherry. Und der Vermouth.«

»Und der Weinbrand, den ich in der Küche gefunden habe.«

Er küsste ihre Schulter. »Du hast eine Viertelstunde ununterbrochen gelacht.«

»Weißt du, wie komisch du bist, wenn du tanzt?«

»Und du bist unrhythmisch! Für jemanden, der so toll Klavier spielt, ist das erstaunlich.«

»Habe ich denn gestern Nacht?«

»Was?«

»Klavier gespielt?«

»Du hast sämtliche Nocturnes so berserkerhaft runtergehauen, dass sich Chopin im Grab umgedreht hätte.«

»Stattdessen hat sich Mrs Dobisch im Bett umgedreht.«

Sie umarmten, sie küssten einander.

»Na und hinterher …«, knurrte sie.

»Ja, hinterher war auch nicht schlecht«, knurrte er zurück.

»Da waren wir nicht zu laut … Glaube ich zumindest.«

Er sah sie aus unmittelbarer Nähe an. »Ich mochte das sehr heute Nacht.«

»Ich auch. Wahrscheinlich bist du doch nicht schwul.«

»Wahrscheinlich?«

»Schauen wir mal, wie es sich heute entwickelt.«

»Wir müssen an Mrs Dobisch denken.«

Eng umschlungen schliefen sie noch einmal ein.

Nachdem Maureen drei Tage geblieben war, telefonierte sie mit Houston: Es mache keinen Sinn, vor dem Wochenende noch zurückzukommen; am Montag sei sie verlässlich wieder da. Bis dahin verteilte sie ihre Aufgaben an die NASA-Mitarbeiter. Während Otis im Studio war, schmökerte sie in Musikalienhandlungen, entdeckte Klaviernoten von Aaron Copland und spielte seine ›Passacaglia‹ auf Chopins Flügel. Sie ging mit einem Blumenstrauß zu Mrs Dobisch und entschuldigte sich für den Lärm. Plaudernd erwähnte Maureen, dass sie sich beruflich mit den Sternen beschäftigte.

»Ich habe ja leider den Mars im Schützen«, antwortete die Hauswirtin. »Und Saturn im Quadrat zur Venus.«

Maureen versuchte das Missverständnis zwischen Astronomie und Astrologie aufzuklären, doch Mrs Dobisch war so froh, eine Expertin vor sich zu haben, dass sie der Unterschied nicht interessierte.

Sobald Otis nach Hause kam, liebten sie einander und fragten sich, wieso sie nicht schon in ihrer Jugend auf diese Idee gekommen waren, genossen das Nachgeholte aber umso mehr. Während Otis kochte, während Maureen keine Lust hatte sich anzuziehen, warf sie ein Laken über und spielte ihm die Passacaglia vor.

Otis erzählte, er nehme mit dem Orchester gerade die Hintergrundmusik zu dem Sinatra-Film auf. »Das ist Knochenarbeit.«

»Wieso?« In ihrer Toga trat sie in die Küche.

»Der Film wird uns auf einer riesigen Leinwand vorgespielt. Ich muss das Orchestertempo so steuern, dass die Akzente mit den dramatischen Momenten zusammenfallen.«

»Was ist daran Knochenarbeit?«

»Wenn ich es vermassle, müssen wir die Aufnahme wiederholen. Spätestens ab dem dritten Take beginnen mich die Musiker zu hassen.«

Sie schnupperte über der Pfanne. »Was wird das?«

»Ich experimentiere mit Mais und Kaninchen. Ob ich noch Pflaumenmus dazutun sollte?«

»Lass das Pflaumenmus weg.« Sie küsste ihn. »Wollen wir zum Essen fernsehen?« Sie ließ ihn stehen. »Ich schaue mal, was kommt.«

Auf dem Programm stand ›Die Kameliendame‹ mit Greta Garbo.

»Herrlich!« Maureen schob den Fernseher an den Couchtisch heran. »Das wird ein genussreicher Abend.«

Otis brachte das Kaninchen. Sie lobte seine Kreation, er fand, es hätte Pflaumenmus dazugehört. Auf dem Bildschirm litt Greta Garbo edelmütig unter ihrem Schicksal. Nach einer Viertelstunde drängte sich ein Mann ins Bild und sagte: ›Ein Wort von Raucher zu Raucher: Wenn Sie auf moderne Art rauchen wollen, wählen Sie keine Zigarette mit minderwertigem Filter!‹

Während der ersten Werbeeinschaltung beendeten sie ihre Mahlzeit. Während der zweiten umarmten und küssten sie einander, doch als der Film von einem Mann im weißen Kittel unterbrochen wurde, der fragte: ›Verehrte Zuschauer, tragen Sie ein wirklich gutsitzendes Gebiss?‹, stellte Otis den Apparat ab. Es war zu früh, sich schlafen zu legen. Sie waren zu faul, um noch mal rauszugehen. Sie knutschten und tranken den Wein, den Maureen besorgt hatte.

»Und jetzt?«, fragte er.

»Jetzt haben wir den Salat.« Sie kuschelte sich in seinen Arm.

»Ich weiß nicht, was du meinst.«

»Jetzt haben wir ein Verhältnis, ein ganz normales Verhältnis, wie Millionen anderer Menschen auch.«

»Findest du das schlimm?«

»Wir beide haben bis jetzt wie die Einsiedler gelebt. Wir haben keine Erfahrung damit.«

»Ich genieße, dass du da bist.«

»Ich genieße es, hier zu sein. – Aber?«

»Kein Aber.«

»Doch, es gibt ein Aber: Die Wohnung ist zu klein«, sagte sie. »Chopin nimmt zu viel Platz weg. Du siehst das auch so, stimmt's?«

»Für mich ist es einfach das erste Mal, dass hier jemand wohnt.«

»Jemand?« Sie lehnte sich zurück.

»Du weißt, wie ich es meine.«

»Ja, ich weiß.« Sie seufzte. »Wir können das eben nicht, keiner von uns beiden.«

Er zog sie an sich. »Wir haben es noch nicht lange genug geübt.«

»Jeder hat sein Leben.«

»Trotzdem ist es wunderbar.«

»Es *war* wunderbar«, stimmte sie traurig zu. »Es war sogar ganz zauberhaft.«

Sie hielten einander umarmt. Sie schliefen miteinander. Maureen reiste am nächsten Tag nach Houston.

KAPITEL 22

Wie verhielt man sich, wenn man in jemanden verliebt war, aber spürte, dass man nicht mit ihm leben konnte?

»Nicht mit ihm leben *wollte*«, sagte Maureen beim Geschirrspülen. Vor ihr spiegelte das Küchenfenster. »Was guckst du so?«, fragte sie ihr Spiegelbild. »Du liebst Otis. Ihr versteht euch prächtig. Besser als mit ihm könntest du es kaum treffen. Trotzdem löst das bei dir nicht die üblichen Reflexe aus.«

»Welche Reflexe?«, erkundigte sich ihr Spiegelbild.

»Du weißt schon, der Mann fürs Leben, heiraten, eine Familie gründen.«

»Ist es schlimm, wenn ich mir diese Dinge nicht wünsche?«, fragten Maureen und ihr Spiegelbild wie aus einem Mund.

»Es macht mir ein bisschen Angst.« Sie wandte sich vom Fenster ab. »Bin ich irgendwie gestört?«

Sie musste die Frage unbeantwortet lassen, da die Zeit drängte. In ein paar Minuten würde Otis an ihrer Tür klingeln. Sie hatten einander in der Zwischenzeit selten gesehen, da er an den Wochenenden, wenn Maureen frei hatte, Auftritte mit dem Orchester absolvierte. Heute kam er zum ersten Mal nach Houston. Und Jean hatte eine Überraschung für ihn: eine Veränderung in ihrem Leben, die für sie noch ziemlich neu war. Ein Kollege von der NASA war in Ruhestand gegangen und zog nach Seattle. Ihm gefiel die Vorstellung, dass jemand von der *Firma* sein Haus bewohnte, er hatte Maureen einen fairen Preis gemacht. Sie wurde Besitzerin der ersten Immobilie ihres Lebens und war darauf stolzer, als sie vermutet hatte.

Maureen deckte den Tisch. Sie entschied sich, ihre Nägel nicht mehr zu lackieren, da sie nicht rechtzeitig trocknen würden. Sie platzierte die Sofakissen neu und fand schließlich nichts mehr, was es noch zu tun gab. Sie hätte Otis vom Flughafen abgeholt, doch nur weil sie Besuch von ihrem *Lover* bekam, bedeutete das nicht, dass sie früher aus dem Control Center aufbrechen konnte. Die neuen Raketentriebwerke waren geliefert worden. Maureen hatte mit den aktuellen Tests nichts zu tun, doch der neue Antriebstyp hatte für sie ebenfalls Bedeutung. Mit diesen Triebwerken waren Flüge ins All möglich, von denen man vor ein paar Jahren noch nicht geträumt hatte.

Otis zeigte sich von Maureens Immobilie begeistert. Mit lautem »Oh!« und »Ah!« folgte er ihr durch Haus und Garten.

»Hast du es deinen Eltern schon gezeigt?«, fragte er, als sie sich am Pool einen Willkommensdrink genehmigten.

»Sie haben Bilder gesehen. Ich fürchte, sie sind verdammt stolz auf mich.«

»Du *fürchtest*?«

»Mir bedeuten Statussymbole genauso wenig wie dir. Es ist doch nur ein Haus.«

»Ein Haus mit Pool.«

»In dieser Gegend hat jedes Haus einen Pool. Willst du vor dem Essen reinspringen?«

»Ich möchte mich vor dem Essen lieber auf dein Essen freuen.« Er trank aus. »Ich sterbe nämlich vor Hunger.«

Maureen hatte einen Auflauf vorbereitet und servierte.

»Kann sein, dass ich Ärger kriege«, erzählte er beim Essen.

»Weshalb?«

»Um schon Donnerstag zu dir zu fliegen, habe ich die Orchestertermine zu knapp angesetzt. Darunter hat die Qualität gelitten. Darum muss ich nächste Woche ein paar Takes wiederholen.«

»Ich fühle mich geehrt, dass du wegen mir Ärger auf dich nimmst.« Sie mischte den Salat durch. »Wir führen gerade die ersten Zündungstests des J2-Triebwerks durch.«

»J – zwei …? Hilf mir mal auf die Sprünge.«

»Wernher will mit flüssigem Wasserstoff als Antrieb endlich den Durchbruch schaffen. Die kerosingetriebenen Raketen bringen nicht genügend Schub. Die J2 hat eine zweite Stufe, die flüssigen Sauerstoff verbrennt. Eine Gruppe von fünf J2-Triebwerken soll die Saturn-Rakete beschleunigen. Du musst dir das so vorstellen, dass das Heck der Saturn auf einem Sockel ruht …«

Sie bemerkte, dass Otis mit vorgebeugtem Kopf aß, seine Augen waren halb geschlossen. Der arme Kerl, dachte sie, ich langweile ihn zu Tode. »Es gibt noch Nachtisch.«

»Nicht für mich, danke. Ich fürchte, ich muss früh ins Bett.«

»Schwere Woche?«

»Eine Scheißwoche, offen gestanden.«

Sie nahm seine Hand. »Das Schlafzimmer ist oben. Morgen wird ausgeschlafen.«

»Morgen ist Freitag. Musst du nicht …?« Vor Müdigkeit stolperte Otis an der untersten Treppenstufe.

»Ich müsste eigentlich schon, aber morgen ist der Präsident in Texas. Da haben uns die hohen Herren von der NASA freigegeben.«

✳

Am nächsten Vormittag schwamm Otis ein paar Längen, Maureen fläzte unter dem Sonnenschirm. Kein Wölkchen stand am Himmel über Houston. Sie genoss das Gefühl, froh zu sein, glücklich zu sein, ihr Zustand ließ sich am besten als *befriedigt* bezeichnen. Sex, bei dem beide übermüdet waren, stellte einen Genuss besonderer Art dar.

Im Hintergrund dudelte Musik aus dem Radio. Während Maureen überlegte, was sie zu Mittag essen sollten, riss die Musik ab. Die Worte des Sprechers klangen verworren, hastig. Der Apparat stand im Haus, Maureen verstand die Meldung nicht genau.

»Die bringen etwas im Radio«, rief sie Otis zu.

Er kam an den Rand geschwommen. »Was Wichtiges?«

»Ich mache den Fernseher an.« Sie lief ohne Hast hinein und drehte an dem Knopf. Da das Röhrengerät lange brauchte, bis es warm wurde, ging sie in die Küche, goss Orangensaft in einen Krug und drapierte Trauben auf einem Teller. Die Stimmen aus dem Radio wurden aufgeregter.

»Lässt sich schon sagen …? Ist der Zustand des Präsidenten …? Ist die First Lady auch …?«

Ein Handtuch umgeschlungen betrat Otis die Veranda. »Worum geht es?«

»Irgendwas mit dem Präsidenten.« Sie brachte die Trauben und den Saft.

Das TV-Gerät erwachte zum Leben. Zusammen hörten sie die

›Stimme Amerikas‹. Walter Cronkite verkündete auf CBS normalerweise die Hauptabendnachrichten. Was *Onkel Walter* sagte, galt für die Bürger der USA als die Wahrheit.

»Wieso kommt Cronkite am Vormittag?« Otis nahm sich eine Traube.

Walter Cronkite saß dicht vor der Kamera, dennoch war zu erkennen, dass rund um ihn ungewohnte Hektik herrschte. »Mrs Kennedy befand sich im Wagen mit dem Präsidenten«, sagte er gerade. »Der First Lady gehe es den Umständen entsprechend. Sie sei benommen, aber in keinem Zustand der Schockstarre. Sie hat den Präsidenten ins Parkland Hospital begleitet. Unser Korrespondent hat sie auf dem Korridor des Krankenhauses weinen sehen.«

Nebeneinander sanken Maureen und Otis auf das Sofa.

Cronkite wurde ein Zettel zugeschoben. »Was Gouverneur Connelly betrifft, wird uns mitgeteilt, dass ihn ein Schuss unterhalb des Schulterblattes getroffen hat. Der Gouverneur ist bei Bewusstsein. Er sagte: Ich glaube, es kam von hinten. Sie haben wahrscheinlich den Präsidenten erwischt.«

Eine grafische Darstellung wurde Cronkite vorgelegt. »Die Präsidentenlimousine ist eine für öffentliche Auftritte gebaute Spezialanfertigung. In diesem Fahrzeug sitzt der Präsident höher als in einem normalen Wagen, damit die Menschen einen guten Blick auf ihn bekommen. Damit gibt der Präsident auch für einen Attentäter ein gutes Ziel ab.«

»Attentäter?« Maureen sah Otis an. »Wer würde denn so etwas tun?«

In dieser Sekunde fiel ihr eine Äußerung des Präsidenten ein, von der Wernher einmal berichtet hatte. Kennedy habe sich geweigert, die für ihn getroffenen Sicherheitsvorkehrungen zu verschärfen. »Wenn jemand den Präsidenten erschießen will, ist das nicht schwer«, hatte er gesagt. »Man müsste sich nur mit einem Scharfschützengewehr auf ein hohes Gebäude setzen und warten. Niemand könnte gegen einen solchen Anschlag etwas unternehmen.«

Otis fröstelte, er zog die Wolldecke an sich. »Der Secret Service soll ihn doch beschützen. Wieso haben die nicht …?«

Maureen lief zum Apparat und drehte den Ton lauter.

»Eine aktuelle Meldung«, sagte Walter Cronkite. »Vater Huber, der katholische Priester, der ins Krankenhaus gerufen wurde, glaubt nicht – ich wiederhole: der Geistliche glaubt *nicht,* dass der Präsident tot sei.«

»Tot?« Maureen drehte sich um. »Nein … Tot … Nein.«

»Der Priester hat den Operationssaal nach Erteilung der letzten Sakramente wieder verlassen.«

Unterschiedliche Meldungen wurden Cronkite vorgelegt.

»Aus Kansas City erfahre ich, dass die Gattin des früheren Präsidenten Truman der Presse mitteilt, Präsident Truman sei zu aufgewühlt, um eine Stellungnahme abzugeben.« Cronkite bündelte den Stapel seiner Zettel. »Verehrte Zuschauer, für diejenigen, die jetzt erst eingeschaltet haben, wiederhole ich …«

Maureen lief zu Otis, der unter der geblümten Decke fast verschwand.

Er fasste ihre Hand. »Noch hat niemand gesagt, dass der Präsident …«

»Schsch«, machte sie.

Cronkite bekam eine neue Meldung. »Es wird angenommen, dass eine Lücke in der Fahrzeugkolonne des Vizepräsidenten Johnson davor bewahrt hat, ebenfalls Ziel des Anschlags zu werden. Die Lücke bildete sich Sekunden, bevor die Schüsse fielen.«

Ein Mitarbeiter beugte sich zu ihm. Cronkite nahm die Hornbrille ab. »Offenbar war ein zweiter Geistlicher bei Mr Kennedy. Dieser Priester gibt an, der Präsident sei bereits tot gewesen. Verehrte Zuschauer, es sieht so aus, als sei dies so nahe an einer offiziellen Mitteilung, wie wir sie im Augenblick geben können.« Aus dem Stapel an Eilmeldungen suchte er eine Fotografie heraus und hielt sie ins Bild. »Diese Aufnahme wurde Sekunden vor dem Anschlag gemacht.«

Das Foto zeigte die lächelnde First Lady und den freundlich winkenden Präsidenten im offenen Wagen. Vor ihnen saßen der Gouverneur von Texas und dessen Gattin.

Cronkite legte das Bild zur Seite. »Wie wir erfahren, hat die New Yorker Börse aufgrund des Vorfalls ihre Geschäftstätigkeit mit augenblicklicher Wirkung eingestellt. Die Kurse begannen bereits abzustürzen. Verehrte Zuschauer, ich fasse noch einmal zusammen.«

»Hast du einen Drink für mich?«, fragte Otis.

Ohne den Blick vom Bildschirm zu nehmen, trat Maureen an die Anrichte, wo der Whisky stand und goss sich auch ein. »Es ist kein Eis da. Ich mag jetzt nicht rausgehen, welches holen.«

Ein neuer Zettel. Cronkite las ihn, nahm die Brille ab, hielt einen Moment inne und strich sich über seinen schmalen Schnäuzer. Er holte tief Luft.

»Aus Dallas, Texas erreicht uns die offizielle Nachricht: Präsident Kennedy starb um ein Uhr Central Standard Time, das bedeutet zwei Uhr Eastern Standard Time.« Er warf einen Blick auf die Studiouhr. »Das war vor exakt achtunddreißig Minuten.«

Cronkite setzte die Brille auf, er schluckte mehrmals, rang nach Worten. »Vizepräsident Johnson …« Er räusperte sich, konnte nicht weiter und begann erneut. »Vizepräsident Johnson hat das Krankenhaus verlassen. Er legt in diesen Minuten den Amtseid ab und wird der sechsunddreißigste Präsident der Vereinigten Staaten.« Walter Cronkite presste die Lippen zusammen. Er kämpfte mit den Tränen.

Maureen sank vor dem Sofa auf den Boden. Sie spürte Otis' Hand auf ihrer Schulter.

KAPITEL 23

»Ich habe Kennedy versprochen, dass wir noch in diesem Jahrzehnt auf dem Mond landen«, sagte Wernher von Braun. »Er hat es in seiner berühmten Rede angekündigt und es ist todtraurig, dass er es nicht mehr erleben darf. Aber Präsident Johnson macht da weiter, wo Kennedy aufgehört hat.«

»Das ist alles erfreulich, Wernher, ich gratuliere Ihnen. Aber ich kann hier nicht weg.«

»Warum nicht?«

»Das O. S. O.-Programm steht unter meiner Leitung.«

»Und was tun Sie beim O. S. O.-Programm genau genommen?«

»Was ich *tue*?«, entgegnete sie fast feindselig. »Täglich schickt uns der Satellit riesige Datenmengen. Ich werte sie aus, erstelle Diagramme, sehe Abläufe voraus …«

»Das machen Sie doch nun schon seit Jahren. Kann das nicht Ihr Team erledigen?«

In Brauns Büro sprang Maureen auf. »In Kürze schicken wir zwei weitere Satelliten zur Sonne hoch.«

»Und die werden noch mehr Daten liefern. Das ist Ihr Verdienst, Maureen, Ihr Erfolg, freuen Sie sich daran! Aber die NASA ist währenddessen nicht stehengeblieben. Wir sind unterwegs zu den Sternen.« Auch Braun stand auf. »Es ist zwei Jahre her, seit John Glenn für Amerika den Weltraum betreten hat. Die Atlas-Rakete, mit der wir ihn hochgeschickt haben, ist veraltet. Inzwischen fliegen wir mit ›Saturn 5‹. Eine Generation junger Astronauten brennt darauf, den Weltraum zu erobern.«

»Ich gehöre aber nicht zu den jungen, brennenden Astronauten, die im luftleeren Raum Helden werden wollen. Mir genügt es, immer besser zu verstehen, womit wir es zu tun haben, wenn wir *das Universum* sagen.«

Jovial legte er ihr die Hand auf die Schulter. »Genau dafür brauche ich Sie, Maureen. Fast alle, die mich umgeben, kommen aus technischen Berufen. Auch die Astronauten haben Physik oder Mathematik studiert. Keiner von denen kennt sich mit Astronomie aus. Und da kommen Sie ins Spiel.«

»Ich soll *unterrichten*?«, entgegnete sie perplex.

Er lachte. »Sie wären als Lehrerin genauso untauglich wie ich. Doch die Jungs müssen lernen, sich da draußen auszukennen. Sie sollen bestmöglich vorbereitet sein. Wenn in der Schwerelosigkeit etwas passiert, müssen sie die Ursachen erkennen. Wir wissen noch viel zu wenig über kosmische Strahlung oder was die Partikel anrichten können, die von der Sonne ununterbrochen ausgespuckt werden. Die O. S. O.-Mission und das Apollo-Programm sollen eng zusammenarbeiten. Und wer wäre als Koordinatorin dafür besser geeignet als Sie?«

Maureen war einem dieser jungen Astronauten, Neil Armstrong hieß er, vorhin am Surfside Beach begegnet. Obwohl ihre beiden Häuser nahe beieinander lagen, kannte sie ihn erst, seit Wernher sie mit ihrer neuen Aufgabe betraut hatte. Armstrong hatte am Strand sein Laufprogramm absolviert. Plaudernd setzten sie sich in den Sand. Das Wasser berührte ihre Füße. Neil teilte eine Orange in zwei Hälften.

»Wollen Sie, Miss Hooper?«

»Gern.«

Sie musterte ihn von der Seite. Er hatte ein typisches Pfadfindergesicht. Sie lagen im Alter nahe beieinander, doch hätte man Maureen gesagt, Armstrong sei erst sechzehn Jahre alt, sie würde es glauben. Er hatte seine Pilotenlizenz gemacht, noch bevor er Auto fahren konnte. Im Koreakrieg war er bei der Air Force gewesen.

»Sie sind im Krieg abgeschossen worden?«

»Nicht abgeschossen.« Er bewegte die Zehen in der Brandung. »Meine ›F9F Panther‹ diente als Aufklärungsmaschine. Ich bin über ein Gebiet geflogen, wo wir eine Sniper-Zelle vermutet haben. Der Feind hatte in dem Tal ein Seil gespannt und so gut getarnt, dass es mir im Tiefflug die halbe Tragfläche abrasiert hat. Bis zum Stützpunkt Pohang habe ich es noch geschafft, aber eine Landung war nicht mehr möglich. Ich bin mit dem Schleudersitz raus. Unter mir ist die F9F explodiert.«

Er wusch seine Hände mit Meerwasser. Über ihnen kreischten die Möwen.

Armstrong sah zum Himmel. »Die Ärzte haben damals so ein … Ding auf Karens Kopf gerichtet«, begann er ohne Vorankündigung. »Es sah wie ein riesiger Diamant aus. Karen hat den Diamanten neugierig angeguckt. Dann haben sie mit der Bestrahlung begonnen.«

Praktisch jeder in der NASA kannte die traurige Geschichte, auch Maureen. Nach seinen Söhnen Eric und Mark hatte Neil eine Tochter bekommen, Karen. Im Alter von zwei Jahren hatte man in ihrem Kopf einen Tumor entdeckt.

»Janet und ich standen hinter der Glasscheibe. Unser kleines Mädchen lag da, festgeschnallt auf einer Krankenliege für Erwachsene, weil es bei dieser Behandlung kein Equipment für Kinder gibt. Über ihr schwebte die gigantische Röntgenmaschine. Karen sah so winzig aus. Ihre Augen waren weit geöffnet. Ich habe Janet von hinten umarmt, sie hat meinen Arm umklammert. Ihre Armbanduhr ist mir aufgefallen. Als die Strahlung eingeschaltet wurde, habe ich auf den Sekundenzeiger gestarrt, es war 10 Uhr 17 und 36 Sekunden. Karen war tapfer und ganz still. Dann begann sie zu weinen, zu schreien. Trotzdem haben sie die Maschine nicht abgestellt.«

Neil setzte seine Sonnenbrille auf.

»Karen war übel von der Bestrahlung. Zu Hause hatte ich eine kleine Schüssel zum Erbrechen vorbereitet, aus der sie als Baby gegessen hat. Es waren Hasen und Meerschweinchen darauf. Ich habe ihr die Schüssel untergehalten, aber Karen wollte sich nicht in ihre Lieblingsschüssel übergeben. Sie wehrte sich und hat alles auf mich …« Plötzlich entfuhr ihm ein Schluchzen, er hielt die Hand vor den Mund. »Ich war von oben bis unten …« Er musste lachen. Er musste weinen. »Aber die Schüssel mit den Häschen ist sauber geblieben.«

Maureen hätte ihn gern in den Arm genommen. Was gab es Schrecklicheres, als ein Kind zu verlieren? Sie berührte seine Schulter.

»Ich konnte nichts weiter tun, als sie im Arm zu halten. Ich habe ihr Bilderbücher gezeigt. Sie wollte nichts vorgelesen bekommen, nur Bilder ansehen. Sie mochte Schmetterlinge. Karen liebte überhaupt alles, was flog. – Die Kurbel …«

»Was für eine Kurbel?«

»Die Kurbel, mit der ihr Sarg in die Tiefe gesenkt wurde, war so unbegreiflich laut.« Er sah Maureen durch die Brille an. »Es war nur ein kleiner Sarg, aber die Kurbel hörte sich an, als müssten sie ... ich weiß nicht, ein riesiges Gewicht hinunterlassen. Ich fand die Kurbel eine Missachtung der Toten.« Erschöpft ließ Armstrong sich auf den Rücken sinken. »Haben Sie Kinder, Maureen?«

»Nein, ich ... Nein. Ich habe einen Freund«, setzte sie hinzu, als müsste sie etwas beweisen.

»Jemand von der NASA?«

»Gott sei Dank nicht.«

Dass er darüber lachte, entspannte Maureen. »Otis ist Musiker. Wir kennen uns schon seit der Kindheit.«

»Danke, dass Sie mir zugehört haben.«

»Wie ist das, Kinder zu haben, Neil?«

»Es ist das Wahre. Es ist das, worauf es ankommt. Man darf sich dabei aber einer bestimmten Illusion nicht hingeben.«

»Welcher Illusion?«

»Man glaubt ... Auch ich habe geglaubt, Kinder könnten die Probleme des Lebens lösen helfen. Das stimmt nicht. Kinder machen die Probleme des Lebens nur sichtbar. – Wollen Sie Kinder, Maureen?«

»Ich denke nicht oft darüber nach.«

»Sie sind noch jung.«

»Der Grund ist wahrscheinlich, dass ich nicht darüber nachdenken will. Denn wenn ich es mache, möchte ich es richtig machen.«

»Was hindert Sie daran?«

Sie stützte sich auf die Ellenbogen. »Wissen Sie, wie wenige weibliche Wissenschaftlerinnen es in den USA gibt?«

»Nicht sehr viele, fürchte ich.«

»Die Zahl ist verschwindend gering. Ich möchte *eine Sache* richtig machen.«

»Und diese Sache ist die NASA?«

»Die Astronomie. Die Erforschung dieser unglaublichen Ereignisse da oben.« Sie zuckte die Schultern. »Ich habe die Befürchtung, dass ein Kind und die Sterne nicht miteinander zu vereinen sind.«

Sie schwiegen eine Weile.

»Haben Sie Lust, schwimmen zu gehen?«

»Ich kann nicht länger bleiben«, antwortete er bedauernd. »Wir grillen heute Nachmittag, Janet, die Jungs und ich. Ich muss einiges vorbereiten.«

Sie nahm ihren Badeanzug aus der Tasche. »Sie bekommen bald Ihr erstes Kommando, höre ich.«

»Ja, mit ›Gemini 8‹ könnte es endlich klappen. – Hat von Braun etwas Diesbezügliches gesagt?«

»Die Frage der Besatzung entscheidet nicht Wernher. Dafür gibt es eine Findungskommission.«

»Ich glaube erst daran, wenn ich tatsächlich in die Kapsel steige.«

»Warum so zaghaft?«

»Weil es das noch nie gegeben hat, dass die NASA einem Astronauten gleich beim ersten Raumflug ein Kommando überträgt.«

✳

HOUSTON, TEXAS / CAPE KENNEDY, 16. MÄRZ 1966

Häufig war Maureen die einzige Frau in einem riesigen Raum voller Männer. Man hatte sie keiner bestimmten Abteilung zugewiesen – Vektorberechnung, Computersteuerung, Leitsysteme, Gesundheitskontrolle –, hier lag nicht ihr Fachwissen. Sie gehörte gewissermaßen allen und galt als diejenige, die das *große Ganze* im Blick hatte.

Das Mission Control Center war ein Raum mit 300 Arbeitsplätzen. Was die Sitzordnung betraf, hatte man die Fachgruppen zusammengelegt, damit sie ihre Aufzeichnungen ohne große Wege abgleichen konnten. Die Stühle im Kontrollraum waren unbequem und führten bei langen Arbeitszeiten zu Rückenproblemen. Die Tastaturposition war zu hoch, weshalb die meisten über Gelenkschmerzen klagten. Die Beleuchtung kam von oben. Dieses Licht belastete die Augen und spiegelte sich teilweise in den Computerbildschirmen. Die langen Monitorreihen waren in freundlichem Lindgrün gehalten, vielleicht um Beschwerden über die Missstände vorzubeugen. Wenn es trotzdem welche gab, hatte NASA-Chef James Webb für seine Crew eine einfache Antwort.

»Wir haben bei dieser Beleuchtung das Mercury-Programm absolviert. Wir werden bei dieser Beleuchtung auch Erfolg mit Gemini haben. Also meckert nicht, sondern macht eure Arbeit.«

Das Control Center war ein Palast ohne Fenster. Man hatte sich für diese Lösung entschieden, da die Hitze in Texas manchmal auf 45 Grad Celsius stieg. Ohne Sonneneinstrahlung war es leichter, die Computer kühl zu halten. Die künstliche Beleuchtung mochte unangenehm sein, trotzdem unterstützte sie den Biorhythmus der Mitarbeiter und erleichterte es ihnen, zu Zeiten zu schlafen, wenn man normalerweise nicht ins Bett ging.

»Houston, bitte melden!«, rief Neil Armstrong. »Wir brauchen sofortige Anweisungen.« Er klang ungewohnt erregt. »Unsere Rotationsgeschwindigkeit beträgt anderthalb Umdrehungen pro Sekunde. Wir … dringend … Wir …«

Der Funkkontakt riss ab.

»Doktor, wie sind die Werte?«, fragte der Flugdirektor im Control Center.

»Blutdruck 250 zu 140«, antwortete der medizinische Controller. »Wenn ihr die Rotation nicht in den Griff kriegt, verlieren die Männer gleich das Bewusstsein.«

»Habt ihr die McDonnell-Leute erreicht?«, fragte der Flugdirektor den Verbindungsoffizier.

Die Firma McDonnell war Herstellerin der Raumschiffe für die Gemini-Serie, auch Gemini 8 war in ihren Werkshallen entstanden.

»Keine Antwort. Wir versuchen es weiter.«

»Habt ihr Mr Webb gefunden oder wenigstens von Braun?«

»Noch nicht, Chief.«

»Himmel noch mal, ich brauche einen Verantwortlichen, der mir das Go gibt, die Mission abzubrechen!«

»Der Blutdruck von Armstrong steigt«, gab der Controller bekannt.

»Die Rotation ist bei zwei Umdrehungen pro Sekunde.«

»Ich habe noch nie einen Mann im All verloren!«, rief der Flugdirektor. »Und das wird auch jetzt nicht passieren. Nicht unter meinem Kommando.«

Im Januar 1966 war das Gemini-Raumschiff in Cape Kennedy eingetroffen und auf die Trägerrakete montiert worden. Diese Mission zeichnete eine Besonderheit aus: Mittels einer kleineren Rakete schickte man den Astronauten einen Satelliten voraus, an den Gemini 8 später andocken sollte. Nach sechs Stunden Flug war das Raumschiff beim Satelliten eingetroffen.

Zu diesem Zeitpunkt hatte Armstrong gemeldet: »Houston, wir

haben Sichtkontakt zur ›Agena‹.« Der Satellit war nur noch 150 Fuß vom Rendezvouspunkt entfernt.

»Das ist ein Bild für die Götter«, rief der Co-Pilot.

»Hast du hier oben schon irgendwo Götter gesehen?«, kommentierte Armstrong.

Gemini vollzog eine Drehung und näherte sich der Agena von der Rückseite, wo der Docking-Punkt lag. Durch das linke Kommandofenster erschien der Flugkörper plötzlich bedrohlich nahe.

»Geschwindigkeit?«, fragte der Flugdirektor.

»17.000 Meilen pro Stunde«, gab Armstrong durch.

Trotz dieser Geschwindigkeit durfte er sich nicht schneller als mit einem Fuß pro Sekunde an die Agena annähern.

»Entfernung zwei Fuß«, meldete er. »Ich warte euer Go ab, Houston.«

»Okay, Gemini, Genehmigung zum Andocken erteilt.«

Armstrong bediente die Steuerung und löste einen letzten Schub aus. Zum ersten Mal in der Geschichte der Raumfahrt wurden zwei getrennt abgeflogene Flugkörper im All miteinander verbunden.

»Gemini, hier Capcom«, meldete sich der Verbindungssprecher. Der Mann hatte früher Werbung gesprochen. Seine beruhigende Stimme sollte dazu beitragen, den Astronauten Zuversicht zu vermitteln. »Im Fall, dass das Kontrollsystem des Satelliten Funktionsstörungen aufzeigt, schaltet ihr es ab. Damit übernehmt ihr die Kontrolle über beide Raumschiffe.«

»Verstanden, Houston.«

Während Gemini 8 die Insel Madagaskar überflog, setzte plötzlich eine Yaw-and-Roll-Bewegung ein. Beide Raumschiffe begannen mit überhöhter Geschwindigkeit zu rotieren.

»Systemcheck«, kommandierte der Flugdirektor.

Obwohl Armstrong alle Systeme prüfte, konnte er den Grund für die stärker werdende Drehung nicht finden.

»Es muss an der ungleichen Gewichtung liegen«, meldete er.

»Wenn es die Trimmung ist, müsst ihr abdocken.«

»Abdocken zur Problembehebung?«, vergewisserte sich Armstrong. »Erbitte Bestätigung.«

Houston bestätigte.

»Für das Logbuch:« Armstrong sprach in den Bordcomputer. »Ich beginne Abdockvorgang zum Zeitpunkt 19 Strich 32.« Er bediente den Mechanismus der Halterungsbolzen. Sie lösten sich und gaben den Satelliten wieder frei.

»Houston, wir werden nicht langsamer ... sondern schneller!«

Im Control Center diskutierten sie, dass man die Kontrolle über Gemini 8 nur wiedergewinnen könne, wenn Armstrong die Wiedereintritts-Booster zündete. Capcom schlug es vor, aber Armstrong wollte noch warten. Er und sein Co-Pilot rasten mit Zehntausenden Meilen pro Stunde durchs All und drehten sich dabei wie ein verrückt gewordener Kreisel um die eigene Achse. Durch die unvorhergesehenen Navigationsmanöver hatte Gemini 8 bereits viel Treibstoff verbraucht, der für den Wiedereintritt in die Erdatmosphäre entscheidend sein würde.

Da der Flugdirektor keine Order seiner Vorgesetzten bekam, traf er die Entscheidung allein. »Abort«, gab Capcom zum Raumschiff durch. »Gemini 8, Abbruch.«

»Bestätige, Houston. Abbruch.« Neil Armstrong zündete die Booster für den Wiedereintritt.

Von Okinawa stiegen Flugzeuge auf, die die Landung der Kapsel im Pazifik unterstützen sollten.

An diesem Abend konnte Maureen nicht nach Hause fahren. Bis lange nach Mitternacht saß sie mit den Männern in den weißen Kurzarmhemden beisammen. Sie überlegte, Armstrongs Familie anzurufen und ihnen zu sagen, dass alles gutgegangen sei, doch sie kannte Janet Armstrong nur flüchtig. Sie hätte gern noch mit Otis gesprochen, wollte ihn aber nicht wecken.

KAPITEL 24

Am Freitag verließ Maureen ihre Arbeit, quälte sich im Wochenendverkehr zum Airport, flog nach Los Angeles und nahm ein Taxi zu Otis' Apartment. Die Sache mit ihm ging nun schon seit vier Jahren, Dutzende Male Los Angeles, genauso oft Houston, Hinflug, schöne Erlebnisse, banale Erlebnisse, Streitereien, Rückflug und das Bewusstsein: Sie hatte einen Freund.

Maureen benützte den Schlüssel unter seiner Türmatte, warf Gepäck und Mantel ab und achtete darauf, nichts auf Chopins Flügel zu legen. Heute war irgendetwas anders. Es waren nicht die verstaubten Jalousien, das durchgesessene Sofa oder das Landschaftsbild; der Lampe musste man einen Stups geben, sonst flackerte sie. Otis hatte das Bett frisch bezogen und das Geschirr gespült; alles schien wie immer.

In sonderbarer Stimmung setzte sich Maureen an den gottverdammten Flügel, spielte Chopins Trauermarsch und begriff: Sie selbst war heute anders! Während des Des-Dur-Mittelteils hörte sie Schritte im Treppenhaus, im nächsten Moment stand Otis im Zimmer.

»Wie schön, du bist schon da!« Er sprang so vehement auf sie zu, dass sie fast von der Klavierbank fiel. Er küsste sie und versuchte, sie auszuziehen.

»Moment, Moment. Lass uns erst mal ein bisschen gegenseitig austauschen.«

»*Austauschen*?«, rief er übermütig. »Wir tauschen doch Küsse aus!«

»Ich bin gerade erst angekommen.« Sie floh vor ihm in die Küche. Er trieb sie in die Ecke und hatte seine Finger überall. Den Kühlschrank im Rücken schob Maureen ihn von sich und schenkte ihm einen Blick, den sie für streng hielt. »Komm mal mit, Otis.«

»Ins Bett?«, kicherte er.

»Auf die Couch.«

»Ist mir auch recht.«

Zusammen manövrierten sie sich am Flügel vorbei.

Maureen bestand darauf, dass sie sich gesittet nebeneinandersetzten. »Ich weiß nicht mehr, was wir hier eigentlich machen.«

»Aber ich.« Er näherte sich zum Kuss.

Woher Maureens Worte kamen, wusste sie nicht. Aber sie waren der Ausdruck ihrer Unzufriedenheit mit einer Beziehung, deren Sinn sie nicht mehr spürte. »Wir sollten es beenden, Otis«, sagte sie schlicht. »Ich möchte es beenden. Es führt zu nichts. Findest du nicht auch?«

Unweit von Onkel Theodores Haus in Rhode Island stand ein Bauernhof. Dort wurde selbst geschlachtet. Einmal hatte der Onkel die kleine Maureen dorthin mitgenommen. »Ich möchte, dass du weißt, dass Tiere sterben müssen, damit wir Steaks essen können«, hatte er gesagt. Es war ein schlimmes Erlebnis, das zu sehen, trotzdem war sie ihrem Onkel dankbar dafür. Der Bauer führte ein Kalb in einen Korridor. Vertrauensvoll folgte das Tier dem Menschen, den es von Geburt an kannte. Auf einem erhöhten Podest machte sich der Schlächter bereit. Das Kalb sah ihn erst im letzten Augenblick. Er senkte den Schlachtschussapparat auf die Stirn des Kalbes. Und in dieser allerletzten Sekunde begriff das Tier, was ihm bevorstand. Den Blick der Kreatur, dieses *Erkennen* würde Maureen nie vergessen. Diesen Blick sah sie nun an Otis. Er begriff, Maureen meinte es ernst. Sie würde nicht darüber diskutieren, ihr Entschluss war gefasst.

Er rückte von ihr ab. »Es führt zu nichts?«, fragte er mit einer Stimme, die sie nicht von ihm kannte. »Ich hatte nicht den Eindruck, dass dir bisher viel daran gelegen wäre, dass es irgendwohin führt.«

»Das ist es: Wir machen einfach immer so weiter. Ein Weekend bei mir, eins bei dir, Spaziergang durch Santa Monica, Abendessen zu Hause, Sex und Rückflug. Monat für Monat, jahrelang.«

»So etwas nennt man das *Leben*«, entgegnete er mit unerträglicher Hoffnungslosigkeit. »Hast du jemanden kennengelernt? Hast du einen anderen?«

»Wie kommst du darauf?«

»Weil ich glaube, dass ein Mensch wie du erst mal sauber Schluss machen würde, bevor du eine neue Sache anfängst. Du bist keine, die *betrügt*. Wenn es einen anderen gibt, sag es mir bitte.«

»Es gibt keinen anderen. Zufrieden?«

»Nein, ich bin nicht zufrieden. Das ist noch schlimmer: Du trennst dich von mir, weil du mich über hast.«

»Wie sollte ich dich überhaben, Otis? Wir kennen uns, seit wir klein waren. Du bist ein Teil von mir. Du bist mir in Fleisch und Blut übergegangen.«

»Dann heirate mich.«

»Mach dich nicht lustig.« Sie stand auf.

»Ich meine es ernst. Heirate mich.«

Sie zog sich hinter den Flügel zurück. »Hör auf.«

»Ich bin ein guter Mann. Ich mache dich glücklich. Ich verdiene anständig bei Paramount. Wir könnten Kinder haben und leisten uns ein gemeinsames Haus. Wir werden glücklich.« In seiner Verzweiflung lief er ihr nach, umarmte sie und ließ sie im nächsten Augenblick wieder los. Otis begann zu weinen.

»Otis –«

»Du kannst nicht … Du kannst mich nicht aus *Langeweile* verlassen.«

»Es ist nicht Langeweile. Wahrscheinlich spinne ich einfach. Als ich vorhin hier angekommen bin und das Apartment sah, dachte ich: So darf es nicht weitergehen.« Sie ertrug es nicht, Otis weinen zu sehen und wollte ihn in die Arme nehmen.

Er schlug ihre Hände beiseite. »Lass mich in Ruhe!«

Es hatte wehgetan. Maureen rieb sich die schmerzende Stelle.

»Ist es die Wohnung, ja? Ich werde sie renovieren. Ach was, ich ziehe einfach um. Ich nehme mir was Größeres. Es ist bloß Faulheit, dass ich immer noch hier hause.«

»Die Wohnung ist es nicht«, entgegnete sie traurig.

»Was dann?!«, schrie er so durchdringend, dass Maureen zusammenfuhr. »Ich liebe dich, verdammt noch mal! Ich liebe dich von ganzem Herzen! Du bist die große Liebe meines Lebens! Du kommst hier angeflogen, legst deine Tasche ab, spielst Chopin und teilst mir mit, dass es zwischen uns vorbei ist?« Seine Stimme donnerte durch das Zimmer. »Was dachtest du denn, wie ich darauf reagiere? – *Okay, Maureen, wenn es dir so lieber ist, dann beenden wir es heute?* – Aber diesen Schwachsinn sage ich nicht, denn ich liebe dich! Heirate mich!«

Maureen war ans Fenster zurückgewichen. »Wenn ich gewusst hätte, dass es dich so trifft, Otis … Ich dachte, vielleicht bist du sogar erleichtert.« Sie schüttelte den Kopf. »Eigentlich habe ich gar nichts gedacht.«

»Na toll! Du kommst hierher, machst mit mir Schluss und denkst nicht mal darüber nach? Also wie ist das jetzt? Heiratest du mich?«

»Otis ... bitte ...«

Er sprang in die Küche, kam mit einer Bierdose zurück, öffnete sie und riss den Verschluss ab. Er steckte einen Finger durch den Aluminiumring. »Ich habe sogar an den Ring gedacht: Hier, zur Verlobung: Heiratest du mich, Maureen?«

»Nein«, antwortete sie schlicht. »Ich heirate dich nicht.«

Er warf das Aluteilchen in den Aschenbecher. »Und jetzt?«

»Wenn du willst, nehme ich den nächsten Flieger zurück und ...«

Hartes Klopfen an der Wohnungstür. »Mr Kittridge!«, kam die markante Stimme der Hauswirtin.

»Ja, Mrs Dobisch?«

»Öffnen Sie!«

»Was gibt es?«

»Machen Sie die Tür auf.«

Er öffnete vorsichtig. »Ja, bitte?«

»Ich habe Sie gewarnt.«

Maureen trat ins Blickfeld der Wirtin. »Der Lärm war meine Schuld, Mrs Dobisch. Bitte verzeihen Sie.«

Ehe sie sich weiter beschweren konnte, öffnete Otis die Tür sperrangelweit. »Wissen Sie was, Mrs Dobisch, Sie können mich am Arsch lecken. Sie brauchen mich aus Ihrem beschissenen Apartment nicht rauszuschmeißen. Ich kündige, und zwar mit sofortiger Wirkung.«

Auf ihrem Heimflug war Maureen froh, einen Sitz weit hinten zu haben, so konnte sie ungestört weinen. Das Ganze tat ihr leid, zugleich war sie erleichtert. Nach dem Zusammenstoß mit der Wirtin hatte Otis zu packen begonnen. Das brachte Wirklichkeit in ihre Situation. Zwischen den gepackten Kartons wollten sie nicht zu Abend essen und gingen in das Diner gegenüber. Sie tranken eine Menge. In der Wohnung überkam sie Zärtlichkeit, sie schliefen miteinander. Es war ein Abschied ohne große Worte. Maureen nahm die Morgenmaschine nach Houston.

$$*$$

Weihnachten verbrachte Maureen bei der Familie. Sie hatte geglaubt, Onkel Theodore würde immer für sie da sein, aber auch er wurde langsam alt. Seine Schultern waren eingesunken, er ging gebückt, am Strand kamen sie nur langsam voran. Der Seewind blies Theodore den Hut vom Kopf. Maureen rannte hinterher und rettete ihn knapp vor den Klippen.

Während der Feiertage fühlte sie sich nicht besonders, wurde ständig müde, das Essen bekam ihr nicht. Sie schrieb es den schwer verdaulichen Leckereien zu. Mit flauem Gefühl kehrte sie nach Houston zurück. Zu Silvester regnete es, was der Natur guttat, aber Maureens Stimmung weiter verdüsterte. Ihr Zustand wurde so schlimm, dass sie einen Arzt aufsuchte. Die medizinische Abteilung der NASA war ausgezeichnet, doch Maureen wollte nicht, dass ihr Gesundheitszustand in den Akten landete. Mit Jahresbeginn ging sie zu Dr. Hochsinger, einem Emigranten aus Dresden und bat ihn um eine gründliche Untersuchung.

Nur einen Tag später bat er sie wieder zu sich. Mit düsterem Gesicht blätterte er in einem Stapel Papiere.

»Ist es so ernst, Doktor?«

»Ernst, wieso?«

»Dieser Krankenbericht könnte einen das Fürchten lehren.«

»Das, Miss Hooper, ist mein Steuerbescheid, der lehrt mich tatsächlich das Fürchten.« Er schob die Akte beiseite.

»Was haben Sie mir zu sagen?«

»Dass Sie es in nächster Zeit langsamer angehen lassen sollten, Miss Hooper.«

»Bitte klipp und klar, Herr Doktor: Was ist es?«

»Sie sind schwanger. Und soweit ich feststellen konnte, sind Sie bereits im dritten Monat. Ich gratuliere von Herzen.«

KAPITEL 25

Maureen hörte den Schlüssel, im Flur wurde ein Koffer abgestellt. Als sie Otis begrüßen wollte, humpelte er ihr entgegen. Er hatte einen Drei-tagebart. Ein Bluterguss zog sich vom Jochbein bis zum Kinn.

»Oh Gott!«

Sie wusste bereits, was passiert war. Nachdem Otis seine Wohnung überstürzt gekündigt hatte, fand er auf Anhieb nichts Neues. Ein Freund bei Paramount stellte ihm eine Mansarde zur Verfügung, wo Otis zwischen unausgepackten Kisten lebte. Als Maureen ihm mitteilte, dass er Vater werden würde, sprang er überglücklich die Treppe hin-unter, nahm im Überschwang den Absatz ungeschickt und stürzte eine volle Treppenlänge abwärts.

Liebevoll berührte sie seine blau-grün-violette Wange. »So schlimm?«

»Nicht … anfassen.«

»Was ist mit deinem Bein?«

»Die Sehne. Das kann dauern.«

»Es tut mir leid, dass meine Neuigkeit an deinem Unfall schuld ist.« Sie umarmte ihn. »Normalerweise sagt man werdenden Müttern, sie sollen auf sich aufpassen. Für Väter gilt das scheinbar auch.«

»Hallo, du«, murmelte er in ihrer Halsbeuge.

»Hallo, Daddy.«

Da sie nicht ewig so stehen konnten, half Maureen ihm auf das Sofa und mixte einen Drink. »Darfst du überhaupt Alkohol?«

»Immer her damit.« Er legte das verletzte Bein hoch. »Und wie geht es dir?«

»Wieso?«

»*Wieso?* – Maureen Hooper, die *Sternenreisende,* muss sich mit der irdischen Tatsache beschäftigen, dass sie schwanger ist. Was macht das mit dir, Maureen?«

»Ich habe immer geglaubt, wenn es so weit ist, hilft mir die Natur schon mit den richtigen Gefühlen. Aber was gerade geschieht ist mehr, als mein Kopf denken, mein Gemüt erfassen kann.«

»Wieso hast du es so spät erfahren? Ich meine, wann haben wir zuletzt miteinander …?«

»Es ist schon vorgekommen, dass mein Zyklus einen Monat lang ausbleibt.« Sie lächelte unsicher. »Darum bin ich nicht auf die Idee gekommen, dass es *das* sein könnte. Als Hochsinger es mir sagte, habe ich die ganze Nacht wach gelegen.«

Sie streichelte seinen verletzten Fuß. »Jahr für Jahr ist das Thema Kinder an mir vorbeigezogen, und ich war darüber erleichtert. Dann gehe ich mit ein wenig Bauchweh zum Arzt und erfahre, ich bekomme ein Kind. Von Otis Kittridge, mit dem ich im Herbst Schluss gemacht habe.«

Erschrocken sah er sie an. »Aber du … du willst das Kind doch behalten? Du überlegst hoffentlich nicht …«

»Ich habe tatsächlich kurz darüber nachgedacht und mich dafür geschämt. Man muss ganz schön verkorkst sein, um so etwas zu denken.«

»Zu welchem Entschluss bist du gekommen?«

Mit einem tiefen Atemzug richtete Maureen sich auf. »Können wir ein bisschen rausgehen?«

»Ich bin im Moment nicht besonders gut zu Fuß.«

»Ich kann das nicht auf dem Sofa mit dir besprechen. Bitte, Otis, lass uns rumfahren.« Sie hielt ihm die Hand hin.

Unter Schmerzen stieg er in den Wagen, Maureen fuhr aufs Geratewohl los. Eine Fahrt durch Houston, uniforme Häuser, Einkaufs-Malls, Fast-Food-Restaurants, riesige Parkplätze voller Autos. Graues Wetter, aber trotz der Winterzeit herrschte Schwüle. Otis und Maureen fuhren gemeinsam durch eine Stadt, wie Paare das so taten. Aber Maureen und Otis waren kein Paar. Irgendwann in nächster Zeit würde sie das Auto mit einem Kindersitz ausstatten müssen und einen Kinderwagen zum Supermarkt schieben. Schob sie den Wagen dann allein oder würde Otis neben ihr gehen?

»Du wolltest rausfahren, um zu reden, Maureen«, sagte er. »Jetzt schweigst du die ganze Zeit.«

Sie hielt an einer Ampel. »Ich habe mich gerade mit einem Kinderwagen gesehen.«

»Das ist immerhin ein Anfang.«

Ein tiefer Seufzer. »Im Februar startet das Apollo-Programm. Wernher möchte, dass ich die Astronauten auf den ersten Apollo-Flug vorbereite.« Sie fuhr wieder an.

»Aber das kannst du doch. Schwanger sein, bedeutet nicht, dass du krank bist. Warum sollte das nicht klappen? Du bereitest die Astronauten auf den Weltraum vor, ich dirigiere eine Westernfilmmusik, und im Juni wird ein Kind geboren. So etwas passiert ständig auf der Welt.«

Maureen fuhr auf einen Parkplatz. »Weißt du, wie ich mich fühle? Wie nach einer Lokalanästhesie beim Zahnarzt. Der Eingriff ist zwar vorbei, aber das taube Gefühl hält an. Man macht ein schiefes Gesicht, man beißt sich auf die Zunge …«

»Das ist die seltsamste Beschreibung einer Schwangerschaft, die ich je gehört habe.«

»Aber zugleich glaube ich …« Plötzlich rannen Maureen Tränen über die Wangen. »Dass ich dieses kleine Wesen jetzt schon liebhabe. Es bringt alles durcheinander, aber ich spüre, ich muss das jetzt machen. Und ich wäre froh, wenn du mir ein bisschen dabei hilfst.«

»Wirklich?« Otis küsste Maureen. »Danke.«

Es klopfte hart an die Scheibe. »Wenn Sie hier parken wollen, müssen Sie bezahlen«, sagte eine herbe Stimme.

Maureen starrte in das Gesicht einer uniformierten Frau.

»Zum Knutschen einfach rechts ranfahren, geht nicht«, sagte die Parkwächterin. »Das macht 20 Cents die Stunde.«

Maureen setzte zurück und verließ den Parkplatz.

Maureen hatte ihre Schwangerschaft zunächst nur dem NASA-Chef mitgeteilt, doch inzwischen wussten es alle. Wernher von Braun, die Astronauten, selbst die 300 Männer im Control Center wussten es. Alle freuten sich für sie. Die häufigste Reaktion war: »Das wurde aber auch Zeit.«

»Wieso wurde es Zeit?«, fragte sie dann.

»Weil das doch nichts Richtiges ist für eine Frau, so ganz allein.«

Darauf schwieg Maureen meistens. Das Bild von sich und dem Kinderwagen kam ihr wieder in den Sinn, den sie durch die Straße schieben würde. Die Nachbarn würden das Baby süß finden und Maureen zum Kaffee einladen. Vielleicht würde der eine oder die andere den Mund verziehen, weil sie nicht verheiratet war, aber man lebte schließlich in modernen Zeiten. Neil Armstrong, auch Wernher von Braun luden Maureen zu sich nach Hause ein und präsentierten ihre eigenen Kinder. Der behandelnde Arzt teilte ihr regelmäßig mit, dass alles in Ordnung sei. Der Status mit Otis blieb ungeklärt.

Der Start von Apollo 1 sollte erst in drei Wochen stattfinden, doch für die anlaufenden Tests wurde die gesamte Kontrollmannschaft einberufen. An diesem Freitag hatte Maureen Bereitschaftsdienst, Otis würde daher übers Wochenende nicht rüberkommen.

Es sollte ein ›Plugs-Out-Test‹ stattfinden. In Cape Kennedy wurde ein Start simuliert, obwohl die Rakete nicht betankt war. Die Besonderheit für Maureen stellten die neuen Raumanzüge dar, an deren Verbesserung sie mitgearbeitet hatte. Während der Mission von Apollo 1 sollte ein Außenbordeinsatz stattfinden. Dabei konnten Mikro-Meteoriten und die kosmische Strahlung zum Problem werden. Für die verbesserte Isolierfunktion waren Aluminiumfäden in das Gewebe eingearbeitet worden. Der Anzug bestand zu 90 Prozent aus Nylon, was sein Gewicht entscheidend reduzierte.

Zu Beginn des Tests stimmte etwas nicht mit der Funkverbindung. Ed White, Kommandant von Apollo 1, versuchte, das Control Center zu erreichen. Man hörte ihn in Houston zwar und antwortete auch, was bei White aber nicht ankam.

»Control, bitte melden. Over. – Control bitte melden«, versuchte er es immer wieder.

»Apollo, wir hören euch laut und klar«, antwortete der Verbindungssprecher.

»Control, bitte melden.« White ließ das Mikrofon offen. »Das fängt ja gut an.«

»Sei still«, sagte Co-Pilot Gus Grissom. »Vielleicht hören sie dich ja.«

»Hey, Control, bitte melden! Wie wollt ihr uns irgendwann auf den Mond bringen, wenn jedes Walkie-Talkie eine bessere Funkverbindung hat als die NASA? Hallo, Houston!«

Ein Controller aus der dritten Reihe meldete sich beim Flugdirektor. »Ich habe starke Spannungseinbrüche in der Stromversorgung.«

Capcom gab das Problem an die Kapsel weiter. »Apollo, hört ihr mich?«

»Na endlich«, ertönte Whites Stimme. »Ja, Control, wir hören.«

»Könnt ihr ungewöhnliche Stromspitzen in der Kapsel bestätigen?«

Plötzlich überschlug sich Ed Whites Stimme. »Hey! Da sind Flammen … Wir haben ein Feuer im Cockpit!«

Maureen presste ihren Kopfhörer auf die Ohren. In der Beobachtungskabine sprang Wernher von Braun auf.

»Apollo, wo habt ihr das Feuer lokalisiert?«, fragte der Flugdirektor.

Die Stimmen der Männer in der Kapsel waren kaum noch auseinanderzuhalten. »Kabinendruck …«, hörte Maureen. »Die Luke … Luke nicht … Wir können …« Ed Whites Stimme riss ab.

»Wieso öffnen sie die Luke nicht?«, riefen viele durcheinander.

»Weil die Luke nach innen aufgeht.« Wernher von Braun war in die Mitte der Halle gelaufen.

Die medizinische Abteilung schaltete sich dazu. »Das Lebenserhaltungssystem hat die Sauerstoffzufuhr für die Astronauten erhöht.«

»Bedeutet?«, fragte der Flugdirektor.

»Das Feuer wird durch den zusätzlichen Sauerstoff stärker«, rief von Braun. »Durch die Verbrennungsgase steigt der Druck, durch den erhöhten Druck kann die Luke nicht mehr nach innen geöffnet werden.«

»Security? Wo ist eure Mannschaft?«, fragte der Flugdirektor.

»Wurde soeben verständigt«, kam eine neue Stimme dazu.

»Die wurden erst *verständigt*?«, schrie von Braun.

»Die Rakete ist nicht betankt«, verteidigte sich die Security. »Für den Test waren keine besonderen Sicherheitsmaßnahmen vorgesehen.«

»Wo bleibt die Feuerwehr?«

»Die Feuerwehr ... Die ist ...«

»Ja?«

»Die Feuerwehr hat heute keine Bereitschaft.«

»Was?!«

»Was ist mit der Turmmannschaft?«, rief von Braun.

»Die haben den Turm gerade erreicht.«

Das Hickhack der Kommunikation stoppte augenblicklich, als man Schreie aus der Kapsel hörte.

»Wir haben ... ein schlimmes Feuer hier! Wir ...« Whites Stimme war kaum noch zu verstehen.

»Wir verbrennen! Wir verbrennen!«, schrie Grissom.

Diese Schreie hallten in Maureens Kopf, Schreie der Todesnot. Sekunde um Sekunde dauerte der Todeskampf. Bis nur noch Rauschen zu hören war.

Im Control Center brach der Tumult los. Die Security meldete, dass die Rettungsmannschaft an der Spitze der Rakete angelangt sei. Wegen des vielen Qualms könnten sie aber nicht bis zur Kapsel vordringen.

»Haben die Männer keinen Atemschutz dabei?«, rief von Braun.

Maureen starrte auf den dunklen Monitor.

Als die Turmmannschaft sich nach einer Stunde endlich Zugang zur Kapsel verschaffen konnte, waren die Anzüge der drei Astronauten mit ihren Körpern verschmort. Brennendes Nylon entwickelte eine besonders hohe Hitze, wie man herausfand. Die Kabel der Lebenserhaltungssysteme waren mit Teflon isoliert, das an den umliegenden Aluminiumteilen gescheuert hatte. Die darauf entstehenden Lichtbögen hatten sich durch den Sauerstoff in der Kapsel entzündet. Der medizinische Bericht gab an, dass die Astronauten nach wenigen Sekunden erstickt seien. Maureen glaubte dem Bericht nicht. Die Schreie der Männer hatten sich wie eine Ewigkeit angehört.

KAPITEL 26

Die NASA änderte all ihre Pläne. Man strich die Flüge von Apollo 2 und 3. Die Techniker gingen jeder denkbaren Ursache für die Katastrophe auf den Grund. Die Nervosität der Verantwortlichen wich mehr und mehr der Erkenntnis, dass ihnen nicht nur Fehler unterliefen; inzwischen war das, was passierte, Totschlag. Nach dem Feuertod der Apollo-1-Bemannung saß der NASA auch die Politik im Nacken. Senat und Repräsentantenhaus wollten nicht länger Hunderte Millionen Dollar in ein Unternehmen investieren, das in der Hauptsache Fehlschläge und den Tod tapferer Männer zur Folge hatte.

Maureen interessierte Politik nur wenig, sie war Wissenschaftlerin. Allerdings konnte ihr Fachgebiet bei der Behebung der Krise kaum helfen. Trotzdem beteiligte sie sich daran, die Risiken für kommende Missionen zu minimieren.

»Wir müssen Fehler machen«, sagte von Braun während einer Lagebesprechung. »Es ist notwendig, dass wir die Fehler hier unten machen, damit dort oben alle Fehler ausgeschlossen sind.«

»Um den Preis von drei Menschenleben?«, fragte Maureen. Sie war im sechsten Monat schwanger.

Der Bericht über den Zwischenfall, der drei Familienväter das Leben gekostet hatte, umfasste 600 Seiten. Man hätte ihn auch in dem Satz zusammenfassen können: ›Die Apollo-Mission ist nicht startbereit.‹ Mittlerweile waren die USA nicht mehr das Land, in dem die Menschen glühend darauf hofften, dass ein Amerikaner der erste Mensch auf dem Mond sein würde. Die Bürger blickten stattdessen nach Vietnam und formierten sich zu Protesten gegen die Johnson-Regierung. Junge Männer verbrannten ihre Einberufungsbefehle und gingen lieber ins Gefängnis, als in einen Krieg auf der anderen Seite des Erdballs zu ziehen.

Obwohl es Lyndon B. Johnson nach der übernommenen Präsidentschaft von John F. Kennedy und nur einer abgedienten Amtszeit erlaubt gewesen wäre, wieder zu kandidieren, stellte er sich nicht zur Wiederwahl. Als Grund gab er an, sich den Friedensverhandlungen zur Beendigung des Vietnamkrieges zu widmen, statt den Belastungen eines Präsidentschaftswahlkampfes ausgesetzt zu sein. Für die Demokratische Partei kämpften daher Robert Kennedy und Vizepräsident Hubert Humphrey bei den Vorwahlen darum, gegen den Republikaner Richard Nixon ins Rennen geschickt zu werden.

In vorderster Linie stellten die Künstler der USA die Sinnhaftigkeit der Apollo-Mission in Frage und forderten, Steuergelder sinnvoller einzusetzen. Demonstranten trugen Plakate mit den Namen der getöteten Männer im Dienst der Raumfahrt vor sich her. Der schwarze Bürgerrechtler Gil Scott-Heron fasste die Stimmung in einem Gedicht zusammen.

Eine Ratte hat meine Schwester gebissen,
und der weiße Mann fliegt auf den Mond.
Ihr Gesicht und ihre Arme sind geschwollen,
aber der weiße Mann will auf den Mond.

Ich kann den Arzt für sie nicht bezahlen,

und der weiße Mann fliegt auf den Mond.

Ich glaube, ich schicke die Arztrechnung einfach

per Sonder-Airmail an den weißen Mann auf dem Mond.

✳

Otis betrat das Hotelzimmer. Er und Maureen gönnten sich ein langes Wochenende im Hamilton Pool Nature Preserve, weit entfernt von Houston und allen Problemen der NASA. Das Süßwasserbecken war entstanden, als die Kuppel eines unterirdischen Flusses vor Jahrtausenden einstürzte. In dieses Becken mit seiner jadegrünen Farbe ergoss sich ein fünfzig Fuß hoher Wasserfall.

Otis hatte Sport getrieben, das Hotel verfügte über einen Tennisplatz. Er war angenehm durchwärmt und brachte einen Bärenhunger mit. Im Vorraum schlüpfte er aus den Schuhen.

»Maureen?«, rief er. »Komm heraus, komm heraus, wo immer du steckst!« Er entdeckte sie weder im Wohnraum noch im Schlafzimmer. Vermutlich war sie im Hotel unterwegs. Er beschloss zu duschen, bevor sie zum Essen gehen würden. An der Tür zum Bad stieß er auf ein Hindernis.

»Otis?«, hörte er von drinnen.

»Du bist also doch da«, rief er erfreut.

»Moment –« Ihre Stimme klang verändert.

»Was machst du?«

»Gib mir nur einen Augenblick.«

Er trat auf die Terrasse und genoss die Abendluft. Als er zurückkehrte, war die Badezimmertür noch immer geschlossen. »Maureen, was ist los?« Er drückte dagegen. Ein Knirschen, ein Keuchen. »Lass mich rein, Maureen.« Als er sich Zutritt verschafft hatte, fand er Maureen zusammengekrümmt auf den Fliesen, die Badetücher in ihrer Nähe waren blutgetränkt.

»Maureen!« Er fiel auf die Knie. »Was ist passiert?«

Ihr Gesicht war bleich, ihre Züge schmerzverzerrt. »Es ist nicht so schlimm.«

»Nicht schlimm?«

»Die Blutung kam plötzlich.«

»Blutung ... Du meinst das Baby? Aber es war doch alles in Ordnung!«

»Unregelmäßigkeiten sind im zweiten Schwangerschaftsdrittel normal«, keuchte sie.

»*Unregelmäßigkeiten* – wenn du in deinem Blut liegst?«

Sie stützte sich auf den Ellenbogen. »Ich wollte das Handtuch auswaschen, da wurde mir schwarz vor Augen. Ich bin auf dem nassen Boden ausgerutscht. Das ist alles.«

Otis versuchte, sie aufzurichten, aber Maureen verzog so schmerzvoll das Gesicht, dass er sie in die Seitenlage zurücksinken ließ. »Hast du jemanden gerufen?«

»Ich bin nicht mehr bis zum Telefon gekommen.« Sie legte die Hand auf seinen Unterarm. »Wenn du unten anrufst, mach keine große Sache daraus. Sag einfach, deine schwangere Freundin braucht einen Frauenarzt.«

»Wir sind mitten im Nirgendwo! Wo soll ich in dieser gottverlassenen Gegend einen Gynäkologen auftreiben?«

»Ich habe mich erkundigt: Im Southwest Hospital von Austin haben sie eine Entbindungsstation.«

»Entbindung? Ist es so weit …?«

»Otis, reiß dich zusammen!« Maureen bezahlte den lauten Ton mit einer Schmerzattacke.

»Ich mache das, okay, ich mache alles.« Er lief ins Schlafzimmer, riss ein paar Zierkissen an sich, rannte zurück und legte sie unter Maureens Kopf. »Bleib ganz ruhig«, sagte er in höchster Aufregung.

»Ich bin ziemlich ruhig. Es wird alles gutgehen.«

Er rannte ans Telefon und versetzte die Hotelrezeption in Alarmbereitschaft. Danach wählte er 911 und kehrte ins Bad zurück.

»Alles in Ordnung, sie sind gleich da.« Er verstummte. Maureen hatte das Bewusstsein verloren.

Nicht einer, sondern gleich zwei Krankenwagen kamen aus Austin angerast. Die übertriebene Aufmerksamkeit war Maureen unangenehm. Obwohl sie sich so wenig wie möglich bewegen sollte, hatte sie, kaum aus der Ohnmacht erwacht, ein paar Sachen gepackt und erwartete die Männer mit der Bahre fertig angezogen. Man brachte sie ins Southwest Hospital und quartierte sie in einem Einzelzimmer mit Aussicht auf die Wüste ein.

Dr Prashad hatte glänzend schwarzes Haar und eine angenehme Stimme. »Ihre Blutung war ein Warnsignal, Miss Hooper.«

In ihrem himmelblauen Hemd und dem aufgelösten Haar hatte Maureen etwas Mädchenhaftes. »Wie sieht es aus, Doktor?«

»Wir haben es mit einer Plazenta praevia zu tun.« Er setzte sich an die Bettkante. »Glücklicherweise hat sich der Mutterkuchen nicht von der Gebärmutter gelöst.«

Während Dr Prashads Erklärung bemerkte Maureen, wie Otis erst zu Boden, dann zum Fenster hinausschaute. Er versuchte sich von den blutigen Bildern abzulenken, die der Arzt erstehen ließ.

»Zunächst werden wir feststellen, ob sich Ihre Plazenta im unteren Teil der Gebärmutter befindet, das wäre die beste Option. In dem Fall ist eine vaginale Geburt unbedenklich.«

»Was sind die anderen Optionen?«, fragte sie gefasst.

»Sollte das Plazentagewebe den Muttermund überlagern, ist eine normale Geburt nicht mehr möglich.«

»Das heißt Kaiserschnitt?«

»Die Schnittentbindung wäre dann die einzige Lösung. Ich könnte verstehen, wenn Sie die Therapie lieber Ihrem behandelnden Arzt anvertrauen wollen, Miss Hooper, allerdings sind Sie fürs Erste nicht transportfähig.« Er legte die Hand auf ihren Unterarm. »Wir machen keinen Schritt, ohne uns über Ihren Zustand Gewissheit zu verschaffen.« Dr Prashad wandte sich an Otis. »Ihre Frau ist nicht krank, Mr Hooper, sie tritt nur in die nächste Phase ihrer Schwangerschaft ein. Die Plazenta praevia ist als Phänomen ziemlich häufig.«

»Danke, Doktor.« Ein Blick zu Maureen. »Darf ich bei *meiner Frau* übernachten?«

»Unsinn.« Sie hob den Kopf. »Du bleibst selbstverständlich im Hotel und kommst mich besuchen, Otis.«

»Das klären Sie am besten untereinander.« Mit einem Blick auf die Uhr verließ der Doktor das Krankenzimmer.

Otis trat ans Bett. »Was soll ich denn in unserer Luxusbleibe, während du in einem Krankenhaus schmachtest, dessen Aussicht an eine Mondlandschaft erinnert?«

»Wie kann man nur so schamlos übertreiben? Ich mag die Wüste.«

Sie strich das Haar aus der Stirn. »Musst du nicht zurück nach Hollywood ... *Mr Hooper?*«

»Das ist jetzt völlig unwichtig. Ich bleibe bei dir. – Vertraust du diesem Arzt?«

»Wieso nicht?«

»Doktor *Prashad* ... Der Name ist keine besonders gute Visitenkarte.«

»Das war ein harter Tag für uns beide. Ich schlafe jetzt und das solltest du auch tun und zwar in unserem Kingsize-Bett im Hotel. Morgen betrachten wir die Situation mit frischem Kopf.«

Widerwillig verließ Otis das Krankenhaus.

Maureen wollte schlafen, die Schmerzen hinderten sie daran. Sie kannte schwere Krankheiten nur vom Hörensagen. Während die anderen im Herbst schnieften und husteten, prallten Erkältungen an Maureen ab. Sie aß vernünftig, trank mäßig und benützte den Fitness-Raum der Astronauten. Vom langen Sitzen hatte sie manchmal Wirbelsäulenprobleme, die sie mit Onkel Theodores Lieblingssatz kommentierte: »An irgendetwas stirbt man sowieso.« Doch nach dem heutigen Vorfall dachte sie über eine Sache nach, von der sie geglaubt hatte, sie würde nie einen Gedanken daran verschwenden.

Maureen erinnerte sich an das Gespräch, das sie mit Neil Armstrong am Strand geführt hatte, ohne zu wissen, welche Bedeutung es für sie bekommen sollte. »Wollen Sie Kinder?«, hatte Armstrong gefragt.

»Wenn ich etwas mache, will ich es richtig machen«, hatte sie geantwortet. Der Satz kam ihr nun eitel und selbstgerecht vor.

Vor Jahren hatte Maureen noch ein anderes Gespräch geführt: Ihr NYU-Professor Hathaway prophezeite ihr, dass sie sich eines Tages verlieben, heiraten und schwanger werden würde. Sie sah ihn noch vor sich, in seinem Studierzimmer, eingehüllt von Pfeifenrauch. »Wir hatten an der NYU öfter den Fall, dass Mädchen sich für Physik, Chemie und die Sterne interessieren, aber meistens kommt die Natur der Naturwissenschaft in die Quere.«

Maureen war eine von wenigen weiblichen Astronominnen in den USA. Sie sollte das Apollo-Programm begleiten und außerdem ein interstellares Teleskop in die Erdumlaufbahn schicken.

»Ich habe mich immer zu den Sternen hochgewünscht«, sagte sie leise. Maureen sprach zu ihrem ungeborenen Kind. »Mein Wunsch ist in Erfüllung gegangen. Aber was mache ich jetzt? Ich bin achtunddreißig. Mein Körper signalisiert mir, dass Kinderkriegen keine Selbstverständlichkeit mehr für mich ist.« Sie streichelte ihren Bauch. »Damit stellt sich die Frage: Wie soll sich eine angeschlagene Wissenschaftlerin mit einem neugeborenen Baby hundertprozentig für das ebenfalls angeschlagene Apollo-Programm einsetzen?« Maureen hob den Blick zum Fenster, wo sich der Morgen ankündigte. »Möglicherweise ist die Antwort darauf gar nicht so schwer.«

KAPITEL 27

Franz Schubert war für Maureen ein Stimmungsaufheller. Beethoven fand sie dagegen einen *Downer*, und Mozart hatte in ihren Ohren bestenfalls Kindermusik komponiert.

Maureen spielte das Impromptu Nr. 3 von Schubert, weil sie Zeit überbrücken musste. Das gehörte zu den vielen ungewohnten Erfahrungen ihres neuen Lebens: Zeit bekam einen anderen Stellenwert, die Zeit *verging* einfach. Früher war Maureens Zeit fragmentiert gewesen: Einsatzbesprechung, Datenabgleich, Justierung der Satelliten, Lunch, Teambesprechung, Astronauten-Training, Sondersitzung mit Wernher, Rede vor dem Astronomenkongress und abends ein Telefonat mit Otis. Mitunter kam auch noch ein Flug nach Washington dazu, weil von Braun fand, Maureen habe so eine erfrischende Art, den Senatoren im Finanzierungsausschuss die NASA-Forderungen klarzumachen.

Inzwischen bewohnte sie ein New Yorker Apartment Ecke 62nd Street und Central Park West. Vormittags erledigte sie ihre Briefe, während Theodora bei Mrs Drizzle war. Mittags erwartete Maureen ihr Baby zurück. Da sie heute mit der Korrespondenz früher fertig gewesen war, hatte sie sich ans Klavier gesetzt und so lange Schubert gespielt, bis sie draußen den Fahrstuhl hörte. Maureen sprang auf und lief ins Treppenhaus.

»Booh!«, machte sie, als die Lifttür aufging.

Theodora hatte jedes Mal eine Riesenfreude, wenn ihre Nanny Mrs Drizzle sich erschreckte. Tatsächlich fuhr sie auch jetzt zusammen. »Miss Hooper, mein Herz!«, rief sie.

Maureen nahm das winzig kleine Mädchen aus den Armen der Nanny. »Warst du brav? Ja, warst du denn brav?«

Mrs Drizzle war Afroamerikanerin, hatte selbst vier Kinder und lebte an der nördlichen Grenze des Central Parks in Harlem.

»Sie war der reine Engel«, antwortete sie.

In Maureens achtem Schwangerschaftsmonat hatte sich Otis bei Paramount Urlaub genommen und war nach Houston gezogen. Einerseits war sie froh über die Hilfe, andererseits gefiel ihr der *eheartige* Zustand nicht. Otis bemühte sich, nur ein *Freund* zu sein, war aber auch der Vater des Kindes, dessen bevorstehende Geburt sich weiter verkomplizierte.

Es kam der Tag, an dem Maureens Ärztin ihr jegliche weitere Arbeit verbot und sie ins Houston Medical Center einwies. Ihren Job bei der NASA hatte Maureen zu diesem Zeitpunkt bereits aufgegeben.

Es war Abend. Otis sah sich daheim einen Paramount-Film an, zu dem er die Musik dirigiert hatte. Das Telefon klingelte. Die Fernbedienung in der Hand, hob er ab.

»Mr Kittridge?« Eine Frauenstimme.

»Ja?«

»Es wäre ratsam, wenn Sie so schnell wie möglich ins HCA kommen.«

»Ist etwas mit Maureen?«

»Das wird Ihnen die Ärztin erklären. Wenn Sie nur rasch kommen.«

»Wieso *rasch*?«

»Bitte regen Sie sich nicht auf. Es wird alles getan.«

Als Otis das Krankenhaus bei strömendem Regen erreichte, nahm ein Assistenzarzt ihn in Empfang und brachte ihn in eine Desinfektionsschleuse, von wo Otis den OP betrat. Er sah Maureen dort liegen. Unter der Operationshaube wirkte ihr Kopf kleiner, ein Schlauch ragte aus ihrer Nase. Hinter ihren Schultern erhob sich ein grünes Tuch, das verdeckte, was auf der anderen Seite geschah. Otis hörte die Stimme der Ärztin, die knappen Antworten der Schwestern und das helle Klingen von metallenen Geräten. Nichts an Maureens Gesicht ließ erkennen, was auf der anderen Seite geschah.

Wenige Minuten später entstand Unruhe hinter der grünen Wand. Hastige Worte, der Rhythmus im Raum erhöhte sich. Plötzlich setzte das Klappern der Geräte aus. Ein Krächzen war zu hören, ein schwaches Keuchen. Das befreiende Schreien eines Babys, deutlichstes Zeichen einer Geburt, blieb aus.

Otis fand nicht den Mut, um die grüne Wand herumzulaufen und sich mit eigenen Augen zu überzeugen, dass das Kind lebte. Neben Maureen, deren Ausdruck unverändert war, sank er auf die Knie, streichelte ihren Kopf und küsste sie durch die OP-Maske hindurch.

Im Hintergrund ging eine Tür auf, ein Wagen wurde hinausgeschoben, darauf sah Otis etwas Kleines liegen, beängstigend klein, rot und regungslos. In diesem Moment brach er in Tränen aus.

Wenig später sprach die Ärztin mit ihm. Die Lunge des Mädchens sei nicht ausreichend ausgebildet, es müsse künstlich beatmet werden. Otis starrte in den durchsichtigen Kasten, die Überlebenshöhle seiner Tochter. So viele Elektroden, Schläuche und Kabel bedeckten ihren kleinen Körper, dass sie darunter fast verschwand. Das Gesicht war zu einem Ausdruck höchster Anstrengung verzerrt. Als die Ärztin das

Mädchen durch eine Öffnung hindurch berührte, erschrak Otis: Ihre Hand war beinahe doppelt so groß wie der Kopf des Neugeborenen.

✳

»Schau nur«, flüsterte Maureen. »Sieh doch nur …«

Otis saß zwischen ihrem Bett und dem Glaskasten. Zusammen betrachteten sie ihre Tochter. Die dünnen Beine, Arme ohne Kraft, man konnte ihre Rippen zählen. Sie hatte etwas von einem federlosen Vogel, doch Maureen sagte wieder und wieder: »Sieh nur. Ach, wie schön.« Sie war so entkräftet, dass es ihr schwerfiel, den Kopf zu drehen. Ein Lächeln überzog ihre blassen Züge. »Sie sieht dir ähnlich.«

»Das kann man jetzt noch nicht sagen.«

»Aber schau, der Mund …«

Otis betrachtete das winzige Gesicht. »Ich habe gelesen, dass Babys in den ersten Lebensmonaten dem Vater ähnlich sehen, weil die Natur das so eingerichtet hat.«

Maureen nickte. »Es soll zaudernde Väter motivieren, ihre Kinder anzuerkennen.«

Otis wurde ganz weh vor Freude. Behutsam steckte er eine Hand in den Brutkasten und berührte die Schulter des Babys. »Ich erkenne dich an«, flüsterte er. »Ich erkenne dich an, Theodora Aurelia Marie Hooper.« Er zuckte zusammen. »Sie hat sich bewegt.«

Tatsächlich hob das Kind den Arm, verharrte einige Sekunden und streckte sich dann. Beide ahnten, dass sich ein *Frühchen* nicht wohlig räkeln konnte und doch genossen sie den Augenblick.

Maureen hob den Kopf. »Auf diesen winzigen Füßchen soll sie einmal laufen? Sie hat … Nein … Das gibt es doch nicht …«

»Was?«

»Theodora hat elf Zehen.« Sie stützte sich am Bettrand ab. »Der kleine Zeh, siehst du, ist doppelt.«

»Heißt das … Was heißt das?«

»Das bedeutet, dass sie etwas Besonderes ist«, sagte Maureen zärtlich. »Sie hat einen *Glückszeh*. Darum wird sie im Leben Glück haben.«

»Soll ich die Ärztin rufen?«

»Noch nicht. Lass uns ein bisschen zusehen, wie sie schläft. Schlaf dich gesund und stark«, flüsterte Maureen.

Als ob das Baby sie gehört hätte, hob es den Arm.

»Sie hat mir zugewinkt.« Mit sanftem Lächeln sank Maureen zurück.

»Ihr scheint euch von Anfang an gut zu verstehen, deine Tochter und du.«

Elf Zehen, eine halb ausgebildete Lunge – in den ersten Wochen hatte Maureen täglich gebangt, was die Ärzte noch entdecken würden. Bei einer Geburt vor der 30. Schwangerschaftswoche musste man mit Behinderungen rechnen. Doch Maureen behielt recht: Der Glückszeh wirkte Wunder. Theodora erholte sich, wurde stärker und entwickelte sich normal. Sie war nur ein bisschen kleiner als andere Babys, das war alles.

NEW YORK CITY, 5. JUNI 1968

Seit Maureen nach New York gezogen war, knüpfte sie wieder im Universitätsbereich an. Für das Projekt, das sie neben dem heiklen Projekt *Mutter* in Angriff nahm, benötigte sie eine Ausbildung, die ihr bisher fehlte. Während Theodora bei Mrs Drizzle war, suchte Maureen ihren alten Campus auf, traf Lehrer von früher, auch Kommilitonen, die inzwischen als Assistenten an der NYU arbeiteten. Viele fragten sich, wieso die berühmte Astronomin noch einmal die Schulbank drückte. Maureen war Mitglied des NASA-Teams und enge Mitarbeiterin Werner von Brauns gewesen, und all das gab sie auf, um in New York Studentin zu sein?

Ihre Eltern, auch Onkel Theodore kamen sie besuchen. Er war berührt, dass Maureen das Kind nach ihm benannt hatte, gab aber zu bedenken, dass Theodora ein ziemlich düsterer Name für ein kleines Mädchen sei.

»Alle nennen sie Theo, und das ist gar nicht düster.«

So schwer Maureen der Abschied von der NASA gefallen war, genoss sie das Leben an der Ostküste mehr und mehr. Sie hielt ihren Freundeskreis klein und verbrachte die meiste Zeit mit Theodora. Otis besuchte seine Tochter alle drei Wochen.

An einem heißen Junitag meldete sich jemand bei Maureen. »Ich weiß gar nicht: Sind wir im Guten oder im Bösen auseinandergegangen?«, fragte er am Telefon.

»Weshalb hätten wir böse miteinander sein sollen, Mr Henderson?«

»Weil Sie nach Ihrer Reise in die Sowjetunion nicht mehr nach Flagstaff zurückgekehrt sind.«

»Sie kennen den Grund.« Eine Pause entstand. »Sind Sie in New York?«

»So ist es. Ich dachte, vielleicht hätten Sie Lust …«

»Von Herzen gern«, fiel sie ihm ins Wort.

In dem Deli an der 58th Street holte sich Maureen normalerweise etwas zu essen, wenn sie nicht kochen wollte. Dort trafen sie einander.

Milford Hendersons Haar war immer noch dunkelblond, er trug sein gewohntes Kurzarmhemd und Jeans. Seine Augen wirkten müde, sein Gang war leicht gebückt.

»Was führt Sie an die Ostküste?« Maureen bestellte das, was sie immer nahm, eine Art Pfannkuchen mit Pastrami und Salat.

»Müssen wir darüber sprechen?« Er tippte auf die Speisekarte. Die Kellnerin notierte seine Bestellung.

»Ist es top secret? Ein Regierungsauftrag?«, fragte sie mit geheimnisvollem Unterton. »Aber die Regierung sitzt in Washington. Was ist es? United Nations? Atombehörde?«

»Sie machen sich lustig über mich.« Mit schräg gelegtem Kopf sah er sie an. »Es ist in Wahrheit viel simpler. Debbie lebt seit einiger Zeit in New York.«

»Ihre Frau und Sie haben sich wirklich getrennt?«

»Das kann Sie doch nicht überraschen. Es hat sich lange angekündigt.« Ihre Getränke kamen, er trank das Bier aus der Flasche.

»Stimmt. Andererseits habe ich Geschichten gehört …« Sie sog am Strohhalm.

»Was für Geschichten?«

»Dass Ihre häufige Abwesenheit aus Flagstaff in Wahrheit nichts mit Ihrer Ehe zu tun hatte.«

Maureen nahm eine seltsame Verwandlung in seinem Gesicht wahr. Zuerst schien er zu erschrecken, dann wurde sein Ausdruck traurig, zuletzt glaubte sie eine große Erschöpfung zu spüren. »Wie kommen Sie darauf?«

»Ich habe einen Tipp bekommen, von einem Wissenschaftler in Armenien. Es ging um das Raketenprogramm in White Sands. Oder dürfen Sie darüber auch nicht sprechen?«

»Ja, ich war in White Sands. Aber das Programm ist inzwischen Schnee von gestern.«

»Versetzen Sie sich doch mal in meine Lage: Ich war weit weg von zu Hause, in der Sowjetunion und plötzlich sagte mir jemand: Mein Chef, Mr Henderson nimmt an einem geheimen Raketenprogramm teil.«

»In Wahrheit war es umgekehrt. Ich habe mich in White Sands verpflichtet, weil ich den Zustand mit Debbie nicht länger ertragen habe. Gebracht hat es uns beiden allerdings nichts.« Er drehte die Flasche auf dem Tisch.

»Ist Ihre Frau ist mit ihrem Liebhaber nach New York gezogen?«

»Nein, den hat sie genauso abgesägt wie mich. Es gab einen neuen Mann in ihrem Leben. Aber der Clou ist: Diesmal hat er sie verlassen.«

»Und Sie sind hier, weil Sie Debbie …?«

»Weil ich ein Idiot bin. Weil ich diese Frau liebe und immer lieben werde. Und da sie einsam ist, freut sie sich, mich zu sehen. Aber irgendwann geht der ganze Mist wieder von vorn los.«

»Wäre es nicht besser, die Finger von ihr zu lassen?«

»Haben Sie jemals geliebt, Maureen? Ich meine, mit Ihrem ganzen Wesen einen Menschen geliebt, ohne den Sie nicht leben konnten?«

»Ich glaube nicht.«

»Aber Sie haben ein Kind bekommen.«

»Und ich liebe Theodora von ganzem Herzen. Aber das ist etwas anderes.«

»Ich beneide Sie.«

Maureen wollte das Thema wechseln. »Was gibt es Neues im schönen Flagstaff? Wie geht es Dwayne? Was machen meine Freunde in der Ranch?«

»In der Wüste ändert sich selten etwas. Dwayne hat jetzt einen festen Freund, was er aber nicht zugibt. Der alte Indianer ist gestorben.«

»Enyeto? Wann? Wie?«

»Ein Tod, der seiner würdig war«, antwortete Henderson. »Er hat bei Herman Starkbier getrunken, ist vom Barhocker gesunken und war tot.«

»Enyeto …« Sie beugte sich vor. »Ich war glücklich in Flagstaff. Ich mochte meine Arbeit, die Landschaft, auch unser kleines … Tralala hat mir gefallen.«

Sie sahen einander an. Henderson drehte sich um. »Dauert das hier immer so lange mit dem Essen?«

Einige Gäste, auch die Kellnerinnen hatten sich vor dem Fernsehschirm versammelt.

»Wir können nicht sagen, dass es uns gut geht, wenn in einer Woche fünfhundert Amerikaner in Vietnam getötet wurden! Wir können nicht sagen, dass es uns gut geht, wenn Dr. Martin Luther King vor wenigen Wochen in Memphis ermordet wurde.« Auf dem Bildschirm strich Senator Robert Kennedy seine Haarlocke aus der Stirn.

»Was ist da los?«, fragte Maureen.

»Kennedy hat die Vorwahlen in Kalifornien gewonnen«, antwortete Henderson. »Wenn er der demokratische Präsidentschaftskandidat wird, hat Nixon keine Chance gegen ihn.«

Maureen trank ihr Glas leer. »Noch ein Kennedy als Präsident? Hat man denn keinen anderen bei den Demokraten?«

Im Fernsehen sah man den Senator einen Ballsaal in Los Angeles betreten, wo ihm seine vorwiegend weiblichen Wahlhelferinnen zujubelten. Der Saal war derart überfüllt, dass die Fotografen ihre Apparate wahllos über die Köpfe hoben, in der Hoffnung, einen Schnappschuss von Kennedy zu ergattern.

»Ich danke Ihnen!«, rief der Kandidat. »Heute machen wir uns auf den Weg nach Chicago, wo wir genauso gewinnen werden wie in Kalifornien!«

»Ich frage mal, wo unser Essen bleibt.« Maureen stand auf. »Wir wollen schließlich nicht verhungern, nur weil Kennedy …«

Plötzlich waren Schüsse zu hören. Auf dem Bildschirm sah man einen anderen Raum, die Kamera war dem Kandidaten in eine Küche gefolgt. Der Kameramann schwenkte in alle möglichen Richtungen. Man sah Kellner mit angsterfüllten Gesichtern, ein Tablett flog durch die Luft. Auf dem Boden lagen Luftballons. Schuhe trampelten darauf herum. Die Ballons platzten. Ein Security-Mann sackte zu Boden. Ein grauer Fleck auf seiner Brust wurde rasch größer. In der Ecke hockte eine Küchenhilfe und weinte.

»Das sind keine Ballons, die da platzen.« Henderson war Maureen gefolgt. »Die schießen wieder auf einen Kennedy.«

Die Kamera zeigte einen auf dem Boden liegenden Mann. Hinter seinem Kopf breitete sich Blut aus. Kennedys Mund wirkte seltsam verzerrt. Aus aufgerissenen Augen starrte er hoch. Das Bild zuckte nach oben. Männer in dunklen Anzügen überwältigten einen schmächtigen Kerl im weißen Hemd. Sie warfen ihn zu Boden. Im selben Moment brach der Bericht ab.

Maureen sah Henderson an. »Was ist nur mit diesem Land los?«, fragte sie über den Lärm hinweg.

KAPITEL 28

Eines Tages, nicht lange vor Weihnachten, erschien der Dekan der NYU vor dem Hörsaal, in dem Maureen eine Vorlesung besuchte. Er brachte einen alten Bekannten mit.

»Miss Hooper, haben Sie einen Moment Zeit?«, fragte der Dekan, während die anderen Studenten mit neugierigen Blicken vorübergingen.

»Hallo, Professor! Wie schön!« Maureen schüttelte ihrem alten Lehrer Wilson Hathaway die Hand. »Wir sind schon ein paarmal aneinander vorbeigelaufen, hatten aber noch nie Gelegenheit …«

Der kleine Mann mit dem inzwischen ergrauten Haar wusste nicht recht, wie er mit der stürmischen Begrüßung umgehen sollte. »Sie studieren an einer anderen Fakultät, Miss Hooper. Da ist es bei der Größe unseres Campus verständlich …«

Der Dekan schaltete sich wieder ein. »Ich habe Professor Hathaway gewissermaßen als Fürsprecher mitgebracht.«

Fröhlich schaute sie zwischen den beiden hin und her. »Ja, bitte, was gibt es denn?«

»Ich habe so viele Anfragen von der Presse, dass es mir schwerfällt, sie alle abzuwimmeln, Miss Hooper. Je näher wir der Mondlandung kommen, desto häufiger wollen die Medien ein Statement von der Frau, die im engsten Führungskreis der NASA gearbeitet hat.« Ehe sie etwas einwenden konnte, hob er die Hand. »Ich weiß, dass Sie sich ausbedungen haben, als gewöhnliche Studentin an der NYU behandelt zu werden. Aber das sind Sie nun mal nicht. Unser Präsident hat Sie ausgezeichnet, die Internationale Astronomische Gesellschaft hat Ihnen einen Orden umgehängt, sogar in der Sowjetunion wird das O.S.O. gewürdigt. Die NYU hat schon zahlreiche Nobelpreisträger hervorgebracht, aber keiner von denen erfreut sich solcher Berühmtheit wie Sie.«

»Eine Berühmtheit, die mich nicht interessiert, Sir«, antwortete sie klipp und klar. »Ich habe meine Stellung bei der NASA aufgegeben und studiere hier als Privatperson.«

Hathaway machte einen Schritt auf sie zu. »Wir wissen, wie ungern Sie öffentlich auftreten. Daher kamen der Dekan und ich auf eine Idee.«

Sie ließ ihn nicht ausreden. »Es liegt nicht in meiner Natur, mich öffentlich zu präsentieren, Gentlemen. Ich bin Wissenschaftlerin, und jetzt bin ich auch noch Mutter. Meine Tage sind mehr als ausgefüllt.«

»Hören Sie mich zu Ende an, Maureen.« Hathaway nahm seine Pfeife aus der Tasche. »Ich dachte, wenn Sie einen Auftritt absolvieren, nur einen einzigen, bei dem Sie Ihre Erfahrungen und Pläne mit uns teilen, könnte man allen weiteren Anfragen einen Riegel vorschieben.« Er holte den Tabakbeutel hervor. »Wir würden ausgewählte Pressevertreter einladen und ein Fernsehteam. Nur ein Abend, Maureen, nur ein Vortrag.« Er begann die Pfeife zu stopfen. »Wollen Sie es sich überlegen?«

»Unter einer Bedingung«, erwiderte sie überraschend spontan.

»Und die wäre?«

»Ich möchte bei der Veranstaltung Studenten dabeihaben und zwar aus allen möglichen Studienrichtungen. Wenn ich schon sprechen soll, möchte ich es vor meinen Kommilitonen tun.«

»Wir dachten eigentlich, die Veranstaltung soll im Landschaftszimmer stattfinden«, sagte der Dekan. »Aber das wäre zu klein, um …«

»Wie wäre es mit dem großen Hörsaal?«, ging Hathaway dazwischen. »Sie denken an eine Vorlesung, nicht wahr, Maureen?«

»So ist es.« Sie lächelte erleichtert. »Ich will keine Interviews geben, aber eine Vorlesung an meiner alten NYU, das ist eine andere Sache.«

Hathaway war im Begriff, ein Streichholz anzuzünden.

»Lieber Kollege –« Der Dekan rief ihn zur Vernunft. »Sie werden auf dem Korridor doch nicht rauchen. Wir müssen mit gutem Beispiel vorangehen.«

Man beraumte den Termin für Mitte Januar an.

Das Auditorium war nicht nur bis auf den letzten Platz besetzt, die Studenten saßen auch auf den Stufen oder lehnten an den Wänden. Rechts vorn hatte man Reihen für den Kameramann von CBS und die Fotografen reserviert. Andere setzten sich vor der Bühne einfach auf den Boden.

»Ich hasse es«, sagte Maureen zur gleichen Zeit in ihrer Garderobe. »Ich habe solche Veranstaltungen immer gehasst. Warum mache ich das nur?«, fragte sie Mrs Drizzle und sortierte ihre Unterlagen mit fahrigen Fingern. »Und warum habe ich dich hierher mitgenommen?« Sie beugte sich zu der Tragewippe, in der Theodora lag. »Kannst du mir das sagen?«

Es ging auf acht Uhr abends, doch die Kleine war putzmunter. »Ball«, antwortete sie.

Vor zwei Wochen war Maureen mit Theo und dem Kinderwagen im Central Park unterwegs gewesen. Auf dem Great Lawn spielten zwei

Mannschaften gegeneinander. Der Ball kam hoch durch die Luft geflogen und landete neben dem Kinderwagen.

»Passt auf, wo ihr hinschießt!« Maureen warf den Ball ins Feld zurück. Sie gingen weiter. Nachem die Spieler schon nicht mehr in Sicht waren, hob das Baby den Kopf.

»Ball«, sagte sie. Es war ihr erstes Wort und das einzige, dass sie seitdem verwendete. Nicht Mama, nicht Papa, sondern Ball.

»Sie haben Ihre Tochter als Rückendeckung hierher mitgebracht«, antwortete Mrs Drizzle.

Erstaunt musterte Maureen die Nanny. »Sie haben absolut recht. Ich wollte heute Abend nicht allein sein.« Sie küsste ihr Baby. »Danke, dass du mir hilfst, Theo. Gleich wirst du gut schlafen.«

Das Kindergesicht strahlte. »Ball.«

＊

»Das Orbiting Solar Observatory war das erste echte Weltraumteleskop überhaupt. Seit die NASA es hochgeschickt hat, konnten Astronomen und Astronominnen weltweit davon profitieren, wie effektiv es ist, vom Weltraum aus den Himmel zu erforschen, statt durch die störende Atmosphäre hindurchsehen zu müssen.«

Maureen stand im grellen Scheinwerferlicht und das hatte auch sein Gutes: Sie konnte niemanden erkennen. Das Auditorium Maximum, in dem sie sonst als Hörerin saß, war ein dunkler Raum, in dem sich Köpfe bewegten. Ihre Unterlagen vor sich auf dem Pult, hatte Maureen das Mikrofon höher gestellt und begonnen. Der Anfang war holprig gewesen, aber schon nach Minuten wurde es leichter. Sie sprach über ihre Herzensangelegenheit.

»Seit ich in New York bin, beschäftige ich mich mit zwei unterschiedlichen Aufgaben: Die eine ist das Wohlergehen meiner Tochter, die hinter dieser Bühne schläft. Ich danke meiner Nanny, dass sie sich um mein Kind kümmert, während ich zu Ihnen spreche. Meine zweite Liebe gehört dem schon lange existierenden Projekt, ein sehr großes Weltraumteleskop ins All zu schicken. Die Verwirklichung dieser Idee wird noch einige Zeit in Anspruch nehmen, und ich kann nicht alles von New York aus erledigen. Wahrscheinlich werde ich meine Tochter in den Kinderwagen packen und mit ihr kreuz und quer durchs Land fahren müssen, um politische und finanzielle Unterstützung zu gewinnen. Mit meinem fertigen Konzept trete ich dann vor den amerikanischen Kongress. Die Kosten für ein Teleskop dieser Größe sind im wahrsten Sinn astronomisch.«

»Miss Hooper?«

Der Dekan hatte den Anwesenden eingeschärft, dass dies eine Vorlesung sei und keine Fragestunde. Fragen könnten am Schluss gestellt werden.

Maureen beschirmte die Augen. In der zweite Reihe war ein junger Mann aufgestanden. »Ja?« Sie bedeutete dem Dekan, dass er nicht einzugreifen brauchte.

»Jason Willowby, New York Times«, stellte er sich vor. »Wenn Ihr Projekt die Größenordnung bisheriger astronomischer Missionen sprengt, warum sind Sie dann nicht bei der NASA geblieben, wo die Finanzierung einfacher wäre?«

Maureen nahm das Mikrofon aus der Halterung und trat an den Bühnenrand. Sie erkannte rotblondes Haar, ein aufmerksames Gesicht und eine geschmacklose Krawatte. »Die entscheidende Antwort auf Ihre Frage ist inzwischen hoffentlich eingeschlafen.«

Gelächter ging durch den Saal.

»Ich hatte großartige Jahre bei der NASA, habe viel gelernt und konnte einiges zum Weltraumprogramm beitragen. Aber meine Arbeit fand vorwiegend im Wissenschafts-Management statt. Irgendwann wurde mir bewusst, dass ich wieder in die Forschung gehen wollte. Ich nahm die Geburt meiner Tochter zum Anlass, diesen Wechsel zu vollziehen.«

Da sie schon einmal vorne war, zog sie das Kabel hinter sich her und lief die Rampe entlang. Sie hörte das Knipsen der Kameras. »Um so ein riesiges, sich mit enormer Geschwindigkeit durch den Kosmos bewegendes Teleskop von der Erde aus zu steuern, braucht es nicht nur ein starkes Funksignal, sondern vor allem leistungsstarke Computer. Ich bin 1930 geboren. Damals bedeutete es schon einen Fortschritt, wenn man ein Telefon im Haus hatte. Während meiner Zeit in Flagstaff und bei der NASA habe ich mit Computern umzugehen gelernt, aber nicht mit solchen Hochleistungsrechnern, wie wir sie heute brauchen. Auf diesem Gebiet ist der Fortschritt in einem Tempo vorangeschritten, dass ich nur staunen kann.«

Sie kehrte in die Mitte zurück. »Daher drücke ich noch einmal die Schulbank, und es macht mir Freude, es hier zu tun. An der NYU hat buchstäblich alles für mich begonnen.« Maureen beschirmte die Augen. »Irgendwo dort hinten habe ich ihn schon gesehen: Hallo, Professor Hathaway!«, rief sie. »Ich wollte Ihnen sagen, wie sehr Sie mir in unseren gemeinsamen Jahren geholfen haben.« Maureen klatschte in die Hände.

Der Hörsaal schloss sich ihrem Applaus an. In einer Reihe weit hinten hob sich eine Hand und bedankte sich mit kurzem Winken.

Maureen kehrte ans Pult zurück. »Während ich an der NYU mein Wissen in Sachen Computerprogrammierung auffrische, sitze ich neben Kommilitoninnen, die nur halb mein Alter haben, aber in manchen Dingen doppelt so schnell sind. Ich hoffe, ich komme euch nicht allzu lahm vor.«

Sie bedankte sich für den herzlichen Applaus.

»Die Entwicklung des Menschen im Weltraum hat gerade erst begonnen. Viele Schritte sind noch zu tun. Neben einem klassischen Teleskop brauchen wir da draußen auch eines für den ultravioletten Bereich. Damit werden wir die aktiven Kerne ferner Galaxien untersuchen, die Kometen in unserem Sonnensystem oder die Gaswolken zwischen den Sternen. Die Umsetzung solcher Pläne dauert leider schrecklich lange. Für eine ungeduldige Person wie mich ist das schwer. Andererseits –«

Sie lächelte. »Gemessen daran, wie lange es das Universum schon gibt, ist die menschliche Ungeduld von verschwindender Bedeutung. Ich wage daher die Prophezeiung: Wenn meine Tochter aufs College geht, wird es die meisten dieser Errungenschaften schon geben.«

Als Maureen ihre Mappe schloss, nahmen die Journalisten das zum Anlass, zur Bühne zu laufen. Ein mehrstimmiges »Miss Hooper … Miss Hooper, eine Frage!« schallte durch den Hörsaal.

In einer Frau im grauen Kostüm erkannte Maureen eine alte Bekannte. »Miss Turnbridge?«, fragte sie über den Lärm hinweg.

»Hallo, Maureen«, antwortete die Verlegerin des ›Observatory‹. »Darf auch ich Ihnen eine Frage stellen?«

»Natürlich.«

»Von wo werden Sie den Start von Apollo 11 beobachten? Werden Sie bei der NASA in Houston sein?«

Maureen nahm ihre Mappe unter den Arm. »Ich habe vor, das Ereignis zusammen mit meiner Tochter im Fernsehen zu verfolgen, so wie Hunderte Millionen Menschen weltweit. Stellen Sie sich vor, mein

Mädchen wird noch keine zwei Jahre alt sein und miterleben, dass ein Mensch den Mond betritt.«

»Sie kennen Neil Armstrong persönlich, hört man.«

»Auch die beiden anderen Astronauten. Ich bin überzeugt, sie werden den Eagle sicher auf der Mondoberfläche aufsetzen.« Maureen verabschiedete sich bei ihrer Zuhörerschaft und eilte in die Garderobe. Wenig später verließ sie das Gebäude durch den Seitenausgang. Mrs Drizzle folgte ihr mit der schlafenden Theodora.

Das Taxi, das die Universität bestellt hatte, ließ auf sich warten. Obwohl Theo zugedeckt war, wollte Maureen die Kleine nicht der Januarkälte aussetzen und blieb in der Eingangshalle.

»Darf ich Ihnen ein Taxi besorgen?« Aus dem Halbdunkel trat ein Mann.

Nach einer Schrecksekunde erkannte Maureen den Journalisten von vorhin. »Mr Willowby? Lauern Sie mir etwa auf?« Sie stellte sich neben Mrs Drizzle. »Unser Wagen kommt gleich.«

»Ich war beeindruckt.« Er trat näher.

»Mr Willowby, der Vortrag ist zu Ende. Meine Tochter und ich wollen jetzt …«

»Nicht von Ihrem Vortrag«, unterbrach er sie.

Maureen blickte in intensive Augen. Er hatte einen dünnen Hals und schmale Schultern. Sein Anzug wirkte wie frisch aus der Reinigung. Was die Krawatte betraf, musste man sich fragen, ob er farbenblind sei. »Wovon waren Sie beeindruckt?«

»Von Kassiopeia Delta. Ich fand Ihre Arbeit großartig, vor allem Ihre Herleitung aus dem 17. Jahrhundert, den genialen Umweg über Newton zu Flamsteed. Wie sind Sie darauf gekommen, dass Flamsteed einen Fehler gemacht hat?«

»Weil Kassiopeia Delta kein existierender Stern ist«, antwortete sie einigermaßen perplex über den Themenwechsel. »Es ist eine Supernova.«

»Aber wie haben Sie es rausgekriegt?«

Maureen spürte den ungeduldigen Blick Mrs Drizzles, die den Tragekorb mit dem Baby auf dem Arm hielt. »So gern ich mich darüber unterhalten würde, müssen wir jetzt wirklich …«

»Ihr Taxi ist noch nicht da.« Er zeigte zur Glastür.

Mrs Drizzle lief zum Ausgang. »Die scheinen uns vergessen zu haben.«

Maureen setzte sich auf eine Bank. »Zu Flamsteeds Zeiten kannte man noch keine Radiowellen. Ein Kollege von mir hat eine starke radiomagnetische Strahlung im Sternbild Kassiopeia festgestellt. Darauf haben wir den Zeitpunkt der Explosion des Roten Riesen zurückgerechnet.« Sie musterte den jungen Mann. »Wie kommt es, dass Sie sich für Astronomie interessieren?«

»Ihr Wagen scheint nicht zu kommen, Miss Hooper. Bitte lassen Sie mich das für Sie erledigen.« Er lief ins Freie.

»Komischer Kauz«, sagte Mrs Drizzle.

»Finde ich gar nicht. Die meisten Journalisten kommen unvorbereitet zu Interviews. Er hat seine Hausaufgaben gemacht.«

Die Tür ging auf. »Kommt sofort!«

»Danke, Mr Willowby.« Gemeinsam mit der Nanny bewegte sich Maureen auf den Ausgang zu.

»Kennen Sie ›Gottes Thron steht leer‹?«, fragte er.

»Das Buch von Koestler?«

»Sie haben es gelesen?«

»Es stellt eine Symbiose zwischen Religion und Wissenschaft her.«

»So ist es. Ich bin der Meinung, Arthur Koestler muss Ihre Arbeit über AG Draconis gekannt haben, als er das schrieb.«

Draußen schob sich ein gelber Wagen in die Einfahrt.

»Glauben Sie denn, dass Gott und die moderne Wissenschaft …«

Willowby hielt ihr die Tür auf. »Ich glaube, dass Religion und Wissenschaft näher beisammen sind, als beide Disziplinen wahrhaben wollen. Religion ist ebenso wenig dauerhaft wie Wissenschaft. Ständig entwickelt sich alles weiter. Auch Religion kennt eine Entstehung, eine Blütezeit, auch sie ändert ihre Bedeutung und erfährt Wandlung, auch sie ist der Vergänglichkeit ausgeliefert.«

Mrs Drizzle stellte den Korb mit dem Baby auf den Rücksitz und stieg ein.

Maureen stand in der Kälte. »Wie alt sind Sie, Mr Willowby?«

»Vierundzwanzig.«

Sie gab ihm die Hand. »Es hat mich gefreut, Sie kennenzulernen.«

KAPITEL 29

49TH STREET, MAI 1969

»Zweimal Balkon bitte«, sagte Jason Willowby an der Kasse und hielt einen Geldschein hin.

»So weit hinten?«, fragte Maureen. »Da hätte ich meine Brille mitnehmen müssen.«

»Es ist Chaplins letzter Film. Den sollte man in Cinemascope genießen.«

»Ich hätte Ihnen nie etwas von meiner Leidenschaft erzählen sollen, tagsüber ins Kino zu gehen.«

Willowby zog ein Paar weißer Handschuhe an.

»Was machen Sie da?«

»Wir kommen in Räume, wo ich Dinge anfassen muss, ohne zu wissen, wer sie vor mir berührt hat.«

»Ist das nicht ein bisschen überängstlich?«

»Nicht, wenn jemand so viele Allergien hat wie ich. Ich denke dabei vor allem an Sie: Sie wollen bestimmt nicht neben einem schniefenden, triefäugigen Kerl sitzen.«

Sie traten in das traditionsreiche Kino, in dem noch eine große Orgel an der Wand stand, Relikt aus Stummfilmtagen, als die Filme mit Live-Musik untermalt wurden.

»Habe ich Ihnen erzählt, dass ich vor Jahren Marlon Brando kennengelernt habe?«, fragte Maureen.

»Das haben Sie mir schon zweimal erzählt. Dieser Brando muss einen ziemlichen Eindruck auf Sie gemacht haben.«

Er wies die Tickets vor. Sie nahmen die Treppe auf die Empore. Das Kino war ausverkauft. Da sie erst zum Beginn des Hauptfilms eintrafen, waren sämtliche Besucher in der zweiten Reihe gezwungen, aufzustehen. Während Maureen sich bei den meisten entschuldigte, quetschte Willowby sich einfach an ihnen vorbei.

»Ich habe Ihnen viel zu sagen«, kündigte er an.

»Sie haben schon so viel gesagt, Mr Willowby, und mehr noch geschrieben.«

»In Gesellschaft können wir nicht offen reden und im Café können wir nichts weiter tun als reden.«

»Und im Kino werden wir vor allem zuhören und zugucken.«

»Vorhin am Hotdogstand fühlten Sie sich unbeobachtet, aber ich habe Ihren Blick bemerkt. In diesem Blick lag Sympathie, fand ich.«

Sie klappte den Sitz herunter. »So?«

»Ich hatte das Gefühl, dass Sie mich gernhaben.«

Sie bedeutete ihm, nicht so laut zu sprechen; die Leute wollten die Wochenschau verfolgen.

»Haben Sie mich immer noch gern?«, flüsterte er.

»Vom Hotdogstand ins Kino, was sollte sich daran geändert haben?«

Mit behandschuhter Hand berührte er ihren Arm. »Wollen wir morgen zusammen ans Meer fahren?«

Sie ließ das Programmheft sinken. »Sie denken jetzt über morgen nach, obwohl wir gleich Marlon Brando sehen werden?«

Eine wegwerfende Geste. »Unser Filmkritiker erzählt mir, der Film soll nicht gut sein. Chaplin ist schon lange nicht mehr der, der er war.«

»Vermiesen Sie mir den Film nicht schon vorher. Ich will mir mein eigenes Urteil bilden.«

Er warf sich gegen die Lehne. »Es war eine dumme Idee, herzukommen. Sie werden die ganze Zeit nach Brando schmachten und mich vergessen.«

Maureen bedeutete ihm, endlich still zu sein.

Zwei Stunden später schlenderten sie über den Broadway Richtung Norden.

Sie warf das Programmheft in den Müll. »Sie hatten recht. Das war ein unnötiger Film. Wie ist Chaplin so etwas passiert?«

»Man konnte Brando ansehen, dass er keine Lust hatte, diesen Slapstick mitzumachen.«

Maureen blieb stehen. »Sie sollten damit aufhören, Jason.«

»Womit?«

»Briefe und Blumen, manchmal sogar Gedichte. Wir leben nicht mehr im 19. Jahrhundert.«

»Gefallen Ihnen meine Briefe nicht?«

»Doch.«

»Finden Sie meine Gedichte schwülstig?«

»Nicht schwülstig, ich würde sie eher … *wolkig* nennen. Es müssen inzwischen Dutzende sein.«

»Langweile ich Sie? Oder ist es wegen Ihres Freundes?«

»Otis?« Der Gedanke überraschte sie. »Otis ist der Vater meiner Tochter, aber er hat damit nichts zu tun. Ich freue mich zwar, täglich den Briefkopf der New York Times in meiner Post zu entdecken, aber es ist auch anstrengend, so intensiv verehrt zu werden.« Sie rechnete mit Widerspruch, doch seine Antwort überraschte sie.

»Das verstehe ich, Maureen.«

»Wirklich?«

»Ja, denn während ich die Briefe schreibe, erfasst mich eine sonderbare Angst.«

»Wovor?«, fragte Maureen am Eingang zum Times Square.

»Ich liebe Sie, Maureen.«

»Daran lassen Sie nicht den geringsten Zweifel«, antwortete sie lächelnd.

»Nicht meine Liebe, sondern das Geliebtwerden ist mein Problem.«

»Heißt das, Sie fürchten, dass Ihre Liebe erwidert wird? Diese Sorge kann ich Ihnen nehmen, Jason. Wir sind kein Liebespaar. Wir essen Hotdogs. Wir gehen miteinander ins Kino.«

»So habe ich es nicht gemeint.« Er überholte sie. Da Maureen weiterging, war er gezwungen, rückwärts über den dicht bevölkerten Boulevard zu laufen. »Ich liebe Sie. Aber wer liebt, ist begrenzt, Maureen, da die Liebe immer mit Erwartungen einhergeht. Darin liegt die Unmöglichkeit der Liebe, und …«

»Vorsicht!«

Willowby rannte mit Wucht gegen eine Straßenlaterne.

Während er sich die schmerzende Schulter rieb, trat Maureen vor ihn. »Sie sind ein ungewöhnlicher junger Mann, Jason. Ich verbringe gern Zeit mit Ihnen. Aber Sie haben ein Problem, bei dem ich Ihnen nicht helfen kann. Jetzt muss ich mich beeilen. Mrs Drizzle bringt gleich meine Tochter nach Hause.« Mit raschem Schritt entfernte sie sich in Richtung Central Park.

KAPITEL 30

Hinter Wolken und Nieselregen verschleierte der Juni, dass er ein Sommermonat war. Es regnete nicht richtig, aber wenn man ins Freie trat, wurde man trotzdem nass. Willowby steuerte den Wagen. Die Fahrt von New York nach Narragansett hatte beide angestrengt, sie waren müde. Nur Theodora schien die Reise zu genießen. Manchmal war sie auf dem Babysitz eingeschlafen, hatte aber die meiste Zeit die vorüberziehende Natur betrachtet.

Der Anruf war vergangene Nacht gekommen. Maureens Vater hatte Onkel Theodores Zustand geschildert. Maureen zögerte nicht, am nächsten Morgen aufzubrechen. Jason hatte angeboten, sie zu fahren. Sie erreichten Narragansett am späten Nachmittag. Jason blickte an dem verwunschenen Haus empor, das die Natur zurückerobert zu haben schien. Die Brombeerhecken verschlangen den Eingang, Efeu und Geißblatt rankten bis zum Dach.

Theodora hatte darauf bestanden, den Weg vom Auto zum Haus zu laufen, doch eingeschüchtert von dem Gespensterschloss ließ sie sich von Maureen lieber auf den Arm nehmen.

»Als Kind fand ich dieses Haus das schönste und geheimnisvollste an der Küste. Ich fürchte, Onkel Theodore hat es zu sehr verwildern lassen.«

»Theo … Door«, wiederholte das Mädchen, da es seinen Namen zu hören glaubte.

»Ja, das ist dein Großonkel, den besuchen wir jetzt.« Sie machte sich daran, den Durchschlupf zwischen den Brombeeren zu finden.

Jason folgte ihr. »Dein Onkel wohnt noch hier?«

»Er war im Krankenhaus. Aber dort wollte er uns nicht begrüßen. Sie haben ihn für einen Tag nach Hause gelassen.« Mit Mühe bog sie Ranken zur Seite. »Ich dachte, wir könnten hier übernachten, aber wahrscheinlich müssen wir doch zu meinen Eltern fahren.«

Hinter ihr kämpfte sich Jason durch das Dickicht. »Au!«

»Wehgetan?«

Er lutschte an dem blutenden Daumen.

Im Salon brannte ein Feuer im Kamin. Ein Mann im bodenlangen Bademantel warf ein paar Scheite nach.

»Theo!«

Er richtete sich auf. »Bei dem ewigen Regen ist ein Feuer genau das Richtige«, sagte Theodore ohne weitere Begrüßung.

Maureen ließ die Hand der Kleinen los und lief zu ihm. Vorsichtig nahm sie ihren Onkel in die Arme. »Ach, Theo, wie schön!«

»Nicht so zimperlich. Ich sterbe schließlich nicht an Altersschwäche, sondern weil ich nicht genügend Blutkörperchen produziere.« Mit ausgestreckter Hand trat er auf Jason zu. »Aplastische Anämie, junger Mann, aplastische Anämie.«

»Freut mich auch, Sie kennenzulernen.« Jason schüttelte die weiße, hagere Hand.

»Es scheint dir … überraschend gutzugehen.« Maureen lief zu Theodora, die scheu stehen geblieben war. »Daddy sagte nämlich, dass du …«

»Die haben mir im Krankenhaus eine Bluttransfusion verpasst, das ist das Geheimnis«, erklärte Theodore. Mit plötzlichem Ernst, mit großer Rührung wandte er sich zu dem kleinen Wesen, das mit vorsichtigen Schritten näher kam. »Du musst der Sonnenschein sein, der genauso heißt wie ich.« Er bückte sich. »Ich bin der alte Theodore. Und du?«

Sie antwortete erst nach einer Pause. »Theo – Doora.«

»Hast du Hunger, Theodora?«

Scheu sah das Kind seine Mutter an.

»Ich glaube, von uns dreien habe ich den größten Hunger«, antwortete Maureen.

Mühsam richtete Theodore sich auf. »Es ist alles vorbereitet.« Mit staksenden Schritten lief er in die Küche voraus.

Sie hatten einen Imbiss erwartet und wurden mit einem Festmahl überrascht. Theodore hatte Unmengen kommen lassen. Sie ließen es sich schmecken.

Auch der alte Mann langte kräftig zu. »Das werde ich bestimmt bereuen«, lachte er. »Heute Nacht wird meine Leber mich das büßen lassen.« Sie tranken Wein, Theodora bekam Sprudel, Theo bot Whisky an. Als sie schließlich vor dem Kamin saßen, war das Kind eingeschlafen.

»Ich habe in eurem Zimmer oben geheizt«, sagte der Onkel. »Für die Kleine habe ich ein Extrabett vorbereiten lassen.«

»In *unserem* Zimmer?«, fragte Maureen überrascht.

»Hier liegt ein kleines Missverständnis vor«, hängte sich Jason dran.

Theodore musterte die beiden mit spitzbübischem Lächeln. »Ein kleiner Scherz von mir. Sie haben selbstverständlich ein eigenes Zimmer, Mr Willowby.«

Wenig später sah man ihm plötzlich einsetzenden Verfall an. »Ich fürchte, jetzt müsst ihr mich entschuldigen. Ich bin auf einmal entsetzlich müde.«

»Ich bringe dich hinauf.« Maureen war bei ihm.

Auch Jason stand auf. »Wie traurig, dass Sie so krank sind, Sir.«

In seinem Zimmer hatte Theodore gerade noch die Kraft, den Mantel auszuziehen. Maureen deckte ihn zu.

»Wie geht das nun weiter?«, fragte sie. »Ich meine, was passiert mit dir morgen Früh? Du brauchst sicher Medikamente.«

»Der Krankenwagen kommt um acht«, erwiderte er beruhigend. »Seid also bitte nicht böse, wenn ich nicht mit euch frühstücke.«

»Ach, Theo – es tut mir so leid.«

»Schluss damit. Ich hatte ein lustiges Leben und an irgendetwas stirbt man sowieso.« Er klopfte auf die Decke, dass sie sich zu ihm setzen sollte. »Was ist das mit dir und dem jungen Willowby?«

»Er ist ein Freund. Wir verstehen uns gut. Ich wollte die weite Strecke mit Theodora nicht allein fahren und er war so nett, mich herzubringen.«

»So viel zur offiziellen Erklärung.« Theodore strich über ihr Haar. »Mr Willowby ist bis über beide Ohren in dich verliebt.«

»Ich weiß.« Sie senkte den Kopf. »Er schreibt mir Briefe, jeden Tag.«

»Wie schön.«

»Manchmal auch Gedichte.«

»Gefällt dir das?«

»Wäre es schlimm, wenn es mir gefällt?« Sie sah ihn an. »Ich kenne so etwas nicht, Theo. Niemand hat bisher für mich Gedichte geschrieben.«

»Na endlich.« Der Onkel nahm ihre Hände.

»Wie meinst du das?«

»Ich könnte jetzt sagen: Dass ich das noch erleben darf. Weißt du, was dich an ihm anzieht? Die Symbiose von Seele und Geist, das macht ihn so besonders.«

»Er denkt modern, aber er fühlt wie jemand aus einem anderen Jahrhundert. Er ist ein Träumer …«

»Er ist ein Romantiker. So etwas Exotisches ist dir noch nicht untergekommen.«

»Er hat ein wunderbares Gedicht geschrieben.« Verlegen wandte sie sich ab.

»Hast du es bei dir?«

»Das brauche ich nicht.«

»Du kannst es auswendig?«

Maureen sagte das Gedicht leise her. Vor dem letzten Satz stockte sie. »Und am Ende heißt es: Alles vergeht, selbst unser Stern erlischt. Aber die Hoffnung des Menschen ist tief wie die Ewigkeit.«

Theodore nickte. »Es ist schön. – Und magst du Mr Willowby auf die Art, wie er dich mag?«

»Sein Aussehen ist nicht besonders verführerisch, aber das stört mich nicht.«

»Sondern?«

»Ich bin fast doppelt so alt wie er.«

»Du hast Schiss, ausgerechnet du?«, entgegnete Theo überrascht. »Die Frau, die zu den Sternen fliegt, hat Schiss vor einem Zwanzigjährigen?«

»Er ist vierundzwanzig.«

»Soll ich dir was sagen? Du hast Angst, dich bei einer Sache zu blamieren, die dir nicht vertraut ist.«

»Was für eine Sache?«

»Die Liebe.« Aus warmen, guten Augen sah er sie an. »Ich erinnere mich an ein Mädchen, das zu einer Frau wurde, die ihre Träume wahrmachte und für ihre Ideale kämpft. Und diese Frau kneift, weil jemand, der die leere Stelle in ihrem Herzen ausfüllen könnte, ein paar Jahre jünger ist?«

Maureen war zu verwirrt, um zu antworten.

Er nahm sie in den Arm. »Die Hoffnung des Menschen ist tief wie die Ewigkeit. – Schlaf gut, Maureen.«

KAPITEL 31

Jason hatte Theodora den Auftrag erteilt, altes Toastbrot in kleine Stücke zu brechen. Inzwischen türmte sich ein beachtlicher Berg vor ihr. Er vermischte währenddessen Milch, Zucker und Vanilleschoten und ließ das Ganze aufkochen.

»Jetzt haben wir genug. Danke, Theo.«

Unter Protest ließ sie sich den Teller abnehmen. Jason legte das Brot in die Milch, bis es die Flüssigkeit aufgesogen hatte. Er verrührte Eigelb, Butter, Salz und Zimt und vermengte die Masse mit dem Toastbrot. Das Ganze kam in eine Auflaufform und wurde mit Aprikosen belegt. Obendrauf streute er Mandelsplitter und schob die Form ins Backrohr.

Er warf einen Blick in das Wohnzimmer. »Bist du so weit?«

»Die Kabel …«, knurrte Maureen. »Diese Kabel müssten eigentlich da rein, aber die Anschlüsse …« Neben dem Fernseher baute sie ein zweites Gerät auf. Es bestand aus einem quadratischen Kasten mit Schaltern und Dioden. Ein Kabel lief zu einer Antenne, die draußen auf der Feuerleiter montiert war.

»Auf diesem Gebiet kann ich dir leider nicht helfen.«

»Ich muss nur das blaue und das gelbe …« Unwillig richtete sie sich auf. »Und wie kommt ihr zwei voran?«

»Mit meiner tollen Küchenhilfe habe ich es natürlich leichter.«

»Macht sie keinen Unsinn?«

Jason musterte den Kabelsalat. »Ist das überhaupt legal, was du da machst?«

»Absolut illegal. Wenn wir auffliegen, gehen Theodora, du und ich in den Knast.« Kniend strich sie das Haar aus der Stirn. »Wernher hatte die Idee. Er ist der Meinung, ich hätte so viel für Apollo getan, dass ich hautnah dabei sein soll.«

»Reicht es dazu nicht, den Fernseher aufzudrehen?«

»Nur Geduld. Du wirst staunen.« Sie streckte ihm die Hand entgegen, Jason half ihr auf. »Hm, das riecht schon fein.«

In der Küche überraschten sie Theodora, die Teigreste aus der Schüssel schleckte.

»Du wirst Bauchweh kriegen.«

»Nein, Mama«, entgegnete das Mädchen ernst.

»Eine unwiderlegbare Argumentation«, grinste Jason.

Maureen guckte durch das Sichtglas des Backofens. »Sieht verlockend aus. Wie heißt das?«

»Trenchies.«

»Sind Trenchies eine Spezialität aus Wisconsin?«

»Bei festlichen Anlässen haben wir zu Hause Trenchies gegessen.«

»Festliche Anlässe …« Maureen lief zurück, schaltete die Anlage ein und drehte an den Reglern. Außer Rauschen war nichts zu hören.

Plötzlich erklang eine fremde Stimme. »*An alle Flugkontrollen: Ich brauche ein Go oder No go für den Start.*«

»Ich habe es!«, rief Maureen. »Ich bin drin! Das ist der Funkverkehr der NASA!«

Jason und Theodora kamen hinterher. »Wer spricht da?«

»Go oder No go für Apollo 11«, sagte die Stimme.

»Das ist … Es ist Gene Kranz. Er war schon bei mehreren Apollo-Flügen Flugdirektor. Gene macht die letzte Checklist.«

»Antrieb?«, fragte die Stimme aus Houston.

»Go«, kam die Antwort.

»Flugbahn?«

»Flugbahn ist bereit.«

»Leitsystem?«

»Go.«

»Gesundheitskontrolle?«

»Grün.«

»Energie?«

»Go.«

»GNC?«

»Computersteuerung go.«

»Landemodul?«

»Go, Gene.«

»Ach, jetzt wäre ich doch gern dabei!« Aufgeregt lief Maureen durch das Wohnzimmer. »Dreihundert Männer an den Monitoren, jeder hat seine Aufgabe, aber alle greifen ineinander …«

Sie blickte in die erstaunten Gesichter von Jason und Theodora. »Wir fliegen zum Mond!«, versuchte sie, ihre Euphorie zu erklären. »Wisst ihr, wie kompliziert es ist, irgendetwas aus der Erdatmosphäre hinauszuschaffen und auf einem anderen Himmelskörper zu landen? Aber noch viel schwieriger ist es, dieses Flugobjekt samt Besatzung wieder unversehrt auf die Erde zurückzubringen.« Sie nahm ihre Tochter auf den Arm. »Und das sehen wir uns jetzt an.«

»Wann gibt's die Trenchies?«, fragte Theodora.

Im Funkverkehr der NASA wurde die Checklist fortgesetzt.

»Koordination und Kommunikation?«

»Go.«

»Netzwerk?«

»Wir sind bereit.«

»Bergung?«

»Go.«

»Sprachkontrolle?«

»Wir haben ein Go«, antwortete der Sprecher mit der sonoren Stimme.

»Startkontrolle, hier Houston«, sagte der Flugdirektor zuletzt. »Wir sind bereit für den Start.«

»Zu wem sagt er das?«, fragte Jason. »Zu den Astronauten?«

»Kranz und die NASA befinden sich in Houston. Die Saturn-Rakete steht tausend Meilen weiter östlich auf der anderen Seite des Golfs von Mexiko. Kranz will wissen, ob die in Florida auch so weit sind.«

»Hier Launch Control Center Cape Kennedy«, meldete sich eine neue Stimme. »Wir sind auf Go!«

Aus Florida war Applaus zu hören.

Theodora interessierte sich nicht für das Durcheinander der Stimmen. Sie stellte sich vor das Fernsehgerät. »Rakete.«

»Geh nicht so nah ran.« Maureen zog das Mädchen zurück, setzte sich auf den Boden und nahm Theo auf den Schoß. »Das ist nicht gut für die Augen.«

Der Bildschirm zeigte einen wolkenlosen Himmel, der wohl blau war, wenn er nicht schwarzweiß gewesen wäre. Vor diesem Hintergrund erhob sich die Trägerrakete einhundertzehn Meter hoch. In meilenweiter Entfernung, abgeschirmt durch einen grünen Hügel, saßen die handverlesenen Zuschauer, die bei dem Ereignis dabei sein durften.

»Wir empfangen ein Geräusch von den Treibstoffpumpen«, hörte man über NASA-Funk.

»Die Pumpen pumpen Treibstoff«, gab der Flugdirektor zurück. »Noch ein paar Pumpenstöße und wir sind bereit, die Post für den Mond auszuliefern.«

»T minus dreißig«, kam es aus Cape Kennedy.

»Die Trenchies! Scheiße«, rief Jason in das historische Ereignis hinein und rannte in die Küche.

»Er hat Scheiße gesagt«, lachte Theodora.

Mit zwei Topflappen brachte er die Auflaufform ins Zimmer. »Ist noch mal gutgegangen.«

»Zehn – neun – acht – Zündung ist gestartet.«

Dunkle Flammen, schwarzer Rauch. Von der Rakete wurden Verbindungsleitungen und Treibstoffschläuche abgesprengt und in Richtung des Turms katapultiert.

»Sechs – fünf – vier –«

In der ersten Brennstufe wurden 2000 Tonnen kerosinartiges Kohlenwasserstoffgemisch verbrannt. Der zweite Tank schickte flüssigen Sauerstoff zu den Triebwerken. Weiße Flammen bleckten, die Anker ließen die Rakete frei und kippten nach hinten. Eisplatten platzten von den Treibstofftanks ab und stürzten ins Flammenmeer. Die Triebwerke stießen Masse aus, der Schub wirkte entgegengesetzt der Antriebsrichtung.

»Drei – zwei – eins –«

Maureen starrte auf den Apparat, wo man am Himmel selbst bei Tag den schwachen Schein des Mondes erkannte. Um ihn zu erreichen, mussten die Astronauten 240.000 Meilen überwinden.

Getragen von einem Strahl aus Feuer erhob sich die Saturnrakete von der Startrampe. Die Versorgungstürme schwenkten seitwärts. Eingehüllt von Feuer gaben die Anker das Raumschiff frei, Ströme von Kondenswasser flossen an der Saturn herab. Sekundenlang war Apollo 11 in einer schwarzen Rauchwolke verschwunden. Dann tauchte die Rakete wieder auf, erreichte den Himmel über Florida und zeichnete sich leuchtend vor der Sonne ab.

»Und sie steigt und steigt!«, rief der TV-Sprecher. »Langsam arbeitet sich der weiße Pfeil vor dem blauen Himmel empor! Ich zittere, wenn ich beobachte, wie das Wunderwerk der Technik sich gegen alle Gesetze der Schwerkraft zu den Sternen erhebt!«

»T minus dreißig bis zur Zündung der ersten Stufe«, lautete der nüchterne Kommentar über NASA-Funk.

»Es sieht aus, als flöge Apollo 11 direkt auf die Sonne zu!«, rief der TV-Moderator.

»Zündung«, kam es aus Houston.

»Jetzt! Die erste Stufe wird abgesprengt!«, rief der TV-Mann. »Da oben fliegt sie als winziger Punkt ohne Feuerstrahl weiter!«

»Startstufe abgestoßen«, meldete Houston.

Der untere Teil der Rakete sank, angezogen von der Schwerkraft, wieder auf die Erde zu, wo er in den Atlantik stürzen würde.

»Houston, der mittlere Antrieb zeigt eine Störung«, meldete sich eine neue Stimme.

»Das ist Neil!«, rief Maureen. »Das war gerade Neil Armstrong!«

»Mama, nicht so laut.« Theodore hielt sich die Ohren zu.

»Flugbahn, was bedeutet das?«, fragte der Flugdirektor. »Kann ein Ausfall durch die Trägheit korrigiert werden?«

»Augenblick, Chief. Ich checke.«

Während auf dem Bildschirm der Bilderbuchstart fortgesetzt wurde, entstand im Funkverkehr der NASA eine beängstigende Pause.

»Sieht gut aus, Chief«, meldete der Controller. »Solange wir den Antrieb nicht ganz verlieren, können wir weitermachen.«

»Houston, wie lautet eure Ansage?«, fragte Armstrong.

»Apollo, für die Trimmung zünden wir die äußeren Triebwerke acht Sekunden länger.«

Der Controller meldete: »Drehmoment ist gut. Trimmung stimmt.«

»Sehr gut, Gentlemen«, sagte der Flugdirektor. »So lösen wir Probleme bei der NASA.«

»Möchte jemand Trenchies aus Wisconsin?« Jason bestreute die Süßigkeit mit Puderzucker.

Theodora überließ die Rakete sich selbst und lief zum Couchtisch.

✳

»Ich setze frischen Kaffee auf«, sagte Maureen achtzehn Stunden später.

Jason saß neben der schlafenden Theodora auf dem Sofa. »Bringst du sie ins Bett?«

»Wäre das nicht schade, wenn wir ihr morgen sagen müssen, sie hat die Mondlandung verschlafen?«

»Was hältst du davon: Ich trage sie rüber und wenn es so weit ist, holen wir sie«, schlug Jason vor. »Er schob seine Arme unter das Kind und hob es hoch.

»Apollo, hier Houston«, meldete sich der NASA-Funk. »Erteilen Genehmigung zum Anflug auf die Mondoberfläche.«

Während Jason im Schlafzimmer verschwand, huschte Maureen zum Funkgerät und drehte den Ton lauter.

Auf dem TV-Schirm sah man etwas Dunkles, gigantisch Großes vorbeiziehen, die Oberfläche des Mondes. Keine Simulation, kein Blick durch ein Teleskop: Dort waren Menschen einem fremden Himmelskörper so nahe wie nie zuvor.

»Jason!«, rief sie leise. »Komm!«

»Houston, hier Apollo. Sind bereit zum Abdocken«, meldete sich Neil Armstrong.

»Genehmigung erteilt.«

»Zündung in fünf – vier – drei –«

Maureen sprang auf. »Wo bleibst du?«

In der Tür zum Schlafzimmer begegneten sie einander. »Schläft sie?«

»Zündung«, meldete Armstrong.

Der *Eagle* dockte vom Raumschiff ab und setzte sich in Bewegung. Das Mutterschiff blieb in der Mondumlaufbahn zurück. Die Fernsehbilder zeigten Blech, Goldfolie, Versorgungsleitungen. Durch die Außenkamera von Apollo 11 beobachteten Houston und der Rest der Welt, wie die Mondlandefähre kleiner und kleiner wurde. Winzig schwebte sie auf den riesigen grauen Mond zu.

»Das ist wirklich … Also das ist schon ziemlich …« Jason und Maureen ließen sich auf dem Teppich nieder. Er nahm sie in den Arm. Sie legte den Kopf an seine Schulter.

»Der Adler hat Flügel«, sagte Neil Armstrong.

Angetrieben durch mehrere Triebwerke drehte sich der Eagle um die eigene Achse.

»Bereite Landeanflug vor.« Armstrong startete den Countdown. »Drei – zwei – eins – Zündung.«

Die Bremsrakete an der Unterseite zündete.

Plötzlich gab es einen akustischen Alarm.

»Programmfehler«, meldete Astronaut Aldrin. »Fehlermeldung 1202.«

»Houston, ich brauche Information zu Alarm 1-2-0-2«, sagte Armstrong.

»Wir sehen die Anzeige«, kam es aus dem Control Center. »Setzen Landeanflug fort.«

Nach wenigen Sekunden ertönte das Signal wieder.

»Weitermachen«, befahl Houston.

»Geschwindigkeit siebzig Fuß pro Sekunde«, meldete Aldrin.

Erneut das Signal.

»Weitermachen«, gab Houston durch.

Maureen und Jason hielten einander so fest umklammert, als würden sie selbst durch den luftleeren Raum fliegen. Der Mond war nun kein Himmelskörper mehr, auf den sich die Fähre herabsenkte, er wurde zur Landschaft mit Erhebungen, Abgründen und langen Schatten.

»Ziemlich felsig hier unten«, meldete Armstrong.

Der Eagle raste auf den Rand eines Kraters zu.

»Die Brocken sind groß wie Autos. Da können wir unmöglich landen.«

»Wie ist eure Treibstoffanzeige?«, fragte Houston.

»Dreizehn Prozent«, antwortete Aldrin.

»Nur dreizehn?« Dem sonst nüchternen Verbindungssprecher war die Verblüffung anzuhören.

»Wir brauchen ein Go oder No Go für die Landung«, sagte Armstrong.

Gene Kranz schaltete sämtliche Abteilungen dazu. »An alle Controller: Go oder No go für Eagle? – Retro? – Go. FIDO? – Go. Guidance? – Go.

Control? – Go. TELCOM? – Go. GNC? – Go. EECOM? – Go. Surgeon? – Go. – Eagle, hier ist Houston. Ihr habt Freigabe für die Landung.«

»Verstanden. Schalte Auto-Piloten aus, wechsle auf manuelle Steuerung. Entscheide mich für neuen Landeplatz«, kam es von Armstrong.

Der Eagle überflog den Kraterrand. Unter ihnen tat sich ein Abgrund auf.

»Fünfhundertvierzig Fuß bis Bodenberührung«, sagte Aldrin. »Dreihundertdreißig Fuß. – Dreihundert Fuß. Brennstoff bei acht Prozent.«

Der Eagle überflog den Krater, dessen gegenüberliegender Rand unendlich weit entfernt schien.

»Noch hundertsechzig Fuß.«

»Niedriger Treibstoffstand«, meldete Houston. »Treibstoffstand zu niedrig.«

Armstrong knurrte: »Habe ich euch nicht gesagt, wir sollten mehr Treibstoff mitnehmen?«

»Fünfzig Sekunden bis zum allerletzten Abbruch«, gab Houston durch. »Danach ist kein Abbruch mehr möglich.«

Der Rand des Kraters näherte sich. Der Eagle erhöhte den Neigungswinkel. Der Treibstoff war bei drei Prozent.

Die Schatten unter der Landefähre sahen jetzt kürzer aus, was bedeutete, dass die Gesteinsbrocken kleiner waren. Der Eagle raste so dicht über der Oberfläche dahin, dass er Mondstaub aufwirbelte. Unter ihm tauchte ein anderer, neuer Schatten auf – das waren sie selbst! Der Schatten wurde größer und größer. Und plötzlich stand alles still. Der Eagle flog nicht mehr. Der Eagle hatte aufgesetzt.

»Bodenkontakt«, meldete Aldrin.

Armstrong schloss die Brenner. Man hörte seinen raschen Atem.

Houston meldete sich. »Eagle, die Daten sagen uns, ihr seid gelandet. Bitte Bestätigung.«

»Houston, hier spricht Tranquility Base«, meldete Neil Armstrong. »Der Adler ist gelandet.«

Während im Control Center ein Laut der Erleichterung zu hören war, spürte Maureen Küsse auf ihrer Wange. Jason küsste ihr die Tränen aus dem Gesicht. Sie erwiderte seinen Kuss.

»Hätten wir Theodora wecken sollen?«

Sie lächelte mit feuchten Augen. »Nein. Die Jungs ruhen sich jetzt ein paar Stunden aus. Sobald Houston die Astronauten weckt, wecken wir Theodora.«

KAPITEL 32

NEW YORK CITY, 18. JULI 1969

Inzwischen war die Müdigkeit größer als die Neugier. Niemand konnte sechsunddreißig Stunden aufmerksam vor dem Fernseher bleiben. Sie gingen anderen Tätigkeiten nach, sinnvollen und sinnlosen, sie telefonierten, räumten die Küche auf, Jason verabschiedete sich zu einem Gang in den Park. Maureen bezog die Betten frisch. Sie wusch ihr Haar. Sie wusch Theodoras Haar. Sie kochte Kartoffelpüree mit Würstchen. Jason kam hungrig aus dem Park zurück. Der Fernseher lief die ganze Zeit. Zum Essen setzten sie sich auf das Sofa. Für Theodora breiteten sie eine Plastikdecke auf den Boden. Theo liebte Kartoffelbrei und Würstchen. Sie löffelte konzentriert, doch es ging einiges daneben.

»Wann kommen sie endlich raus?« Jason zeichnete ein Muster in sein Püree.

»Sie prüfen die Fähre auf Lecks im Treibstofftank. Die Sonnenhitze kann Auswirkungen auf die Flüssigkeiten haben. Bei Tageslicht heizt die Sonne die Mondoberfläche auf 120 Grad Celsius auf, nachts sinkt das Thermometer auf minus 160 Grad …« Sie unterbrach sich. Beide hielten mit ihren Löffeln inne.

Die Luke der Mondlandefähre öffnete sich. Ein Arm, ein Bein, Bewegung war zu erkennen.

»Wir sehen dich, Neil«, kam es von der NASA.

»Die Leiter ist nicht ganz ausgefahren«, sagte Armstrong. Die Sonne spiegelte sich im Visier seines Helmes. »Aber es dürfte reichen, um wieder raufzukommen.«

Maureen und Jason sahen ihn nach unten klettern. Zu seinen Füßen erkannte man den goldverkleideten Teller des Landungsbeines.

»Ich bin am Fuß der Leiter«, gab Armstrong durch. »Die Abdrücke der Mondfähre sind ... schwer zu sagen, also die Landungsteller sind höchstens fünf Inches tief eingesunken. Die Oberfläche scheint stabil zu sein. Dabei sieht der Boden aus wie Sand ... wie ein Puder wirkt das für mich.«

Rauschen in der Verbindung.

»Ich verlasse jetzt die Plattform«, rief Armstrong.

Wie in Zeitlupe führte Jason einen Löffel Püree an den Mund. Maureen und er – und die ganze Welt sahen, wie Armstrong die Landefähre verließ und auf den Mond sprang. Theodora aß mit Appetit weiter.

Armstrong stand da, als könne er es selbst nicht glauben. Schließlich sagte er: »Das ist ein kleiner Schritt für einen Menschen, aber ein großer Sprung für die Menschheit.«

Im Control Center erhob sich Applaus, nicht frenetisch, ausgelassen, sondern scheu und ergriffen, ängstlich fast, dass man diesen Augenblick stören könnte.

Maureen und Jason sahen einander an. Ohne die Teller wegzustellen, umarmten sie sich.

»Was ist denn, Mama?«

Maureen küsste ihre Tochter. »Guck, Theo, das ist der Mann auf dem Mond.«

Das Kind beobachtete, wie Armstrong erste, vorsichtige Schritte machte. »Wieso ist er denn allein auf dem Mond?«

»Gleich kommt der Zweite heraus. Dann sind sie auf dem Mond zu zweit.«

»Die Landschaft hier hat … eine schroffe Schönheit«, rief Armstrong. »Ich habe so etwas in Utah und Arkansas gesehen. Leute, ich kann euch sagen: Es ist schön hier draußen.«

Theodora hielt Maureen ihre leere Schüssel hin. »Noch.«

»Püree?« Sie stand auf.

»Und Würstchen.«

Ohne den Blick vom Bildschirm zu wenden, zog sich Maureen in die Küche zurück.

»Kann ich kommen?«, fragte Buzz Aldrin auf dem Mond.

»Ich halte die Leiter für dich.« Neil kehrte zur Ausstiegsluke zurück.

Mit einem Sprung betrat auch Aldrin den Mond.

Maureen brachte die zweite Portion für ihre Tochter.

Houston gab durch: »Okay, Neil, du kannst die Kamera in Panorama-Position bringen.«

Aldrin half ihm, das Kabel abzuspulen. Man sah die Landefähre nun aus einiger Entfernung.

»Ihr könnt die Flagge aufstellen«, schlug Houston vor.

Armstrong justierte die Kamera. »Wie ist die Aufnahmequalität?«

»Apollo, wir vergessen hier unten dauernd, dass ihr wahrscheinlich die einzigen Menschen seid, die das Ganze nicht im Fernsehen sehen.« Gelächter im Control Center.

Die Astronauten rammten die Fahnenstange aus Kunststoff in den Mondboden. Aldrin salutierte vor der Flagge.

Jason löffelte Püree. »Verrückt … Da salutiert einer auf dem Mond.«

»Verrückt«, wiederholte Theodora. »Verrückt.«

»Gentlemen, der Präsident der Vereinigten Staaten ist in seinem Büro und möchte euch ein paar Worte sagen«, meldete Houston.

»Das ist uns eine Ehre«, antwortete Armstrong.

»Bitte, Mr President. Houston übergibt an den Mond.«

»Hallo, Neil und Buzz«, ertönte Richard Nixons markante Stimme. »Ich spreche mit euch über mein Telefon aus dem Oval Office.«

Im Fernsehen wurde das Bild des telefonierenden Nixon eingeblendet. »Das ist der historischste Telefonanruf, der je aus dem Weißen Haus gemacht wurde. Ich kann euch gar nicht sagen, wie stolz wir hier auf das sind, was ihr geleistet habt. Für jeden Amerikaner ist das der stolzeste Tag unseres Lebens, mehr noch, für die Menschen auf der ganzen Welt. Durch euch ist der Himmel zu einem Teil der Menschenwelt geworden.«

Maureens Telefon klingelte.

»Wer kann das sein?«, fragte sie unwillig.

»Nicht der Präsident, der hat was anderes zu tun.« Jason grinste. »Lass es läuten.«

»Danke, Mr President«, antwortete Armstrong. »Es ist eine große Ehre und ein Privileg, hier zu sein.«

»Bestimmt die Familie.« Maureen stellte ihren Teller zu Boden. »Daddy will mir wahrscheinlich gratulieren, als wäre ich gerade höchstpersönlich auf dem Mond ausgestiegen.« Sie nahm ab.

»Magst du nicht mehr?«, fragte Jason, da Theodora nicht weiteraß.

»Doch.«

»Ist es zu heiß?«

»Nein.«

»Was hast du?« Er setzte sich zu ihr.

»Wird Mama auch auf den Mond fliegen?«, fragte sie sorgenvoll. »Muss ich dann hierbleiben?«

»Nein.«

»Aber sie hat gerade gesagt …«

»Sie hat gemeint, weil sie doch auch bei der NASA gearbeitet hat, könnten deine Großeltern glauben …«

»Wann?«, fragte Maureen am Telefon. Nicht laut, nicht aufgeregt, nur anders als sonst.

So ungewohnt war ihr Ton, dass Jason zu Theodora sagte: »Mama bleibt sicher bei dir.« Er durchquerte den Raum. »Was ist denn?«

»Vorhin, als Armstrong auf den Mond hinausgetreten ist, hat das Krankenhaus bei uns angerufen.«

»Theodore?«, fragte Jason.

»Ja. Fast im gleichen Moment ist er …«

NARRAGANSETT, SOMMER 1971

»Mein Onkel Theodore sagte einmal zu mir: Es hat das Leben nicht immer gegeben und wird es nicht immer geben.« Maureen nahm ihren Schal ab und legte ihn um die Schultern des kleinen Mädchens. »Weißt du noch, ich habe dir im Museum neulich das Skelett eines Mammuts gezeigt, das vor hunderttausend Jahren gelebt hat. Aber das Leben ist noch viel, viel älter. Trotzdem ist es nur eine Episode im Ablauf der Jahrmillionen, und zwar eine ziemlich flüchtige.«

Der kleine Kopf hob sich, neugierige Augen blickten zum Nachthimmel. »Und die Sterne?«

Maureen lächelte. »Genau das habe ich Onkel Theodore damals auch gefragt.«

»Was hat er geantwortet?«

»Dass die Sterne noch bedeutend älter sind als das Leben.«

Gemeinsam blickten sie in das Schwarzblau des Frühlingshimmels über Narragansett. Die Strände waren felsig und die Häuser schlicht. Maureen hatte noch nicht entschieden, was sie mit dem Erbe dieses Hauses anfangen würde. Sie zeigte auf eine hell leuchtende Konstellation aus sieben Himmelskörpern über ihnen. »Das ist der Große Wagen, Theodora. Wenn du die beiden Sterne an der Vorderseite des Wagens verlängerst …« Sie nahm die Hand des Mädchens und ließ es zwischen zwei Fingern hindurchsehen. »Siehst du sie?«

»Ja.«

»Jetzt schiebe deine Finger in dieser Richtung fünf Mal nach oben. Was siehst du jetzt?«

»Einen Stern, ganz allein.«

»Das ist der Polarstern. Er steht immer exakt an derselben Stelle. Jahrhundertelang haben sich die Seefahrer an diesem Stern orientiert. Der Polarstern stellt die Spitze des Kleinen Wagens dar. Verlängerst du unsere Linie jetzt noch weiter, was siehst du dann?«

»Es ist … Es sieht aus wie eine Welle.«

»Das Sternbild heißt Kassiopeia. Der Große Wagen und Kassiopeia drehen sich im Laufe eines Jahres einmal um den Polarstern.«

Maureen hatte einen besonderen Hut auf dem Kopf, den Theo-Hut. Mit beiden Händen nahm sie ihn so feierlich ab, als hebe sie eine Krone empor.

»Diesen Hut hat sich dein Großonkel im Jahr 1900 gekauft. Dreißig Jahre später bin ich zur Welt gekommen. Als ich sechs war, saßen er und ich an diesem Strand, genau wie wir beide jetzt. Es war windig, Theo hatte Sorge, dass ich mich verkühle. Damals hat mir dein Großonkel den Hut aufgesetzt. Er ist mir bis auf die Nase gerutscht. Aber mit den Jahren ist mein Kopf in den Hut hineingewachsen.« Sie bog die Krempe zurecht. »Weil du den gleichen Namen hast wie er, soll das ab heute dein Theo-Hut sein.«

Mit großem Ernst betrachtete das Kind den Strohhut, den Maureen langsam auf ihren Kopf senkte. Er sank tiefer und tiefer, bis er an der Nase ein natürliches Hindernis fand.

»So wie bei mir damals.«

»Und jetzt, Mama?«, fragte Theodora unter dem Hut.

Maureen schob ihn nach hinten. »Jetzt sehen wir uns die Sterne an.« Sie legte den Arm um ihre Tochter. »Die Astronomie lehrt uns, dass die Erde nur ein winziges, im riesigen Kosmos umhertreibendes Sternchen ist.«

»Stimmt das denn?«

»Wissenschaftlich stimmt es. Aber Onkel Theodore hat mich gelehrt, dass das Ziel der Schöpfung, die aus dem Nichts den Kosmos erschaffen hat, das Leben war. Und dass mit diesem Leben, auch mit dem unseren, ein großer Versuch angestellt wird.«

»Was passiert, wenn dieser Versuch nicht gelingt?«

»Das wissen wir nicht«, antwortete Maureen. »Trotzdem wäre es gut, wenn wir uns alle ein bisschen mehr anstrengen, damit er gelingt. Findest du nicht auch?«

Die Zeit war aufgehoben, der Ort ein anderer. Maureen und Theodora saßen nicht länger auf einer Decke am Strand von Narragansett.

Das Meer brandete heran und zog sich zurück, sie nahmen es kaum wahr. Maureen und ihre Tochter waren zu den Sternen aufgebrochen.